Un fils à maman

DU MÊME AUTEUR

Femmes en galère. Enquête sur celles qui vivent avec moins de 600 euros par mois, La Martinière, 2005.

Les SDF, Le Cavalier bleu, 2005.

J'habite en bas de chez vous, avec Brigitte, Oh ! Éditions, 2006.

Papa, maman, la rue et moi. Quelle vie de famille pour les sans-domicile ?, Pascal Bachelet Éditions, 2009.

Pour vous servir, Flammarion, 2015 ; J'ai lu, 2016.

Où passe l'aiguille, Flammarion, 2018 ; J'ai lu, 2019.

Véronique Mougin

Un fils à maman

roman

Flammarion

ISBN : 978-20815-1885-8

Notre village était sain et nulle part, dans le pays, on ne pouvait trouver autant d'avantages que chez nous. Si un prophète était venu à notre village nous prédire ce qui devait advenir, et qui est advenu, personne ne l'aurait cru.

Ma-ka-tai-me-she-kia-kiak,
dit « Black Hawk », chef indien des
Sauks et des Foxes (1767-1838)
Pieds nus sur la terre sacrée

Pendant dix-neuf ans, les habitants du Chandoiseau envièrent à Jo Picassiette son fils unique, la chair de sa chair, le délicieux Charly. Il était né en une heure quinze sans un pli, doux et lisse – du velours, dès le départ. Par la suite, rien ne vint entraver ses heureuses prédispositions : il fut un bébé calme puis un bambin souriant, gros dormeur, bon mangeur, un enfant gentil, un adolescent étonnamment serviable, enfin un jeune homme discret, prompt à aider aux champs ou aux bêtes et il y avait de quoi faire, surtout l'été, avec les moissons, particulièrement depuis la mort du père. Les voisins aussi profitaient de sa bonne nature : en cas de besoin le petit arrivait à vélo et donnait un coup de main, de ce côté-là il ne tenait pas de la mère Jo qu'on surnommait « la Bogue », rapport aux épines. Chacun se demandait par quel miracle la plus revêche des femmes avait pu enfanter ce rejeton gracieux que personne dans le pays n'avait jamais vu s'opposer ou faire défaut. Alors, quand un matin d'automne le môme signifia qu'il ne faudrait plus compter sur lui, le village entier en fut abasourdi, et Jo la première.

— Les pommes devront se passer de moi, maman.

— Hein ?

— Les pommes. C'est que… Je ne pourrai pas les cueillir… À cause de… de mon livre…

— Hein ?

Jo avait depuis longtemps l'écoute sélective : quand une nouvelle ne lui convenait pas, elle fermait les écoutilles et feignait de n'avoir rien entendu. Mais cette fois-ci, c'était différent, quelque chose coinçait pour de vrai. La phrase de Charly lui sautait dans l'oreille, jusque-là rien d'anormal, elle lui résonnait dans le conduit comme les grandes orgues de la cathédrale du Préfleuri puis glissait au ralenti, presque à reculons, jusqu'à l'orée des neurones où elle patinait lamentablement avant de caler, tétanisée par un virage terrible, ou bien par un bouchon, un éboulis, un poste-frontière, un barrage infranchissable, nul ne le sait, mais c'était le blocage, l'allergie, l'œdème auditif majeur et inexpliqué, l'information ne passait pas. Charly répéta doucement, comme une caresse à la bête craintive :

— J'ai trop de travail pour récolter. Il faut que je termine d'écrire mon… enfin… Tu sais bien…

Il tripotait son carnet, l'air gêné. Ses doigts fins en longeaient les bords, aller-retour, puis tapotaient la couverture colorée à petits coups pénibles. Combien en avait-il usés, de ces sales calepins cornés ? Il les fabriquait lui-même avec des feuilles de brouillon, parfois des restes de cahiers d'écolier, pas une page pareille que l'autre, reliées à la ficelle cela formait des livrets composites qu'il noircissait amoureusement de phrases alambiquées et dont il ne se séparait jamais. Le premier avait fait son apparition il y a une dizaine d'années, Jo l'avait haï tout de suite, d'instinct. Elle aurait dû le déchiqueter sans réfléchir, le démembrer, arracher toutes ses pages une par une et flanquer les restes au feu. Au lieu de cela, elle avait emmené le fils aux champignons.

— Je suis désolé, maman.

Tip-tap, les doigts sur le carnet, plus vite et plus fort. Jo pressa ses mains sur son visage. Les champignons, c'était hier, ou à peu près. Les jours de cueillette, elle mettait à Charly ses petites bottes jaunes, ses préférées, « Reste près de moi » elle lui disait, et elle attrapait sa main toute chaude mais Charly galopait d'un arbre à l'autre, plus rapide qu'elle, beaucoup plus rapide, où était caché le moteur de ce gosse ? À moins que ce soient réellement ses bottes jaunes qui couraient vite, ainsi l'avait-il supposé un jour et il fallait reconnaître que si ce n'était pas vrai, ce n'était pas tout à fait faux non plus, comme souvent ce que disait l'enfant. Ce môme-là n'avait pas son pareil pour lâcher une phrase définitive puis détaler comme un lapin et disparaître, avalé par la forêt mouillée. Jo détestait le perdre de vue. Heureusement elle finissait toujours par le repérer à travers les broussailles grâce aux deux soleils qu'il portait aux pieds. À peine avait-elle eu le temps de se retourner que son petit chasseur-cueilleur chaussait du 46.

— Il va falloir s'organiser autrement, maman. Prendre quelqu'un pour t'aider à la ferme.

Autrement : ce mot-là, sans doute plus têtu que ses congénères, peut-être plus chanceux aussi, se fraya un chemin jusqu'au cerveau de Jo – hélas, ce n'était pas son préféré. Pourquoi fallait-il toujours que les choses changent ? Elle aurait voulu que le passé se fige, les cèpes, l'enfant, les bottes, la joie, les joues glacées de vent et la mousse argentée sous leurs pas, fixés une bonne fois pour toutes comme sur un tableau, et elle savait de quoi elle parlait, question peintures, les murs de sa salle à manger en étaient recouverts. Au siècle dernier, voyez-vous, le Chandoiseau avait attiré l'avant-garde artistique, tout ce que Paris comptait de gribouilleurs désargentés venait y peindre sur le motif – cent kilomètres c'était la porte à côté. Logés çà et là dans le village, ils dessinaient la journée, buvaient la nuit et revenaient chaque année parce que c'était beau, ici, malgré tout ce que les imbéciles disaient, beau mais pas facile, admettons-le : un pays boisé-serré presque partout, veiné de chemins filous, douze maisons perdues au milieu, peu d'hommes beaucoup de bêtes. En plus ce n'était ni la mer ni la montagne, le Chandoiseau, c'était plus compliqué que ça. Pour l'aimer, il fallait l'œil. Et les peintres l'avaient, l'œil. Ils s'étaient épris des champs ébouriffés, des haies follement peuplées et des forêts sauvages, ils avaient vu les collines comme des vagues, les verts infinis, les oiseaux. Sans un sou pour se payer les toiles, ils avaient peint toute cette beauté à même les murs de la ferme aujourd'hui habitée par Jo et son fils, entre les fenêtres, au plafond, sur les vieilles poutres noircies par le feu et même sous l'évier en pierre : une salamandre tachetée sur la porte du placard et deux couleuvres sur celle de l'entrée, que Charly avait si souvent claquée. Puis les artistes, infidèles comme on sait, avaient délaissé cette campagne farouche pour des contrées plus affriolantes (plages dorées, falaises crayeuses, sommets enneigés nouvellement accessibles par le chemin de fer), ils s'étaient envolés comme des moineaux ingrats en laissant leurs traces sur tous les meubles. De temps en temps, Jo passait les fresques à l'éponge, cela faisait ressortir les couleurs, le vert vif des prés, le soleil orangé, le bleu blanc du ciel. Son fils les observait pendant des heures, quand il était minot. Il aurait mieux fait de continuer, au lieu de triturer ses satanés carnets, tip-tap tip-tap, à en vriller les nerfs de sa mère.

— Nous pourrions demander au voisin de te donner un coup de main, il ferait ça à merveille, les pommes, le potager… Même le bois pour cet hiver… Maman ? Tu m'entends ?

Jo avait compris, nom d'un chien, elle n'était pas sourde – le bouchon avait sauté sous les assauts du têtu tip-tap, libérant ce *je ne pourrai pas* qui maintenant rebondissait sous son crâne comme un ressort dément. Le gosse ne pourrait plus, donc, contrairement à l'an passé et à celui d'avant, contrairement à chaque année depuis longtemps, depuis ses premiers pas, depuis ses premiers mots, depuis ses petits poings serrés sur l'anse du seau, récolter les pommes, ni presser le jus, nourrir les poules ni traire la vache ni cueillir ni semer, encore moins ramasser, pailler ou bouturer, toutes ces choses indispensables à la bonne marche de la ferme, à son équilibre, à sa vie même et donc à la leur, il ne pourrait pas car voilà, le mot était lâché, monsieur avait désormais *du travail.*

— Je dois rendre le manuscrit très vite, tu comprends ? L'éditeur est impatient.

Il n'en était pas question, Jo était contre. Absolument, totalement, viscéralement contre. Elle voulait son fils comme avant, les pommes ensemble, ensemble les confitures et le potager, et les balades, le grand air, les champignons, les bêtes et les arbres, la bonne vie tous les deux, la seule vie qui vaille, et elle le lui aurait signifié bien comme il faut si ce monstrueux *je ne pourrai pas* ne l'avait écrabouillée, comme un gigantesque coup de pelle en pleine figure. Impossible de bouger un orteil ni d'émettre le moindre mot.

— Je suis ravi que tu prennes tout cela avec philosophie, conclut Charly avec un sourire d'elfe.

Il se plia en deux pour embrasser le front douloureux de sa mère.

— Je file.

— Où ça ? articula Jo avec beaucoup de difficulté.

— Là où *tout n'est qu'ordre et beauté, luxe, calme et volupté*. Bref : au pigeonnier, travailler. Tu laveras ma veste ?

Et il partit gaiement, en claquant la porte si fort que ses gonds en vibrèrent.

— Attention aux mésanges, grinça la Bogue en se tenant la tête.

Mais Charly était déjà loin. Jo sortit à son tour, grimpa sur une chaise, jeta un coup d'œil au nid au-dessus de la porte d'entrée : les oisillons étaient en pleine forme, tremblants ridés déplumés comme il sied à leur âge, trois jours de vie et de vraies têtes de vieillards. Ils ouvraient leur bec mouillé en piaillant de faim ; la mère n'allait pas tarder à livrer la boustifaille, elle faisait ça toute la journée, chasser-nourrir, chasser-nourrir.

— Patience, les piafs. Et bouclez-la un peu, j'ai mal au crâne.

Jo souffrait du cou à la racine des cheveux, sauf à l'endroit que le fils avait baisé. Elle referma délicatement la porte et jeta dans l'évier la veste à décrasser, qui s'effondra avec un bruit suspect. Le calepin de Charly dépassait de la poche gauche. Son carnet adoré ! Son précieux ! Fallait-il que le petit soit perturbé pour l'oublier… Cette histoire de livre lui mettait la tête à l'envers.

— Heureusement, maman est là, soupira Jo en ouvrant le robinet.

Le carnet se désagrégea lentement dans l'eau savonneuse. L'encre coula d'abord, puis le papier gonfla, des morceaux se détachèrent et dérivèrent lentement vers le siphon. La mésange eut le temps d'enquiller quatre allers-retours avant que la dernière page ne se disloque tout à fait. Il régnait maintenant dans le nid un silence repu, Jo n'entendait plus que les coups de marteau de la migraine sur ses tempes. De tous les animaux de la création, l'enfant humain était bel et bien le plus difficile à combler.

L'encre avait taché l'évier. Ligne bleue bien droite sur toute la céramique, tu parles d'un horizon : un quart d'heure à frotter, comme si Jo avait du temps à perdre. Il fallait encore faire les courses. Elle attrapait son panier lorsqu'on frappa au carreau.

— Élagueur ! Taille, abattage, défrichage ! Vous en rêviez, chère madame, je suis là.

Le rêve portait une combinaison vert pomme d'où sortait une petite tête oblongue. Avec ses deux sécateurs au bout des bras, il ressemblait à une mante religieuse géante. À cet instant, la mère Picassiette en eut confirmation : sa journée partait excessivement mal. Elle ferma le rideau.

— Y a du boulot chez vous, ma brave dame, insista la mante. Voyez votre lierre, là, et votre saule ! Ce n'est plus un jardin, c'est la jungle amazonienne, y a même un nid juste là au-dessus de votre porte d'entrée…

— Pas touche aux petits, rugit la Bogue. Sinon la mère elle s'en occupera plus !

Jo détestait les élagueurs. Elle connaissait leurs astuces infâmes pour s'ouvrir des marchés, jeter nuitamment de l'arsenic aux racines, du plastique fondu et même du yaourt, l'arbre ne s'en remettait pas, l'élagueur débarquait quelques jours plus tard comme par hasard, coupait ras et facturait gros – on avait déjà vu de telles roueries dans le pays. Jo n'aimait pas tailler, globalement. Une fois tondus, les arbres ressemblaient à ces jeunes garçons sortant de chez le coiffeur, nez saillant et oreilles décollées. Jadis, le sujet faisait polémique entre elle et son époux, adepte du bien court pour les arbres comme pour les hommes. Pauvre Louis ! Depuis qu'il s'était noyé dans la cuve, plus personne ne défigurait le saule ni le lierre. Tous les oiseaux du monde se donnaient rendez-vous dans le jardin de Jo, symphonie matin, midi et soir. Charly aussi se perchait ici ou là, pour lire, doublement caché derrière les branches et ses cheveux longs. Quand il avait faim, sa main sortait du feuillage, hissait jusque là-haut la vieille balançoire sur laquelle sa mère avait déposé le goûter, puis la main disparaissait de nouveau jusqu'au soir, à l'abri de la chaleur, de la pluie et des emmerdeurs. Parfois, des cerises tombaient du saule, il pleuvait des miettes de pain beurré, tout allait bien. Elle savait cela depuis longtemps, Jo : les arbres transformaient notre carbone en oxygène et notre routine en bonheur, pour peu qu'on suive certaines règles. Ne pas tailler était l'une d'elles.

— C'est votre jour de chance, insista l'élagueur, je fais cadeau de la TVA.

Jo ouvrit la fenêtre, balança sa bassine remplie d'eau grasse sur l'importun décapiteur et attendit qu'il eût disparu pour rejoindre le verger, non sans avoir donné une tape amicale sur le tronc du vieux saule :

— T'inquiète pas mon brave Paul, il reviendra pas de sitôt.

L'année avait été excellente. Les pommiers croulaient sous les fruits qui tombaient par dizaines à leurs pieds. Il était temps de tout récolter, bien sûr, mais sans le fils c'était trop d'ambition. Les bras de Jo étaient bons encore, mais au bout de cinq cagettes ses articulations demandaient grâce – avec l'âge, ça rouillait. Elle imagina l'affreux gâchis, les gigantesques pyramides de pommes pourrissant au soleil frais de la Toussaint et tout ça pour quoi ? Pour un livre. Charly allait sortir un livre. Pas un carnet relié à la ficelle, non, pas un ramassis de feuillets disjoints même pas tous de la même couleur, ni vraiment de la même taille. Un vrai bouquin sans aucune page qui dépasse.

Jo vira les boucles qui tombaient sur ses yeux et regarda autour d'elle. Champs de luzerne, colline, bois, re-colline, rivière entre les deux, et puis le lac, rond admirable cintré de pins émeraude, scintillant comme un diamant dans la lumière.

Son fils allait publier un livre.

Probabilité qu'un rêve de ce genre se réalise : à la louche, entre le loto et la foudre, et encore. Pourquoi cela tombait-il sur Charly, pourquoi ? Elle savait bien pourquoi, tiens. Le manoir de l'éditeur la narguait juste là-haut, entre les deux collines, on voyait d'ici l'immense rangée de buis taillés à ses initiales, S. M., Sa Majesté Saint-Morize, tu parles d'un prétentieux ! Jo eut une pensée émue pour ces pauvres buis perpétuellement ratiboisés, obligés d'aller puiser profond l'énergie de pousser malgré tout et plus haut encore, plus vifs, plus forts, car l'arbre taillé se rebelle, faut pas croire, il ne se laisse pas tondre, plus on le réduit plus il s'expanse, c'est à devenir dingue ; au Japon, les asiles étaient bourrés à craquer de candides qui s'étaient essayés au bonsaï. Bref, l'éditeur venait quatre jours par mois au manoir de la Sauvagère tandis que deux jardiniers locaux tentaient à temps plein de discipliner le bousin.

Jo ramassa un caillou lisse comme un œuf, le jeta le plus loin possible dans l'eau limpide du lac et attendit. Autour du point d'impact, des halos partirent en oscillant vers les rives. La Bogue eut le temps de cueillir une douzaine de prunelles avant qu'un petit tourbillon se forme, au milieu du dernier cercle. Parfois c'était une légère fumée, ou un bouillonnement. Le lac répondait toujours, au plus infime projectile, au moindre bâton jeté pour tuer le temps. Autour de cette eau bavarde, les siècles avaient charrié des monceaux de roches recouvertes de mousse argentée et des histoires à dormir debout, dragon sous-marin, fées amphibies, diable puni à jamais envasé dont le souffle rageur faisait vibrer l'onde. Jo racontait toutes ces bêtises à son fils, quand il était enfant.

— On voit où ça l'a mené, grogna-t-elle en balançant deux grosses poignées de prunelles dans son panier.

Sa mauvaise humeur grandit encore lorsqu'elle vit qu'on pique-niquait autour du lac. D'atroces vélos fluorescents gâchaient le paysage ainsi qu'une radio dramatiquement braillarde, sans compter leurs propriétaires eux-mêmes, qui cumulaient les deux défauts. Jo haïssait les promeneurs presque autant que les élagueurs, nuisibles qui, hélas, allaient souvent de pair. Rien ne l'énervait davantage que ces bruyants parasites avec chien, sourire et gourde accrochée en bandoulière, pour qui une administration forestière dictatoriale avait rasé des arbres centenaires et planté à leur place des bancs hideux surmontés de navrants panneaux indicatifs en pin moldave vite délavés que personne ne lisait jamais. Jo, lorsqu'elle était en forme, débitait soigneusement les affreux avant de les jeter au feu. Le lac en bouillonnait de joie et ce n'était que justice – qu'y avait-il de plus imbécile, de plus inutile, de plus prétentieux enfin, que d'*aménager* les rives ? La terre, l'eau, les arbres, tout cela s'autogérait parfaitement depuis belle lurette, on n'avait nul besoin de s'immiscer là-dedans.

Jo creva les pneus des vélos et replia son canif. Il fallait vraiment tout faire soi-même en ce bas monde. La forêt qui s'ouvrait devant elle l'apaisa. Enfant, elle fuguait souvent dans les bois. Elle dormait mieux sous les feuilles que dans son propre lit, qui n'en était pas un, juste une paillasse dans un coin qui servait aussi au chien, ceci expliquant sans doute qu'elle préfère s'assoupir entre deux racines, la tête dans les bras et les jambes repliées. Bien plus tard, au Chandoiseau, Jo avait retrouvé ce goût des siestes terreuses et vertes. Quand son petit à elle, son premier, était né, elle l'avait tôt emmené se reposer à l'ombre des branches basses. Il s'endormait sous son aile et se réveillait en gazouillant. Il était son oiseau fragile et doux. Elle s'était dit : plus jamais seule, puis le bébé-oiseau était mort.

Jo posa son panier au pied du grand noyer.

— T'as quoi aujourd'hui ?

Elle regarda entre ses racines : six noix.

— C'est tout ?

La longue branche de gauche ondula lassement.

— Ah, d'accord !

Sous les feuilles tombées, Jo trouva une dizaine de gros cèpes.

— Au temps pour moi.

Elle fouilla dans sa poche et en sortit le catalogue de l'hypermarché. En lettres rouges, il affichait « Semaine de l'Amour avec un grand A ». Et puis quoi encore, la Saint-Valentin était dans quatre mois mais allez donc, depuis que Noël s'annonçait en octobre, Jo ne s'étonnait plus de rien, on fêterait bientôt la Toussaint le 15 août et même la Saint-Glinglin – non contente de massacrer la belle campagne avec ses parkings démesurés, de lâcher ses panneaux publicitaires comme d'abjects étrons au bord de chaque chemin, la grande distribution plantait désormais ses crocs baveux dans l'immuable roue du temps, dans le but méprisable de fourguer des fromages sous plastique en forme de cœur, des bouteilles de mousseux frelaté à moins 50 % et même, cerise écœurante sur le gâteau moisi, des livres périmés.

— *Roméo et Juliette, Tristan et Iseut, Cyrano de Bergerac, L'Éducation sentimentale*..., lut Jo à la dernière page du catalogue. Que des nouveautés !

Elle mit le dépliant en pièces, tapissa le fond de son panier avec les feuilles déchirées, déposa les noix à côté des pommes et cala les champignons dessus.

— Maman ?

Jo sursauta. C'était Charly. Il la cherchait. Il était là, l'amour vrai, mille fois plus fort que dans ces satanés bouquins, son fils et elle, dès le départ. Enfin, à quelques semaines près, quelques mois peut-être, parce qu'au tout début, Jo n'avait pas senti grand-chose. Rien du tout, à dire vrai. Les vieilles du village s'extasiaient devant le nourrisson, mais elle regrettait celui d'avant, le petit oiseau. Et puis un soir, le nouveau avait accroché ses yeux dans les siens, sans ciller, sans lâcher, jusqu'à ce que Jo le voie et elle l'avait vu, plus que vu même, senti, respiré tout entier, ses bras potelés et doux, son parfum de biscuit à la cuillère, la merveilleuse rondeur de ses épaules sans oublier celle de ses orteils qui, la nature étant généreuse, n'étaient pas moins de dix, et ses taches de rousseur, chaque paillette d'or mat sur le nez minuscule, d'un coup toute cette perfection lui avait sauté aux yeux, alors était arrivé ce qui arrive souvent avec les bébés : elle était tombée à pieds joints dans l'amour de lui.

— Maman ? Où es-tu ?

Le noyer frémit.

— Chut, lui ordonna Jo. Bouge pas.

La première fois qu'elle avait emmené Charly siester sous le noyer, Jo n'avait pas dormi. Elle avait attendu que le petit se réveille et il s'était réveillé, et encore le jour suivant et le lendemain, celui-ci voulait bien vivre un peu avec elle, aussi la gratitude de la mère avait-elle grandi avec l'enfant. Jo avait accompagné chaque jour son fils sous l'arbre, puis à la rivière, aux mûres, aux vaches, aux poules, aux truffes, elle lui avait appris à trouver les œufs, à nourrir les écureuils, à attraper les écrevisses, à ramasser les glands, à creuser la terre, à faire pousser les tomates. Il aimait l'air libre, Charly, ils l'aimaient tous les deux. « C'est à nous tout ça », disait-elle devant la nature immense, il disait : « Plus tard, je veux être gardien d'arbres. » Il lui ressemblait beaucoup, avant.

— MAMAN ? Je commence à m'inquiéter…

La gent enfantine se divisait en deux catégories : ceux qui savaient chercher, et les autres. Jo Picassiette savait depuis longtemps où situer sa descendance. Charly était comme frappé d'une hypermétropie aberrante, capable, dans la même journée, de repérer une fourmi noire à cinquante mètres derrière un talus et de courir des heures après une chaussette rouge qui l'attendait sagement juste sous son nez. Cette capricieuse cécité agaçait la mère Jo, sauf quand c'était elle que Charly cherchait, alors son cœur se réchauffait, bercé par les douces syllabes : « Maman ». La voix maintenant s'éloignait. Combien de temps encore allait-il l'appeler avec cette ferveur ? Jo eut l'impression qu'un compte à rebours s'était enclenché. Elle s'effondra au pied du noyer.

— Charly récoltera pas les pommes… Il peut plus. Enfin, il *veut* plus… À cause de cette saloperie de bouquin… Tu comprends ça, toi ?

Jo leva les yeux : le grand arbre se tenait désormais parfaitement immobile.

— Ho, tu réponds ? Pourquoi il me crie comme ça, le fils ? Peut-être bien qu'il a changé d'avis pour les pommes, oui, voilà, il va m'aider finalement, au potager aussi, et aux poules, au bois, comment je ferai sinon, on va continuer comme avant, c'est un bon gamin, mon Charly, le meilleur même, tu le sais bien, toi qui le connais depuis des lustres, hein que tu le sais ?

Le noyer faisait celui qui n'entend pas. Il se contentait de regarder Jo de haut, les branches tombantes et la cime fière, dans une sorte de fatalisme arboricole, à moins que ce ne soit une forme d'égocentrisme absolu – ce qui n'aurait étonné personne dans le coin, le noyer ayant toujours semblé assez imbu de lui-même, avec son tronc immense, ses feuilles glabres et ses récoltes indécentes. Jo n'était vraiment pas d'humeur à supporter ce genre de comportement. Elle se redressa, saisit son panier et partit sans dire au revoir.

Et je passerai vous saluer, cher ami, samedi prochain.

Ainsi l'éditeur avait-il terminé son message. Charly n'en pouvait plus de joie : Auguste Saint-Morize, fils de Jules Saint-Morize et petit-fils d'Edmond Saint-Morize (l'Edmond même qui avait refusé, un jour de cuite et de 1912, le manuscrit de *Du côté de chez Swann)*, Auguste Saint-Morize, donc, allait venir le voir, lui, Charly Picassiette ! Non seulement l'héritier des Éditions Saint-Morize trouvait « extrêmement prometteurs » les douze premiers chapitres qu'il avait lus, mais il viendrait tantôt féliciter l'auteur en personne, avec un projet de contrat, s'il vous plaît.

Féliciter l'auteur ! *Avec un contrat* ! Depuis plusieurs semaines, les bonnes nouvelles s'amoncelaient sur la tête du jeune Picassiette, que cette visite surprise jetait dans une excitation terrible. Il fallait le dire à la mère, où était-elle encore passée ? C'était la spécialité de Jo, disparaître, dans les bois ou au fond de la grange, elle avait toujours quelque chose à faire, un fagot à nouer, une bête à cajoler, ici le travail n'avait jamais de fin, Charly s'égosillait et finissait par trouver sa mère à l'endroit exact où il ne la cherchait pas. Un téléphone portable, voire un bête talkie-walkie, leur aurait fait gagner un temps précieux, mais Jo détestait les bidouilleries électroniques. Le confort moderne nous esclavagisait, pensait-elle, à cause de lui on ne savait plus rien faire tout seul, et puis il tombait toujours en panne, surtout au moment où on avait le plus besoin de lui, le progrès était un traître, en somme, qui ne méritait que le mépris. Depuis la mort prématurée de son époux dont le portrait en salopette trônait sur la cheminée, Jo Picassiette, dite la Bogue, avait éjecté peu à peu tout ce qui marchait à piles ou sur secteur, sans oublier les machins complexes dont le mécanisme risquait de faire défection, radio-réveil, mixeur, tronçonneuse, trayeuse, le tracteur aussi était délaissé, la voiture bien sûr, même le frigo semblait sur la sellette – Jo pratiquait le bannissement ménager intempestif, on ne savait jamais quel objet allait être exilé. En revanche, d'antiques ustensiles répondaient encore présent, pilon, mortier, beurrier à eau, râtelier à légumes, hachoir de boucher, cruches, fioles diverses, sacs en jute pour stocker les noix, ces choses-là étaient simples et fidèles, on pouvait toujours compter dessus, au résultat la cuisine ressemblait de plus en plus à la grotte de l'enchanteur Merlin ou au terrier d'un écureuil très anxieux, adepte des infusions. Du plafond pendaient les multiples herbes cueillies par la maîtresse des lieux, il y en avait partout, orties, menthe, citronnelle, certaines effleuraient la tête de Charly au passage, comme des cheveux de sorcière. Les branches de romarin séchaient, elles, bien à plat, posées sur les caleçons longs de feu le chef de famille. Propres, bien sûr, les caleçons longs. Avec Jo, rien ne se perdait jamais.

Charly soupira. La maison avait une tout autre allure, avant. Il commença à sentir une boule acide entre ses côtes, cela lui arrivait souvent, en particulier lorsqu'il repensait à l'accident. S'il avait été plus attentif ce jour-là, si seulement il avait entendu son père glisser dans la cuve… Sa mère avait beaucoup souffert, par la suite, pour garder la ferme. Vingt fois pourtant elle avait refusé de vendre au propriétaire de l'hypermarché, l'an dernier encore le nouveau directeur avait surgi avec un bouquet de roses et les plans du parking qu'il rêvait d'agrandir. Écoconçu, le parking. Avec une éolienne et des moutons pour brouter les mauvaises herbes.

— Des moutondeuses, quoi !

La plaisanterie avait fait un bide considérable, et pendant que Jo fixait le directeur hilare d'un œil de rapace, Charly s'était presque évanoui de honte. En plus on n'y voyait rien, à ces foutus plans, à la ferme les ampoules n'étaient plus changées depuis une paye, Jo préférait se coucher et se lever avec le soleil. Quand le directeur alluma la lampe torche de son téléphone portable, la mère lui demanda s'il ne préférait pas ranger ses papiers, son éolienne écoconçue et ses moutons dans un endroit plus sombre encore de son anatomie.

Rien que d'y repenser, Charly peinait à respirer. Où était sa mère, bon sang ? La boule acide oscillait dans son thorax comme un pendule sadique. Plexus solaire sensible, une plaie.

Il descendit vers le poulailler. Jo l'avait construit elle-même, ça se voyait un peu. Elle ne la vendrait jamais, cette ferme. Après tout ce qu'elle avait vécu, l'orphelinat et le reste, elle y avait pris racine et c'était non négociable. Mais les pommes, qui allait se les coltiner, les pommes ? Charly avait demandé à tout le monde dans le village, le seul voisin en état de récolter une demi-tonne de fruits avait refusé tout net et, depuis, la boule acide jouait au flipper dans la cage thoracique du jeune Picassiette. Il se hissa sur le noyer pour reprendre son souffle. Des bois... Des champs de luzerne aussi, une colline, la rivière, de nouveau des collines... Tout le Chandoiseau était là. Probabilité de publier un livre pour un natif du coin, un inconnu comme lui ? Faible. Pire que faible, microscopique, infinitésimale ! Et pourtant : *nous serions ravis de vous compter parmi les auteurs de la maison,* c'était écrit noir sur blanc ! Charly reprit espoir. Avec l'argent du contrat, il payerait quelqu'un pour le remplacer à la ferme, le temps de terminer son livre, la voilà la solution, l'idée simple et géniale qui amadouait son plexus cyclothymique !

Mais encore fallait-il faire bonne impression. *Samedi prochain.* On avait cinq jours avant l'arrivée de l'éditeur pour changer les ampoules claquées, décrocher les orties du plafond et puis planquer ces caleçons atroces – poussé à cette extrémité le recyclage dépassait les bornes. Auguste Saint-Morize méritait un accueil digne de lui, cet homme-là avait publié les plus grands. Son bureau, disait-on, dominait tout Paris. Et il descendrait du 37e étage pour venir déjeuner à la ferme, chez eux, dans moins d'une semaine, cent vingt heures à peine, où donc se cachait la mère ?

Soudain Charly l'aperçut, petite ombre vive près de la meule de foin. Jo avait posé son panier à ses pieds. Ses mains rondes et nerveuses s'agitaient dans les airs – elle parlait avec véhémence à un interlocuteur mystérieux, des phrases hachées que le fils, trop loin, n'entendait pas. Il finit par comprendre : sa mère discutait avec une poule. Une grosse poule au plumage noir et blanc juchée sur la meule. D'aucuns se seraient contentés de ramasser ses œufs, éventuellement ses fientes pour faire de l'engrais : Jo prenait également des nouvelles du bestiau. Finalement, ce n'était sans doute pas une bonne idée que l'éditeur passe à la maison samedi prochain. On se donnerait rendez-vous chez lui au manoir, ou bien à son bureau, oui, plutôt en ville et en tête à tête, ce serait bien mieux. Charly s'adossa au tronc du grand noyer et pensa longuement à cette maison d'édition perchée tout en haut du monde, au vent nouveau qu'il sentirait sur ses joues, là-haut, au 37e étage. Dans sa vie quelque chose s'ouvrait, plus vaste et plus lumineux que jamais.

Jo ausculta son panier :

— Quatre pommes, j'ai. Les noix, OK…

Elle avait aussi les cèpes, les prunelles et les œufs. Manquait plus que la liqueur. Jo ne faisait jamais ses courses à l'hypermarché, question de principe. Pour le construire, vingt ans auparavant, il avait fallu amputer la forêt et dévier la rivière, rien que ça. Il y avait eu des pétitions, des recours ; le tracteur de Louis avait malencontreusement roulé sur les baraques du chantier, une nuit. La presse en avait causé, même la télé, des babas cool s'étaient enchaînés à poil aux pelleteuses. L'hypermarché avait ouvert quand même et puis, d'extension en extension, tout dévoré autour de lui. Du haut de son pré, Jo voyait bien la blessure : un énorme bubon rouge au milieu du grand vert. C'était immense à l'intérieur, disaient les gens du coin, des allées innombrables, des kilomètres de rayonnages blindés de gâteaux emballés, de viande emballée, de fruits emballés. Charly y allait parfois, sans le dire à sa mère. Jo retrouvait dans ses poches des paquets de biscuits vides et de désolantes facturettes. Maintenant tout le monde y allait, au village, même pour le pain – plastifié lui aussi, naturellement. À force d'en manger, les clients finiraient par se réveiller avec une peau brillante et souple, ils seraient emballés eux aussi, pour toujours, et ce serait bien fait. Voilà ce que pensait Jo, à qui une telle mésaventure ne risquait pas d'advenir : elle ne s'approchait jamais trop près de l'hyper.

L'eau-de-vie, elle allait la chercher chez son voisin. La maison d'Ari Lemercier était la première quand on arrivait par l'église, le premier toit que Jo avait aperçu il y a quarante ans lorsqu'elle avait atterri au Chandoiseau. À l'époque comme aujourd'hui, le village ressemblait trait pour trait à ce qu'il n'était pas : un havre de paix et de chlorophylle. Était-ce l'odeur des champs, les arbres partout, il lui avait tout de suite plu, ce petit bourg serré autour de son clocher pour s'abriter du froid. Dans la ferme où elle avait débarqué, il n'y avait ni eau ni confort, des vaches jusque dans les cuisines mais pas de puces, contrairement aux chambres de bonne qu'elle avait fréquentées après l'orphelinat. Jo avait dormi comme un loir dans le foin parfumé et s'était demandé pourquoi les gens d'ici se plaignaient tant.

Elle entra sans frapper chez Ari.

— Tiens, v'là la sale teigne, remarqua-t-il en fronçant les sourcils.

— T'as toujours pas crevé, babouin ?

— Ça te ferait trop plaisir, morue.

Ari Lemercier était un Chandoisien assez primaire affligé de cinq enfants dont une seule agréable, abîmée à la naissance. De rage lorsqu'on lui avait annoncé la mauvaise nouvelle (« hémiplégie »), le père avait cassé sept côtes au médecin accoucheur. Depuis, il s'oubliait dans la pratique assidue de la chasse et des confitures (800 kilos de sangliers et 120 de mirabelles par an, sans compter la liqueur), records dont il n'oubliait jamais de se glorifier. Sur tous les murs du salon s'étalaient des photos de cochonnailles éclatées au semi-automatique qu'il commentait avec beaucoup de joie. À part ça, il roulait chaque semaine sa fille jusqu'au cabinet de la kiné et la tapait un peu au retour, afin qu'elle restât suffisamment handicapée pour toucher l'allocation ad hoc. Enfin, c'est ce que Jo racontait à qui voulait l'entendre.

À l'instant où elle entra chez son fournisseur de gnôle, celui-ci ânonnait ses tables de multiplication, un manuel de CE2 à la main et une blondinette de 8 ans sur les genoux.

— Tu sais compter maintenant, tocard ? Va me chercher une bouteille de mirabelle, si tu arrives encore à soulever ta graisse.

En quelques années, Ari avait beaucoup maigri. N'importe qui pouvait constater que torse nu on y voyait les côtes et qu'habillé, il ressemblait à un portemanteau anémique, mais Jo n'avait pas renouvelé son répertoire d'insultes, continuant avec une belle constance à le traiter de gros tas de merde. Sa haine aveugle ne datait pas d'hier. Voilà des années que l'indélicat voisin entreposait au fond de son jardin un infâme capharnaüm métallique, carcasses de voitures, boulons, tuyaux de toutes tailles, un attirail de ferrailleur qui dégobillait sans gêne sur le terrain de Jo. Elle avait donc pris l'habitude d'y mettre le feu et d'attendre les pompiers en croquant les beaux raisins qui, grimpant sur le tas de ferraille, penchaient eux aussi de son côté. Ari avait fini par arracher sa vigne, dépourvue de tout attrait depuis que la Bogue en profitait aussi. Avant ces histoires de ferraille et de raisin, d'autres fâcheries plus ou moins sonores avaient animé le Chandoiseau, sans que nul ne sache vraiment quelle en était la source. Les plus anciens du village croyaient se souvenir d'un obscur différend commercial, Jo reprochant à Ari de lui avoir troqué jadis, contre vingt-quatre œufs de première qualité, un poulet exaspérant qui n'avait jamais voulu cuire. Devant ce mystère on s'était perdu en conjectures, puis chacun était passé à autre chose, excepté les deux principaux intéressés qui continuaient de se haïr consciencieusement.

— Mon eau-de-vie est trop bonne pour toi, vieille punaise, estima Ari en déposant délicatement la blondinette sur son fauteuil roulant.

Il sortit une fiole de derrière les fagots, la balança à la figure de Jo qui lui envoya les œufs de la même façon.

— T'as deux mains gauches, macaque ! Bobonne va encore devoir dégainer son balai.

— Laisse ma femme tranquille, sale bête. Occupe-toi plutôt de ton gosse.

Ari ajouta, soudain réjoui :

— Dis donc, il paraît que le Charly te lâche en pleine saison des pommes ?

Il se mit à glousser :

— Et les poules, il va plus s'en occuper non plus, de tes poules ? Et le blé, qui c'est qui va te le moissonner ? Ça sent le roussi pour toi, rase-moquette, faut vendre.

— Ta gueule.

— Bientôt on garera nos bagnoles dans ton verger, vipère, ce sera bien fait pour…

Mais Jo était déjà dehors. Elle déboucha la bouteille de mirabelle, en but une gorgée, cracha dedans pour refaire le niveau. Puis elle déballa soigneusement la fiente recueillie une heure plus tôt et l'étala sur le perron tout propre d'Ari en murmurant :

— Tu sais ce qu'elles te disent, mes poules ?

Lac du Chandoiseau : le gang des machettes a encore frappé !

Voilà une nouvelle coutume dont les promeneurs du dimanche se passeraient bien. Les bancs, cette fois-ci, sont sains et saufs, mais on dénombre 4 VTT saccagés, ce qui porte à 84 le nombre total de pneus crevés depuis avril dernier. La gendarmerie s'est rendue sur place pour constater, malheureusement, que les vandales couraient toujours.

La vieille Suzanne posa sa loupe et son journal : on cognait à la porte.

— C'est toi, Jo ?

— Qui voulez-vous que ça soit ? Vous fermez à clé, maintenant ?

— Avec tout ce qu'il se passe… Pose les courses dans la cuisine, s'il te plaît.

— Les vandales ne s'attaquent pas encore aux déambulateurs, aux dernières nouvelles, pas la peine de vous inquiéter.

— Que veux-tu que je fasse d'autre, à cause de mon arthrose je ne peux même plus tricoter ! L'inquiétude, c'est le passe-temps des vieux, figure-toi. Avec la télé.

Quoique, en ce moment, je la regarde moins, elle floute. Comme s'il y avait de l'eau dedans, tiens, là, tu vois ?

Jo jeta un coup d'œil à l'écran : l'image, pour une fois dans ce pays de collines, était d'une netteté irréprochable. D'ailleurs, huit matous regardaient le JT allongés par terre, une dizaine d'autres s'étalaient en pachas sur le canapé. Sous les fenêtres, au coin de la cheminée, derrière les rideaux, l'ombre bougeait aussi. Régulièrement, les services sociaux débarquaient chez Suzanne afin de vérifier l'antique rumeur : une septuagénaire isolée trompait sa solitude en recueillant les chats perdus dont le nombre, changeant selon les interlocuteurs, dépassait toujours la centaine. Tout le village finissait par connaître la date confidentielle de la visite sanitaire, ce qui permettait à Charly d'exfiltrer la quasi-totalité des félins afin que la vieille Suzanne n'en affiche le jour J qu'un nombre socialement correct compris entre deux et quatre. La dernière fois, il avait fallu atteler une remorque au vélo et douze allers-retours pour déménager la meute.

— Je viens juste de sortir les sablés du four, sers-toi.

Les gâteaux tièdes et bombés formaient une alléchante pyramide sur l'assiette. La Bogue goûta le plus gros et le regretta aussitôt, le sucre ayant vraisemblablement été confondu avec son cousin le sel.

— J'ai fait vos commissions, Suzanne, annonça Jo en éructant l'infâme bouillie par la fenêtre.

— À l'hyper ?

— Bien sûr que non. Il paraît qu'ils ont encore trouvé un doigt dans une boîte de sardines, je me méfie.

— C'est pas vrai ?

— Comme je vous le dis, Suzanne. Et sans l'ongle, par-dessus le marché.

Ces dernières années, Jo avait fait courir tout un tas d'affreux bruits sur l'hypermarché, des cannellonis à l'eau de Javel jusqu'aux tomates farcies aux poils, sa créativité était sans limites. Les meilleurs bobards dévalaient la rue principale du Chandoiseau jusqu'à l'arrêt du bus, ils déboulaient en ville, au bistrot ou dans la salle d'attente bondée du docteur, ils se répandaient partout comme de l'huile, parfois la presse locale dépêchait des journalistes – Jo prenait ça comme un compliment. Elle mentait depuis longtemps, sur tout et tout le monde, sur la vieille Suzanne comme sur les autres anciens du village dont elle s'était occupée avant elle. Jo répétait, aussi, tout ce qui lui était confié et c'était bien naturel : les vieux se vidaient sans scrupule lorsque Jo était là, regrets, remords, chagrins, nostalgie, elle repartait lestée de leurs mots poisseux, de leurs confidences trop lourdes, alors elle s'en débarrassait dans l'oreille du premier venu et, quand elle n'avait rien à répéter, brodait des histoires plus extraordinaires que la triste réalité.

— Tu peux embarquer le journal, je l'ai terminé, annonça Suzanne en repliant *Les Nouvelles du Préfleuri*. Je te préviens, c'est écrit de plus en plus petit. Tu as pris mon courrier ?

— Ouais, y a rien.

Chaque jour depuis plus de trente ans, Suzanne attendait une lettre de sa fille, partie à peine majeure jouer de la guitare dans un groupe de punk metal et jamais reparue. Elle donnait signe de vie de temps en temps, envoyant des photos d'enfants toujours plus grands que Suzanne n'avait jamais rencontrés et des cartes postales extraordinaires expédiées du bout du monde. La vieille dame suivait les tournées de sa fille sur un globe terrestre pendu dans l'horloge comtoise, à côté du saucisson.

— Elle est montée un soir dans sa chambre, comme tous les soirs, tu sais, c'était un jeudi.

— Je sais, Suzanne, je sais, grommela Jo qui avait encore le goût infect des sablés salés dans la bouche. Dites voir, vous avez fait vérifier vos lunettes, récemment ?

— Elle était mignonne, mon Isabelle, toute pimpante, toute fraîche, avec ses petites jupettes. Elle est allée se coucher, en haut des escaliers elle m'a dit « bonsoir maman », je m'en souviens encore.

— Je m'en souviens aussi, Suzanne, elle est redescendue le lendemain, je connais l'histoire, c'est bon, ne vous fatiguez pas.

— Oui, elle est redescendue, et comment ! D'abord j'ai entendu le bruit, j'ai levé la tête, et j'ai tout vu : les chaînes, la cape, l'épingle à nourrice je pouvais pas la voir, hein, elle me l'a montrée après, mais ses cheveux, tu aurais vu ses cheveux, Jo ! Tout levés, tout noirs, tarte qu'elle était, mon Isabelle, d'un coup, comme ça, bam, tarte, du jour au lendemain.

— *Dark*, Suzanne, pas tarte, *dark*. Gothique, si vous préférez.

— Si tu veux, Jo, mais quand même, d'un coup, comme ça, ça surprend.

À chacun de ses visiteurs, Suzanne resservait la vieille histoire des cheveux de sa fille soudainement dressés contre le monde entier – prémices capillaires à son départ soudain et définitif. La Bogue compatissait aujourd'hui moins que jamais.

— J'ai pensé à toi l'autre soir, Jo, il y avait un reportage sur les prix littéraires.

— Qu'est-ce que ça peut me foutre ?

— Je ne sais pas… Ton gamin… J'ai entendu dire qu'il allait être publié pour de bon…

Jo aligna les champignons sur un torchon et mit les pommes dans le saladier.

— Déjà tout petit, tu te souviens, il faisait les liaisons comme personne… Et toutes ses inventions, ses carnets… Tu dois être fière d'avoir un intellectuel dans la famille, n'est-ce pas ?

La Bogue marmonna une réponse inaudible qui ressemblait à « de quoi je me mêle », en plus vulgaire.

— À la télé, ils disaient qu'un Goncourt est demandé partout, en France et même à l'étranger. Comme ma fille, un jour ici, un autre ailleurs. Les jeunes ont la bougeotte, de nos jours…

— Fermez-la, Suzanne.

— Il reviendra te voir, lui, ne t'inquiète pas, c'est un bon bougre ton Charly.

Jo claqua les six œufs sur la table et Suzanne se tut enfin. La vieille trottina jusqu'à l'évier, saisit une éponge, fit disparaître les coquilles jaunies à côté de la poubelle et essuya la toile cirée avec le foulard de la Bogue.

— Ce n'est pas la peine de t'énerver, les jeunes s'en vont, c'est dans l'ordre des choses ! Ton fils a presque 20 ans, il ne passera pas toute sa vie avec toi, il faut regarder la réalité en face.

— Regardez-la vous-même, vieille taupe, vous seriez capable de rater un éléphant dans un couloir.

— Tu sais quoi, Jo Picassiette ?

— Non, et je m'en cogne, au revoir.

— Tu ne mérites pas mes petits gâteaux.

Malgré le silence qui régnait au Chandoiseau et faisait dire aux anciens qu'on dormait ici mieux que nulle part ailleurs, les nuits de Jo Picassiette, comme celles de toutes les mères du monde, n'étaient pas toujours calmes. Des cauchemars venaient la hanter. Ses bras s'allongeaient démesurément, hélas ceux-ci n'étaient jamais assez longs pour retenir le fils qui tombait par la fenêtre. Ou bien le jeune homme, redevenu soudain le blond bébé dodu qu'il était jadis, se noyait dans la baignoire sans que Jo n'y puisse rien, derrière la vitre embuée. Elle se réveillait le cœur écrasé. Mais son pire cauchemar, la terreur de ses nuits, poussait parfois sous son crâne en plein jour : Charly prenait ses cliques et ses claques et partait vivre sa vie.

Les jeunes s'en vont, c'est dans l'ordre des choses.

Ainsi la Bogue avançait-elle vers sa ferme la tête farcie des funèbres prophéties de Suzanne et de portes à tout jamais fermées sur le doux visage du fils. Peu à peu, le cauchemar devenait réalité, Jo le sentait. Quelque chose d'inconnu soufflait désormais dans leur vie, un courant d'air mauvais, le sale vent du changement. Depuis quelques semaines déjà, l'enfant avait emménagé au pigeonnier avec son manuscrit, sur la mezzanine, pile là où son père s'installait pour noircir du papier. À peine Charly trouvait-il le temps de balayer les feuilles mortes, d'aller voir les bêtes. Or c'était un écosystème, la ferme : Jo s'occupait de Charly qui s'occupait des fruits, mais aussi du foin, de la farine et des moutons qui tondaient la pelouse et fertilisaient le sol qui abritait les vers, lesquels, gratuitement et sans jamais faiblir, aéraient la terre qui nourrissait ceux qui veillaient sur elle, à savoir Jo et son fils. C'était beau, cette boucle fertile, ce cercle immuable avec Jo et le petit au milieu, protégés. Les peintres avaient compris cette beauté-là, ça sautait aux yeux dans leurs fresques. Mais les peintres étaient partis et maintenant le fils s'éloignait. Si le cercle crevait, qu'allait-on devenir ?

Suzanne s'installa au grenier, ôta ses binocles, colla son œil au télescope et, après avoir longuement rajusté la focale, observa Jo qui atteignait presque le bout de la rue. La Bogue s'arrêta un instant pour refaire son lacet, tête baissée, dos rond, brune et trapue comme l'oursonne vue hier au journal télé, puis elle se releva, bifurqua devant chez elle, ouvrit la barrière à coups de coude et disparut derrière la haie de bambous. Ces satanés bambous, misère ! À cause d'eux Suzanne ne voyait plus rien ! Elle se tassa dans son fauteuil, fumasse. C'était bien la peine d'investir dans du matériel de cette qualité… Au fil des années, la vieille dame avait acquis un arsenal digne d'un stagiaire de la Nasa : outre le télescope (modèle Super Skywatcher), elle possédait des jumelles relativement puissantes, plusieurs lunettes à montures azimutales et même une longue-vue assez flibuste, achetée pour rien du tout à la brocante du 14-Juillet. Avant que l'hypermarché ne l'envoie à la casse, le camion du Shopix passait deux fois l'an au village, à Noël et à Pâques ; Suzanne en repartait systématiquement avec l'équipement dernier cri et les compliments intrigués de la maison – ce n'était pas si fréquent de voir une personne de son âge si férue d'astronomie, à moins que mamie ne fasse découvrir à ses petits-enfants les anneaux de Saturne ? En guise de réponse, Suzanne se contentait d'un sourire de sphinx. De quoi se mêlaient les gens, bon Dieu ?

Les chats de Suzanne aimaient les bambous, eux. Ils ourdissaient là-dedans leurs complots habituels, les souris ne s'y risquaient plus. Jo avait planté cette fichue haie il n'y a pas si longtemps et déjà elle culminait à six mètres, le lierre se prenait dedans, la glycine aussi, tout cela se mélangeait en dépit du bon sens. Vue du ciel, la ferme Picassiette ressemblait sans doute à un cercle d'émeraude, à un bouquet fou au milieu de jardins proprets et de champs bien coiffés, mais Suzanne ne s'y trompait pas : chez Jo ce n'était pas une oasis, non, c'était un terrier. Elle se planquait, la Bogue, dans son trou vert elle se protégeait des gens, rapport à toutes les choses dégoûtantes qu'elle avait vécues enfant et dont elle ne parlait jamais mais que nul n'ignorait au village – magie du Chandoiseau où aucun secret ne le restait longtemps. *Fichez-moi tous la paix*, voilà ce qu'ils disaient ses bambous, et son lierre, sa glycine. Suzanne réfléchissait sérieusement à la possibilité d'un drone avec caméra ; l'hypermarché en vendait, elle avait vu la pub dans le journal.

— Tiens donc, qui voilà ?

La meute arrivait au grenier, en rangs serrés.

— Vous venez me tenir compagnie ?

Suzanne en avait ras-le-casque des *combien*, des *pourquoi*, des *mais enfin !* qu'on lui servait à propos de ses chats. Jo s'en contrefichait, c'est pourquoi la vieille dame lui avait demandé à elle, pour les courses. Jo se contrefichait de tout et de tout le monde, c'était bien connu, sauf de son Charly… C'était un feuilleton, Charly et Jo, d'ailleurs Suzanne avait acheté son premier télescope à la naissance du petit Picassiette, pour ne rien rater : Jo et Charly sur les chemins creux à gober les mûres, Charly et Jo sous les arbres à la sieste, le petit corps blond contre le grand corps brun – ces gestes qu'avait la mère, remettre les cheveux du gosse derrière l'oreille, l'arrêter d'une main en cas de vipère sur le sentier, faire chut avec son doigt pour ne pas effrayer le papillon posé sur le museau de la vache, regarde bonhomme, c'est beau, c'est drôle. Avec son fils, Jo n'était plus l'ourse renfrognée, non, on lui voyait les fossettes, et pas que. Il fallait une optique assez sophistiquée pour l'apercevoir mais jadis, chaque matin, dos contre dos, au fond du pré, mère et fils faisaient pipi sur l'herbe en silence, elle le nez vers les étoiles, lui les yeux dans un bouquin. Suzanne trouvait ça déplacé, ces peaux touchées, cette complicité sans mots, déplacé et beau, rien que d'y repenser elle avait presque mal.

— Qu'est-ce que vous avez, les minous ? Ça ne va pas ?

Les chats feulaient en se frottant à ses vieilles jambes. Le plus gueulard, un jeune pas plus gros qu'une boule de neige, miaulait immobile. Suzanne le prit par la peau du cou et le fourra au chaud dans la poche de son tablier.

Sa fille aussi faisait des caprices, quand elle était petite.

Des rages plutôt, abominables.

De préférence en public.

Isabelle refusait catégoriquement de mettre ses pantoufles. Elle jetait ses couverts, à presque 3 ans. Elle ne coloriait jamais dans les cases. Elle voulait toujours les bras, il fallait la punir. Fille-mère, ce n'était déjà pas évident, alors avec une gamine de cet acabit… Comme

Suzanne aurait aimé, ces soirs d'épuisement, avoir un chat, oui, un chat calme et élégant, juste un chat plutôt qu'un enfant, un chat ou même deux, d'ailleurs, ces animaux-là étaient faciles, indépendants, et silencieux ! Avait-on jamais vu un chat se rouler par terre chez l'épicier en hurlant ? Suzanne avait fini par adopter un adorable gris de gouttière et Isabelle par troquer sa sauvagerie contre une distance féline, on ne la voyait plus que pour manger, ou presque. Sa mère s'était détendue – excellente idée ce chat, un animal très inspirant – jusqu'au jour où la jeune fille et ses états d'âme, sans doute insuffisamment domestiqués, avaient quitté la maison sans se retourner, laissant au cœur de la vieille Suzanne une griffure qu'aucun matou depuis n'avait réussi à guérir.

Par la suite, grâce au télescope, Suzanne avait constaté que très peu de jeunes enfants coloriaient correctement, tandis qu'un nombre époustouflant d'entre eux étaient sujets à de violentes sautes d'humeur. Quant aux pantoufles, ma foi, après dix-neuf ans d'observation attentive, elle n'était pas encore parvenue à les voir dans leur milieu naturel, aux pieds des petits. Charly, notamment, détestait se chausser, mais aussi s'habiller, dîner à table, dormir tard. Jo le laissait manger avec les doigts, grimper aux branches, courir cul nu dans la forêt à l'aube. Au village, ils étaient mal vus, sauf de Suzanne qui voyait tout très bien grâce au Super Skywatcher, et particulièrement l'amour violent que Jo portait à son gamin, cette passion en dedans, recroquevillée, l'irradiant secret des femmes blessées.

À l'intérieur du tablier, le mignon chaton blanc rouspétait toujours. Suzanne entrouvrit la poche :

— Tu veux un câlin ?

En vieillissant, elle avait compris beaucoup de choses.

La microscopique bestiole ronronna sous les caresses (y avait-il plus tendre, plus inoffensif que ces bêtes-là ?), puis, rassasiée, bondit dans la vieille valise et entreprit de triturer un bout de je-ne-sais-quoi qui avait le malheur de s'y trouver.

— N'abîme rien, je te prie, il y a mes souvenirs là-dedans.

À l'époque où elle avait des mollets d'acier et le département aucune médiathèque, Suzanne faisait le tour des villages du coin à vélo, deux fois par mois, cette valise en cuir ficelée au porte-bagages et remplie ras-la-gueule de livres déjà lus. Ainsi parée d'un généreux prétexte, elle s'incrustait chez ses voisins tout en faisant plaisir à certains, au premier rang desquels Charly, le fils de la Bogue, qui lui empruntait autant de bouquins qu'il pouvait. Avant d'entrer, Suzanne jetait toujours un coup d'œil par la fenêtre : souvent le môme Picassiette lisait vautré sur le canapé dans les positions les plus improbables (ce gamin était en latex 100 %), parfois nu comme un ver, debout sur la table de la salle à manger, il piochait avec allégresse dans des bols pleins d'une mixture bizarre, jaune, rouge, vert, bleu, et vas-y que je me peinturlure de la tête aux pieds. La peinture sur soi faisait partie, comme les repas crus et les nuits d'hiver à la belle étoile, des activités abracadabrantesques que Jo affectionnait et dont l'ensemble composait une éducation censée façonner, si par miracle l'on en réchappait, un adulte résistant et débrouillard. Charly s'en était tiré, et comment ! Il allait publier un livre ! Et épais, avec ça, presque un Bottin, on ignorait que le gosse eût tant à dire. Suzanne se dirigeait vers l'escalier, suivie par sa meute, quand l'adorable chaton blanc prit la tête du cortège, sautillant sur ses petites pattes duveteuses, une souris déchiquetée dans sa gueule. Le cou du rongeur pendait, brisé et sanguinolent. Finalement les enfants étaient des chats comme les autres, songea la vieille dame, on ne devinait jamais de quoi ils étaient capables.

Frayeur sur la RD 427 : le bouc incriminé.

L'enquête avance sur le carambolage advenu samedi suite à la divagation d'une soi-disant « chèvre » en amont du rond-point de la Planchotte. Il semblerait que l'animal, en réalité un mâle de l'espèce appartenant à monsieur le curé, ait voulu s'adonner au péché de gourmandise dans le verger très abondant jouxtant la route départementale (voir notre article sur l'arboriculture en page 3).

Jo replia le journal, c'était bientôt l'heure du déjeuner. Elle tapota les coussins du canapé, exhuma de ses profondeurs molletonnées deux bouchons de stylo et une seule chaussette puis arrêta son exploration pour regarder la pendule. D'une minute à l'autre, le fils ouvrirait la porte, prendrait son élan et, en Fosbury hilare, se jetterait d'un bond sur ce pauvre sofa afin d'y retirer ses chaussures. Un vrai vestiaire, ce canapé, lit d'appoint aussi, hamac, bureau, Charly y griffonnait en slip ses saletés de carnets. Lorsqu'il était petit, il s'en servait de cabane, de trampoline également. Le repas était fin prêt ; Jo s'assit sur la chaise et attendit. C'était une bonne chaise, bien solide et bien sûre, la Bogue avait passé un an dessus presque sans bouger quand le bébé-oiseau était mort. Elle avait fini par se remettre en marche et Charly était arrivé. Le fils était ponctuel, d'habitude, surtout pour manger.

Il faudrait laver les rideaux. Jo les avait cousus peu après l'accouchement, tissu bleu pâle, transparent comme des ailes de libellule, puis le fils à quatre pattes avait ajouté sa touche personnelle : feutre marron de droite à gauche. Il en était resté une trace, sur l'ourlet et dans la tête de Jo, qui se rappela soudain que le gamin se cachait là avant, jusqu'à ce qu'il comprenne qu'un voilage n'avait jamais dissimulé personne, et que le placard de l'entrée ferait une planque plus judicieuse car moins sensible aux courants d'air. Charly était en retard. Très en retard. Où était-il encore ?

Jo se concentra sur son inventaire mental. Placard de l'entrée, donc : refuge du fils lors d'innombrables parties de cache-cache. Possible coin lecture discret – la lampe de poche était dissimulée dans les grandes bottes du père. Accueillit également les siennes, de bottes, les jaunes, puis ses baskets en taille 32, 34, 35, 36, 38, 39, 42, 44, 45. Et s'il avait eu un accident de vélo ? Avec tous ces animaux mal éduqués, les routes n'étaient plus sûres, la Bogue n'avait jamais eu à enclore ses bêtes outre-mesure, elles restaient gentiment à la ferme parce qu'elles y étaient heureuses, bon sang de bon sang où était donc passé Charly ?

Jo chassa ce cauchemar. Avec les rideaux, elle laverait aussi le pantalon du fils qui traînait dans le coin (toujours le même coin, d'ailleurs, celui des vêtements tachés trop feignants pour se hisser jusqu'au panier dédié, à croire qu'un aimant malicieusement enfoui attirait ici la crasse textile, formant en surface un monticule immémorial de linge maculé de bouillies, puis de terre, de peinture, de cambouis, maintenant d'encre) – coin où l'enfant poussait de son petit pied, puis de son grand panard, les frusques sales que sa mère lui restituait immuablement propres et sèches, comme par magie, depuis deux décennies. À force, la pierre portait l'empreinte de sa voûte plantaire, mais fallait savoir regarder. Et Jo savait.

Elle n'avait pas besoin que son fils rentre à la maison pour le voir. Il y avait des traces de lui partout, à chaque étage, à tous les âges, sur tous les meubles. Même la cheminée lui racontait Charly, Charly tout petit, Charly le soir et ses hurlements à faire dresser les cheveux sur la tête, Charly les nuits blanches. À l'époque affreuse des cris, Suzanne avait dit :

— Montre-lui le feu, Jo, ça va le calmer.

Et la vieille dame avait sorti le grand livre de sa valise, il était orange avec une couverture pleine de plumes et un Indien au milieu.

— L'une des babas anti-hypermarché me l'a offert avant de repartir pour le Larzac, je crois qu'elle a bien aimé mes biscuits. C'est un florilège de citations amérindiennes, cheyennes, enfin bref, il n'y a pas que des bêtises dedans.

Puis Suzanne avait ajouté, en posant son doigt sur la bonne ligne :

— « Les flammes rassurent les enfants », ça, figure-toi, est parfaitement exact.

Jo avait montré le feu au bébé qui s'était endormi en bavant sur son épaule, alors elle l'avait promené chaque soir devant la cheminée, les cris horribles avaient cessé et une fois le petit au lit, elle avait lu la suite du livre orange, toutes les pages. Son premier livre, *Sagesses*

Indiennes. Plus qu'un livre, une source lumineuse, une fontaine exquise de formules plus limpides que les directives embrouillées du docteur, plus malines que les hypothèses de son mari aussi désemparé qu'elle, plus efficaces que les radotages contradictoires des anciennes du village que la Bogue avait fini par dégager à coups de pied aux fesses. *Sagesses Indiennes*, avec une majuscule à chaque mot et ça les valait, franchement. Il y avait là l'essentiel sur tout, la nature, les saisons, l'eau, les arbres, les bêtes, les enfants, comment on pouvait parler aux uns et aux autres, comment tout cela fonctionnait bien ensemble, aucun conseil – juste la vie telle qu'elle devait être et pas plus de mots qu'il n'en fallait. Jo avait relu le bouquin, un peu tous les soirs. Au bout d'un an, elle le connaissait par cœur. Elle lâchait parfois un « comme disait Geronimo », qui surprenait fort les gens, mais elle seule savait : Charly poussait droit comme un chêne, solide, joyeux, vibrant, il était vivant quand celui d'avant était mort, voilà tout. *Sagesses Indiennes*. Appliqué à la lettre. Elle n'avait jamais ouvert de nouveaux livres, même si Suzanne en sortait chaque semaine de sa valise. Pourquoi en lire d'autres puisqu'il y avait déjà tout dans celui-là ? Même des recettes de cuisine.

Grande table à manger : coups de couteau, empreintes de soupière brûlante. Quand il était minot, Charly cueillait avec sa mère les plantes du dîner, celles du déjeuner, du petit déjeuner, du goûter, rien de meilleur pour la santé, elles et nous sortions de la même terre, tous les Apaches en convenaient mais pas le toubib du Chandoiseau qui alignait les ordonnances de vitamines, Jo allumait le feu avec. Charly reprenait deux fois de chaque plat et s'endormait en souriant. Après l'enfant-oiseau, celui-ci réparait tout.

Le soir, blotti sur le canapé, il réclamait les histoires du livre orange. *Avant, les étoiles étaient dans le sol, elles se sont élevées pour laisser la place aux bébés,* voilà ce que Jo racontait à son petit en bordant l'édredon, et puis qu'il valait mieux ne pas sortir de la ferme, jamais, que les bêtes sauvages n'étaient pas celles que l'on croit.

Jo jeta un œil à la fenêtre : toujours pas de Charly. Elle sortit un bâtonnet de réglisse de sa poche et commença à le mâcher vigoureusement. Son fils devait encore lire caché dans un coin. Ça pouvait durer des heures, il en devenait sourd, amnésique, on ne savait jamais où il était. C'était au poulailler que cette histoire de lecture solitaire avait débuté, elle s'en souvenait parfaitement, à cette époque le gosse était haut comme trois pommes et demie. Ce mercredi-là, Suzanne l'avait approvisionné en douce, et voilà : quelques heures plus tard, il grignotait des gaufrettes en déchiffrant *La Chèvre de Monsieur Seguin* plutôt que de ramasser les œufs comme sa mère le lui avait demandé. Que Jo était bête, en ce temps-là ! Elle fut flattée qu'à cet âge si tendre, son garçon soit déjà capable de lire. Charly, pensait-elle alors, apprendrait le reste de cette façon toute simple, le calcul avec les grains de blé, un peu de biologie d'observation, cela suffirait pour vivre heureux ensemble à la ferme, longtemps. Naïve qu'elle était ! Crédule primipare ! Les failles s'agrandirent, bien sûr. Charly devint chaque jour plus curieux. Il demanda davantage de livres. Un matin, il désigna du doigt le portail de la ferme et tenta de le franchir. Deux mois plus tard, il insista pour grimper sur le tracteur de son père, puis vinrent les questions inquiétantes :

— Maman ?

— Oui ?

— Ça monte jusqu'où, les haricots ?

— 2 mètres, 2,50 mètres, pourquoi ?

— Pour rien.

L'enfant voulait voir dehors. Il se mit à dessiner des cartes imaginaires, des pays lointains. Il inventait des histoires d'arbres-monde dont les branches le mèneraient jusqu'au ciel et partout ailleurs. Il se rêvait en Jack à l'assaut de son haricot, et il grimpait, il grimpait… Jo en était terrifiée. Elle avait cru que l'enfance ne finirait jamais et elle s'était trompée : après cinq ans seuls au paradis, il fallut scolariser Charly.

Maudite école maternelle ! Jo se souvint de ces affreux pupitres où, du jour au lendemain, le fils fut vissé loin d'elle, huit heures par jour au milieu d'inconnus… D'ailleurs, avec qui était-il en ce moment même, pour être à ce point à la bourre ? L'horloge retardait tant qu'elle pouvait mais il était tout de même quatorze heures passées. La Bogue cala son lambeau de réglisse derrière l'oreille et se mit à nettoyer, le sol, les placards, coup d'éponge sur les deux serpents peints au-dessus de la porte. Lors des toutes premières séparations (elle n'avait pas encore découvert les vertus calmantes d'un ménage puissant), elle se rendait fiévreusement à l'école afin de vérifier que tout allait bien pour son fils. Tout allait bien : dans la cour de récréation il marchait seul, voûté, la tête penchée comme si une plante lui envahissait le cerveau et, dans un sens, c'était vrai. L'enfant avait compris, il se méfiait des autres. Jo en fut rassurée, hélas pas longtemps. Sur sa photo de CE1, l'élève Charly Picassiette offrit un sourire radieux qui détruisit le cœur de sa mère.

Jo attaqua les vitres. Aucun souci ne résistait aux vitres. Le problème, c'était sa curiosité : Charly était curieux. Au collège, il s'était rapproché des gens. Il avait commencé à être absent de la maison, même quand il était là. Jo sentait le flux vif de ses mots lui échapper. Elle imaginait les conversations qu'il avait en classe, avec ses amis, peut-être même avec des filles, des flots de paroles limpides, elle aurait aimé en capter le ton et le détail, détourner ce qu'il disait, filtrer comment, à qui. Charly rentrait à la maison avec des silences blagueurs, gorgés de rires, pleins d'ailleurs. Elle aurait voulu l'enfermer.

Quand la porte s'ouvrit enfin, la mère Picassiette astiquait ses cuivres de Noël.

— Tu es remarquablement prévoyante, dis-moi…

— On n'est jamais trop en avance, si tu vois ce que je veux dire. Tu as faim ?

— Terriblement ! Extraordinairement ! Prodigieusement !
Écoutez-moi je suis le gosier de Paris.
Et je mangerai encore s'il me plaît l'univers !

Charly prit son élan et, d'un bond, sauta sur le canapé dont les coussins s'affaissèrent sous son poids. Jo fut submergée de soulagement, son petit bonhomme, rien n'avait changé ! Elle sortit le pain du four et mit le couvert en quatrième vitesse. Maintenant on oublierait cette histoire de livre, les pommes n'allaient pas attendre éternellement, pas vrai Charly ?

Allongé sur le canapé, l'enfant tentait de retirer son chandail sans utiliser ses mains, s'obligeant à d'audacieuses contorsions qui le faisaient ressembler à un disciple d'Houdini, croisé avec une chenille.

— Je suis passée au verger, dit Jo. Il faudrait commencer à récolter la semaine prochaine, au plus tard.

Pas de réponse. La chenille avait réussi à ôter ses deux manches.

— Charly, ça va ?

— Pas mal et toi ?

— Rien à me dire ?

— Euh, non… Ah, si : tu n'aurais pas vu mon carnet, par hasard ? Impossible de le retrouver.

— T'as bien cherché dans tes poches ?

— Oui. Samedi prochain je ne serai pas là, au fait. Je vais voir Auguste Saint-Morize, à son bureau. Ce sera mieux que chez nous, pour…

Jo n'entendit pas la suite. *Mieux* restait coincé. Charly tenait bien de son père, tiens, il fallait toujours *mieux* avec Louis, les grands champs mieux que les petits, le tracteur mieux pour les grands champs, les engrais mieux pour le tracteur, les vaches loin de leurs veaux mieux pour tout le monde, pauvre Louis, toujours plus et mieux, c'est ce *mieux*-là qui l'avait tué !

— Primo, sache que ton *mieux* ne t'apportera que des emmerdements, siffla Jo, on connaît des gens qui s'y sont crevé le tempérament en pure perte, c'est comme poursuivre le soleil, ou le vent, on se retrouve Gros-Jean comme devant, parfois la tête la première dans la cuve, d'ailleurs le mieux est l'ennemi du bien, son ennemi mortel, et ce n'est pas moi qui le dis, c'est…

Charly ouvrit la bouche pour placer Montesquieu mais Jo pointa rageusement le portrait d'un Indien emplumé posé sur la cheminée :

— C'est Geronimo qui le dit, *Sagesses Indiennes*, point barre, rien à ajouter rien à retirer. Deuzio : dis-moi un peu pourquoi il se passerait *mieux* en ville qu'à la ferme, ton rendez-vous avec l'éditeur ? On n'est pas assez chic pour recevoir Môssieur le châtelain massacreur de buis ? La maison ne mérite pas d'accueillir Sa Majesté du sécateur ?

— Bien sûr que si, bien sûr que non, maman, calme-toi, qu'est-ce que tu m'as préparé de bon pour déjeuner, au fait ?

Habituellement le sujet des repas passionnait la mère, mais le coup partit trop tard.

— Et on peut savoir sur quoi il va porter, ton fameux bouquin ?

— Oh, tu sais… Sur pas grand-chose de précis, vraiment, il y a des personnages et puis… L'un dans l'autre, une intrigue…

— Avec un début et une fin, merci Charly, je sais ce que c'est qu'un livre, mais encore ?

— Pourquoi tu t'énerves comme ça, enfin ? J'ai écrit, plus ou moins, tu sais bien, un peu sur tout et rien, sur la vie, sur ici, quoi !

— Sur ici ? Comment ça, sur ici ? Ici chez nous ? Ici la ferme ? Je te parle, Charly, oh, reviens, et notre déjeuner ? J'ai fait du gratin d'orties, où vas-tu ?

— À la médiathèque !

La porte claqua si fort que l'une des deux couleuvres tomba en morceaux. Jo se précipita pour ramasser et s'assomma au coin de la cheminée. Elle s'allongea par terre, sonnée. Des flammes apparurent sous ses paupières, puis le bébé hurlant dans ses bras, les carnets griffonnés, les pommes pourries en tas au pied des arbres, tout ce que Charly lui avait fait, les dents du bonheur sur la photo de classe, les fugues, les silences, toutes les étiquettes de vêtements qu'il avait fallu découdre, un rien le grattait, ce gosse, à la moindre contrariété il avait mal entre les côtes, « comme un gros citron dans la poitrine », il disait, de temps en temps il perdait connaissance. La première fois, on avait couru à l'hôpital du Préfleuri, verdict : pas de citron, rien, pas la queue d'un fruit, il était juste constipé. Il s'évanouissait quand même. Et ses idées à la noix... Ses fameuses « inventions » ! Dès qu'on le laissait seul trois minutes, le gosse se prenait pour Einstein, et v'là-t'y pas que je te mets un satellite maison en orbite grâce aux explosifs à dessoucher du père, deux blessés au final, on lui devait aussi l'incendie du grenier, ah ça il l'avait réussie, son expérience, on pouvait *vraiment* allumer un feu avec une loupe, surtout si on y ajoutait un brin de dynamite agricole. Jo avait tout passé à son fils jusqu'à présent, tout, même la nouvelle petite garce qu'il retrouvait le soir dans le pigeonnier, à la ferme, chez eux ! La mère Picassiette encaissait ça aussi, mais le livre... Qu'est-ce qu'il allait raconter dans son bouquin, nom d'un chien ? Jo tenta de se relever, mais la tête lui tourna.

Ici.

Il écrivait sur ici. Rien ici ne méritait d'être écrit noir sur blanc, rien de rien, rien qui regarde les autres, en tout cas, et la Bogue se sentit soudain oppressée, comme si elle avait entraperçu un cambrioleur rôder dans les parages. Si ici se retrouvait ailleurs, qu'allait-il se passer ? Jo n'en savait foutrement rien, rien du tout, et pour la première fois de sa vie de mère, *Sagesses Indiennes* ne lui était d'aucun secours : elle eut beau passer en revue chaque chapitre du livre orange, elle ne trouva pas une ligne concernant sa situation et reposa sa bible en soupirant. Pour ne rien arranger, un bruit sourd lui martelait les tympans. Elle crut que la migraine revenait au galop, mais non : quelque chose de furieux tombait bel et bien du ciel.

Des pommes atterrissaient dans son jardin. Elles venaient de l'autre côté du mur, propulsées une à une avec une régularité de pendule. Jo se frotta les yeux, et comprit : des branches de ses arbres à elle pendaient chez son voisin, pas Ari, l'autre, Saturnin Fabre. Monsieur Fabre lui renvoyait donc par la voie des airs les fruits indûment tombés de son côté.

Ce gars-là, Fabre, ne faisait jamais rien comme les autres. D'abord il était arrivé au village quand tout le monde en partait, après une éminente carrière de zoologue spécialisé dans la faune des cavités. Et puis il était muet. Il soulevait son chapeau et baissait les yeux devant les dames, comme au siècle dernier. On ne le voyait jamais nulle part, sauf autour du lac à ramasser tout un tas de saletés, vers de vase, mousse, amphibiens morts ou vifs, même les crottes de ragondins, et bénévolement encore, comment pouvait-on être aussi tordu ? Pas dupes, les villageois avaient vite supposé quelque juteux trafic clandestin. Sûr que le vieux Fabre, reclus volontaire d'une demeure trop vaste pour lui, transformait ces cochonneries en or ou, mieux encore, en gasoil – commerce diaboliquement rémunérateur, seule cause plausible de l'exil rural d'un scientifique de sa trempe. Les esprits s'étaient échauffés et les langues aussi, sauf celle du principal intéressé, jadis tombé dans un trou plus profond que les autres qui lui avait fait perdre l'usage de la parole. Vingt ans avaient été nécessaires aux Chandoisiens de souche pour admettre que le nouveau-venu vouait une passion désintéressée à l'entomologie lacustre et qu'il était, sans doute, le dernier représentant terrestre de l'honnêteté personnifiée. On l'avait donc élu maire sans lui demander son avis, que le grand homme aurait été bien en peine de donner.

Jo tira une marmite du placard et alluma le gaz pour la compote. Dès que son voisin aurait fini de renvoyer les pommes, elle irait les chercher, mais il fallait être patiente : monsieur le maire scrutait chaque fruit dans le détail avant de le translater de l'autre côté du mur.

Il n'a vraiment que ça à faire, pensa Jo, et elle avait raison.

Saturnin Fabre avait le temps.

Toute sa vie, 82 ans et 8 mois, cet ami des bêtes petites et grandes l'avait patiemment consacrée aux sciences naturelles, amassant un savoir considérable dont il ne savait désormais plus que faire ni à qui le transmettre. Il aurait aimé, tel le beau cygne noir, faire descendance nombreuse et fière. Il se serait bien vu fendre le lac, ses rejetons sur son dos, ou bien en renard roux sur les rives enseignant aux jeunes l'art de la chasse, voire, pourquoi pas, en crapaud accoucheur (*Alytes obstetricans*), portant ses œufs jusqu'à l'éclosion, les humidifiant avec amour pour ne pas qu'ils se dessèchent. Oui, il aurait adoré déposer ses petits têtards dans une mare ensoleillée en bordure de forêt et revenir quelque temps plus tard les instruire en chantant... Hélas les *Alytes obstetricans* crevaient désormais la gueule pleine de pesticides et

Saturnin, qui comprenait tout des animaux mais rien des femmes, avait découragé toutes celles qui avaient eu l'idée saugrenue de vouloir se reproduire avec lui. La lecture du carnet rose, en dernière page du journal local, le bouleversait secrètement, et chaque naissance au village lui tirait des larmes silencieuses.

Ce type est pathétique, pensa Jo en ouvrant le robinet pour arroser le fond de la marmite.

Une grosse miette blanchâtre toute spongieuse bouchait le siphon de l'évier. Jo tira sur la chose et un morceau de calepin à moitié dissous apparut. Ce livre, ce maudit livre, qu'allait-il faire à son fils ? Une fois sorti (sorti d'où, d'ailleurs ?), pouvait-il lui revenir en pleine poire ? Dehors, Saturnin fixait la dernière pomme comme si elle allait lui parler. Après mûre réflexion, il la lança et retourna chez lui à pas lents, l'air pénétré, comme si toute la connaissance du monde infusait au creux de son lobe frontal.

Pathétique, répéta Jo à voix basse.

Pathétique peut-être, mais médaille d'or des sciences quand même, c'était peu ou prou l'équivalent du Nobel et pas la seule distinction qu'il ait reçue, le Fabre, chez lui l'honorifique prenait de la place, des prix, des titres, des médailles en veux-tu en voilà sur toutes les étagères, à nettoyer c'était coton, la Bogue revit l'armoire à glace bourrée à craquer de coupes dorées et de diplômes jaunis, alors elle ferma le robinet et gambergea.

Qu'est-ce qu'il ferait, le Fabre, face à une équation nouvelle et terrifiante, un obstacle inattendu, par exemple, au hasard, une jeune grenouille adoptant soudain un comportement erratique, sautant imprudemment dans des mares étrangères, potentiellement dangereuses, préférant à la compagnie de sa mère celle d'un châtelain illuminé du genre contondant ? Jo saisit le morceau de papier détrempé et le regarda droit dans les yeux. Comment il réagirait à ce truc-là, le Nobel de Sciences, hein, comment ? Il analyserait son terrain à fond, pensa-t-elle. Il se documenterait, le grand savant, et pas qu'un peu, il plongerait à corps perdu dans le puits profond de la science pour mieux comprendre ce problème inconnu, pour le circonscrire, le combattre et le vaincre. Voilà donc ce qu'il convenait de faire, conclut Jo en jetant le résidu du maudit carnet à la poubelle : étudier.

Le lendemain à la première heure, Jo Picassiette marcha jusqu'à la médiathèque. Jamais encore elle n'avait mis les pieds dans cet endroit. C'était une chose boursouflée, hideuse, posée en amont du village et qui l'écrasait. Avant il y avait là un champ de blé, de tournesols ou de luzerne, ça dépendait des cycles, un champ normal, en somme, régulièrement traversé par un couple de hérons et des candidats aux cantonales dénonçant l'abandon des campagnes. Quelqu'un, quelque part, avait fini par les entendre et la chose avait poussé comme un champignon démesuré.

Au départ, Jo avait interdit à son fils d'y aller. Il avait beaucoup pleuré. C'était un âge difficile, 6, 7 ans. Charly s'intéressait à tout, sans répit. D'abord il s'était penché sur les dinosaures et les chevaliers, puis ce fut l'Égypte, le Moyen Âge, le fonctionnement de l'hypothalamus, la nébuleuse d'Andromède, les armes chimiques des animaux – l'institutrice allumait la mèche et sa curiosité s'embrasait, il revenait de l'école exalté, bouillonnant de questions, les Mérovingiens, l'habitat inuit, la Pangée, dessine-moi un gluon, quels cristaux sont inférieurs à 6 sur l'échelle de Mohs et les trous noirs, hein, les trous noirs, menaient-ils *vraiment* vers l'hyperespace ? Sa mère avait à peine le temps de fouetter une béchamel que Charly connaissait par cœur la généalogie des rois de France, de Chlodion le Chevelu à Raoul de Bourgogne. Pire : il réclamait la suite. Jo ne savait plus comment éteindre le feu. Elle orienta sa matière grise en fusion vers la nature, les insectes, sujets qu'elle maîtrisait d'expérience et qui avaient le mérite de s'étudier à la maison. Charly se passionna pour les fourmis – observation, étude, élevage. Il transforma la grange en terrarium géant et le feu reprit : que savait-on au juste de l'intelligence des hyménoptères ? Paraît qu'elles avaient inventé l'agriculture bien avant nous, mais quand exactement, comment, et surtout pourquoi, bon sang, pourquoi ? Le Muséum national d'histoire naturelle devait avoir des infos là-dessus, forcément, pouvait-il s'y rendre ? Quatre-vingt-onze kilomètres à vélo, ce n'était pas si long.

Jo craint que son fils aille trop loin d'elle étancher sa soif immense. À l'âge de 10 ans, Charly eut l'autorisation de s'inscrire à la médiathèque et devint vite un habitué des lieux.

Le bâtiment était immense, vitré ; sur le toit, de grandes gerbes de métal pointaient vers le ciel comme les flèches d'une cathédrale.

— Tout ça pour des bouquins, fulmina la Bogue. Manque plus que monseigneur l'évêque et on pourra communier.

Auscultons ce cœur de mère : dépit, rancœur, nostalgie, en un mot jalousie, et de la pire espèce, la jalousie recuite, née dans l'enfance du fils et depuis mijotée. Très tôt, en effet, Charly fit de la lecture son activité prioritaire. Fini les balades dans les bois, la peinture, la cueillette avec sa mère, il n'y en avait plus que pour

Suzanne et sa valise pleine de bouquins, attendues chaque semaine comme le Messie. Dès que la vieille repartait, le silence s'abattait sur la ferme : Charly lisait. Il en avait pour des heures. Pas un son, pas un geste, il scrutait les phrases avec une fixité cadavérique, dans un tête-à-tête parfaitement étanche. Seul son index remuait, et encore, pas trop vite, juste assez pour tourner la page. Longtemps après avoir posé le bouquin, le corps du fils continuait de bouger au ralenti – il y était encore. Jo voyait l'amour de la lecture s'étendre en lui comme une peste. La fréquentation de la médiathèque finit d'aggraver son mal : on pouvait emprunter jusqu'à vingt livres à chaque visite.

Les portes vitrées s'ouvrirent devant Jo et une puissante odeur de fruits rouges la saisit. *Bar à tisanes*, annonçait une haute ardoise posée au milieu de fauteuils vides. Des tisanes, ben voyons, ils ne savaient vraiment plus quoi inventer pour attirer le chaland ! La Bogue s'approcha de la carte des infusions et ses sourcils s'élevèrent davantage.

Swann : tilleul vanille arôme bergamote, servi avec sa madeleine.

Duras : thé de Saïgon.

La « Sagan », elle, mêlait l'anis au pavot (quel esprit malade avait osé ce cocktail ?), quant à la « Pagnol », elle contenait carrément de la sarriette, des morceaux de figues concassées, et pourquoi pas des épluchures de patates, tant qu'on y était ? Jo avait raison depuis le début : cette médiathèque, c'était un grand n'importe quoi.

— Je peux vous aider ? chantonna quelqu'un au fond du hall.

Jo se planqua derrière une étagère. Elle détestait les gentils, on ne savait jamais ce qu'ils manigançaient, et Mademoiselle Sophie était gentille, ça crevait les yeux, il n'y avait qu'à voir ses mains douces, son regard tendre, ses cheveux roux nattés autour de la tête en auréole.

— Une toute petite minute et je suis à vous, susurra la jeune femme.

Elle s'avançait à pas menus, manipulant les livres avec d'infinies précautions comme si elle tissait de très fragiles pampilles. Elle redressa la pile de bouquins disposée trop près de la bouilloire et vérifia qu'ils étaient indemnes de toute éclaboussure. Le cœur de Jo se serra : cette fille devait adorer Charly. Le monde entier adorait Charly, de toute façon. Ce n'était pas le genre de gamin impoli ou déluré, il n'avait jamais menti, volé ni fait du grabuge ici ou ailleurs, jamais il n'avait fini au poste ni engrossé personne, ni même rendu ses livres en retard. Il aimait les gens, qui le lui rendaient bien : Jo ne comptait plus les invitations qu'elle avait dû jeter au feu.

— À nous maintenant, psalmodia la bibliothécaire. Où êtes-vous donc cachée, chère madame ?

La Bogue fila au rayon « Éducation ». Il y avait là des centaines d'ouvrages, peut-être des milliers, classés par thème. « Énurésie », « Hyperactivité », *L'Œdipe pour les nuls*... Tous les écueils de la parentalité avaient fait l'objet d'un livre, voire de plusieurs, qui n'attendaient qu'un lecteur pour délivrer leur science. La poitrine de Jo se gonfla d'espoir ; la solution à son problème se trouvait là quelque part. « Premier âge », « Propreté », *Les Devoirs sans stress*, non merci, Jo avait déjà donné, elle s'attaqua aux rayonnages supérieurs : « Discipline positive », *Il n'y a pas d'enfant pénible*, tu parles ! Elle commença à désespérer et s'adossa au présentoir des nouveautés. « Orientation », enfin ! La Bogue ouvrit successivement *J'aide mon ado à trouver sa voie, Quel métier pour s'épanouir ?*, *L'Enfant rebelle* et même *Psychopathologie du jeune adulte*. Rien sur les aspirants écrivains, pas un chapitre, pas le moindre mot sur cette aberrante vocation littéraire, ses causes énigmatiques et ses conséquences, probablement calamiteuses. Jo flanqua un bon coup de pied dans le *Manuel des parents bienveillants*. Comment avait-elle pu être assez stupide pour croire que ces papiers pourris pourraient lui être d'un secours quelconque ? Elle eut une violente envie d'incendie.

— Ah, vous voilà, chère madame ! Alors, l'éducation, vaste sujet n'est-ce pas ?

La bibliothécaire parlait d'une voix suave. Elle avait l'habitude des lecteurs farouches. C'était pour eux, les timides, les complexés, les empêchés, tous ceux que les grands auteurs impressionnaient, qu'elle avait embrassé cette noble profession, il y a sept ans. Fille d'un agriculteur et d'une institutrice, Mademoiselle Sophie souhaitait depuis longtemps porter la crème de la littérature au cœur de la ruralité, qui n'attendait que cela. Elle fut donc enchantée de décrocher ce poste au Chandoiseau-Préfleuri. Le premier jour, huit usagers lui demandèrent comment fonctionnait la photocopieuse et cinq où se trouvait la biographie de Michel Drucker. La tâche, pensa-t-elle à cet instant, serait sans doute plus rude que prévu.

— Voyons, vous désirez un ouvrage pratique sur la famille ? Ou plutôt un essai ? Dites-moi ce qui vous ferait plaisir.

Elle enveloppa Jo de son regard doux comme un plaid.

— Vos enfants sont grands, j'imagine ?

La Bogue devait se tirer d'ici, et vite.

— Vous avez des petits-enfants, peut-être ?

Jo cherchait la sortie.

— Si vous vous intéressez à l'éducation, nous venons justement de recevoir un roman ma-gni-fique, une fresque ébouriffante sur l'esclavage qui s'étend sur cinq siècles et trois continents, vous connaissez ?

Mademoiselle Sophie aimait passionnément la littérature. Les classiques, bien sûr, les stylistes de renom, mais surtout les petits nouveaux, jeunes pousses, primo-romanciers, chair fraîche des lettres qu'elle dévorait pour peu que leurs œuvres la jettent sur des rives inconnues – au fond d'une mine en Nouvelle-Guinée, en l'an 2352 sur la planète Mars, dans la tête du médecin de Louis XIII, peu importe mais de l'imagination, que diable, du dépaysement, de l'exotisme ! Sophie menait la vie duplice des grands lecteurs, l'air normal, comme ça, bien sous tous rapports, en réalité des pirates chauffés à blanc, de frénétiques assoiffés lancés dans une chasse au trésor perpétuelle. Chaque semaine, elle écumait l'espace culturel de l'hypermarché, deux fois par mois elle souquait ferme jusqu'à la librairie la plus proche (soixante kilomètres aller-retour), raflait un butin exagéré et, le soir venu, plongeait avec délectation dans l'océan des mots. La nuit passait parfois entièrement avant qu'elle ne remonte à la surface. Dans le meilleur des cas (coup de foudre pour le bouquin), elle commandait sur-le-champ l'élu de son cœur pour la médiathèque et attendait fébrilement son arrivée. Une fois étiqueté et mis en rayon, Mademoiselle Sophie se consacrait corps et âme à sa promotion. Peu importe que l'usager de la bibliothèque cherche ce jour-là un livre de cuisine du terroir ou un polar pour les vacances, qu'il flâne au rayon littérature scandinave ou, discrètement, se choisisse un petit porno, Sophie se faisait fort de le détourner de ce premier choix en lui prouvant, tel le maître de philosophie à Monsieur Jourdain, qu'il aimait déjà son chouchou sans le savoir. Elle y parvenait souvent, au prix d'arguments jésuites et d'acrobatiques circonlocutions qui laissaient ces messieurs-dames pantois au guichet des emprunts, un ouvrage tout à fait imprévu en main.

— Je vous le conseille chaudement, dit la bibliothécaire à Jo en caressant la couverture de son favori du moment. En plus, c'est pile dans votre sujet : les héros de cette histoire ont tous été des enfants.

Elle se mit à chuchoter, sur le ton de la confidence :

— Son style est une vraie merveille. On dort beaucoup mieux après l'avoir lu.

Elle tendit le pavé en souriant. Ses doigts fins l'effleuraient à peine, on aurait dit une araignée très délicate sur sa pelote de soie. Jo recula de plusieurs pas. Sophie avança d'autant :

— Vous n'avez rien contre les chefs-d'œuvre, n'est-ce pas ?

Elle souriait toujours. Ses grands yeux fixaient Jo sans ciller. La Bogue déguerpit, Sophie-la-faucheuse sur ses talons. Les portes vitrées n'étaient plus qu'à quelques mètres.

— Il a été imprimé dans notre département, tenta la bibliothécaire in extremis, par des travailleurs handicapés en réinsertion… Et sur du papier peau-de-pêche, touchez !

Elle colla le roman bien-aimé dans les bras de sa proie, laquelle se débattit. Le bouquin échoua sur le sol dans un bruit sourd. Mademoiselle Sophie ramassa son trésor, le visage marbré d'une profonde désolation, et tourna les talons. Bon débarras, pensa la Bogue, qui perdit brusquement l'équilibre et se vautra sur un fauteuil.

— À la bonne heure, s'exclama Mademoiselle Sophie, de nouveau rayonnante. Vous êtes une fine mouche : c'est le siège le plus confortable de toute la médiathèque.

Elle glissa son livre préféré sous le nez de Jo, ouvert à la première page.

— Je vous apporte un coussin, chère madame ? Une infusion ?

Jo se demanda comment elle avait pu tomber ainsi. Si elle l'en avait crue capable, elle aurait juré que l'araignée lui avait fait un croche-patte.

Jo avait trébuché sur une paire de jambes. Un jeune garçon, de toute évidence beaucoup plus foncé que la moyenne des Chandoisiens et profondément endormi, s'étalait de tout son long entre le radiateur et le présentoir des nouveautés BD, juste sous le panneau « Silence on lit ». *Tintin au Tibet* recouvrait son visage, seul le menton dépassait. Jo poussa le ronfleur du bout du pied et se dirigea vers la sortie.

— Vous n'aimez pas ?

Mademoiselle Sophie l'avait suivie jusqu'au seuil. Cette jeune femme n'était pas une araignée, c'était un morpion.

— Le roman sur l'esclavage ? Il ne vous plaît pas ?

La bibliothécaire n'attendit pas la réponse :

— Je ne sais pas ce qu'il vous faut...

— Ce qu'il me faut, vous ne l'avez pas, rétorqua Jo, agacée.

Le visage de Sophie s'empourpra : la médiathèque intercommunale du Chandoiseau-Préfleuri comptait actuellement 16 386 volumes, dont un certain nombre choisis par ses soins et pas n'importe lesquels, la fine fleur de la bonne littérature et même de la mauvaise, sans compter les essais, la presse, les livres jeunesse, les livres-disques et les ouvrages en très gros caractères, bref, il y avait en ces murs tout le nécessaire pour combler un lectorat exigeant et divers, fût-il complètement myope.

— Vous n'avez pas ce que je veux, répéta Jo en se calant un bâton de réglisse au coin du bec. J'ai fouillé partout, y a pas.

Mademoiselle Sophie était scandalisée :

— Impossible. Dites toujours.

Jo remonta le col de sa veste. Cette médiathèque, c'était de la dépense inutile, elle l'avait toujours dit. Sophie fit rempart de son corps devant les portes vitrées :

— On parie que je vous trouve ce que vous cherchez en moins de cinq minutes ?

Cette jeune niaise la défiait. Jo n'allait en faire qu'une bouchée.

— Je veux un livre sur les enfants qui veulent devenir écrivains, voilà. Pas de la fumisterie de roman, hein, pas de l'invention à la mords-moi le nœud. Du véridique. De l'étayé. Du sci-en-ti-fique.

Sophie partit comme une fusée. On l'entendit pianoter sur un clavier, faire coulisser de secrets tiroirs, elle disparut, réapparut, disparut de nouveau. Jo ne lâchait pas sa montre du regard. Le garçon noir s'approcha en bâillant :

— Qu'est-ce qu'elle fait, Mademoiselle Sophie ?

— Si on te le demande, tu diras que tu sais pas.

— Je peux jouer moi aussi ?

— Mets-la en veilleuse, gamin, t'as pas vu le panneau ?

Quatre minutes et trente-six secondes plus tard, la bibliothécaire était de retour, échevelée mais triomphante, brandissant un pavé à la couverture marron assez fripée et intitulé *Chère maman – correspondance d'un écrivain avec sa mère.* Il fallait le reconnaître : c'était assez bien trouvé.

— Faites voir, ordonna Jo.

— Tût, tût, tût, pas si vite, tempéra la bibliothécaire d'une voix flûtée.

— Donnez-moi ce machin immédiatement !

Sophie recula, berçant *Chère maman* dans ses bras comme un bébé.

— Êtes-vous inscrite à la médiathèque, madame… Madame comment, déjà ?

Jo scrutait le bouquin, épais, sérieux, 400 pages au bas mot, *avec sa mère* écrit en lettres d'or sur la couverture mâchurée, soudain la Bogue n'était plus seule, la connaissance palpitait là, à quelques centimètres d'elle, le pourquoi du comment, tout bien expliqué là-dedans, il lui fallait ce livre, maintenant. Mademoiselle Sophie se pencha vers elle, et de sa voix mélodieuse :

— Pas de carte d'abonnement, pas d'emprunt.

Elle battait des cils. Avec cette auréole de cheveux posée sur son grand front, c'était l'innocence même.

— Mon fils vient souvent, tenta Jo, sirupeuse. Charly Picassiette, vous pouvez vérifier, il doit rester de la place sur sa car…

— Malheureusement, chère madame, chaque carte de lecteur est personnelle.

Jo n'était pas dupe. Dans les grands yeux de la bibliothécaire luisait un éclair narquois. La Bogue cracha sur le lino : il faudrait se méfier de cette femme, à l'avenir.

Le dicton de la semaine

Automne en bruine, hiver en ruine.

— Ça promet, grogna Jo en jetant l'hebdomadaire local dans la boîte à lettres de son voisin Fabre.

Puis elle reprit la même route que la veille, direction la médiathèque où elle entra nantie d'un air patibulaire prompt à décourager d'emblée les enquiquineurs, au premier rang desquels ce pot de colle prénommé Sophie. La Bogue s'installa au rayon poésie pour être parfaitement tranquille, hélas le jeune Noir y était lui aussi, assis par terre en tailleur avec sa capuche sur la tête et *Astérix en Hispanie* entre les genoux. Il la salua. Elle fit semblant de ne pas le voir, s'assit dans un coin et commença *Chère maman*.

Dès les premières lignes, Jo fut subjuguée. Tout le bouquin tournait autour d'Arthur Rimbaud (poète dont elle avait déjà entendu parler) et de sa mère, Vitalie. Pour cette rugueuse paysanne des Ardennes, la Bogue ressentit une empathie immédiate. Brave Vitalie ! Cinq enfants, il faut déjà le faire, dont un mort quatre mois après sa naissance – le cœur de Jo fit un bond. Par-dessus le marché un mari absent et le cadet des garçons, l'Arthur en question, quel enragé ce gamin ! Jo repensa aux crises de nerfs de son Charly pour une injustice infime, un mot de travers, un col trop rêche. Le petit Rimbaud était de la même espèce, chatouilleux, et lecteur, mazette, à s'en crever les yeux, comme Charly, comme Charly la curiosité, la langue bien pendue, la bougeotte, comme lui la vocation précoce, les poèmes, les rimes à la noix, à cause de son père, bien sûr, qui d'autre ? Cette pauvre Vitalie, il faut le dire, avait bêtement conservé dans une malle divers bouts de prose paternelle sur lesquels le jeune Arthur avait sans doute fantasmé. Jo se félicitait d'avoir été plus maline : après l'enterrement de Louis, elle avait épluché ses papiers, tous ses *Sonnets du tracteur* avaient fini au compost, et son journal aussi. Ne restaient plus dans les cahiers que des feuillets vierges à interligne double, parfaits pour rédiger la liste des courses. À quoi cela servait-il d'écrire davantage ? Les oiseaux chantaient toujours mieux dans le ciel que couchés sur le papier, c'est pourquoi Jo n'écrivait jamais, sauf, en cas de fait saillant, quelques mots sur le calendrier à la date du jour : « grêlons comme des boules de pétanque », « trouvé deux napoléons or en binant les fraisiers », « ciel orange il va venter ». Au-delà, c'était prétentieux. Voilà ce que Charly risquait de devenir avec son bouquin, un prétentieux. Vitalie aurait été d'accord avec ça, elle qui voyait son Arthur professeur, professeur c'était sérieux, humble et digne à la fois, ou au moins fonctionnaire, mais surtout pas écrivain, misère ! « Chaque fois que vous ne suivrez pas nos conseils, disait-elle page 58, vous serez malheureux. »

— Bien envoyé, murmura la Bogue.

Chère maman apportait à Jo Picassiette une immédiate consolation : quelqu'un, quelque part, avait déjà connu les tourments qui l'assaillaient, en pire, et ce pire ajoutait du baume à son cœur malmené. Malgré ses velléités éditoriales, le gentil Charly avait toujours fait l'unanimité au Chandoiseau quand le petit Rimbaud, dès le plus jeune âge impertinent, causeur, déluré, précocement poivrot, était le mouton noir de Charleville. Après cinq chapitres, Jo fit une pause. Sa situation n'était peut-être pas si préoccupante, après tout. Son fils à elle était un bon garçon, trop artiste peut-être, mais dilettante. Une fois publié, son bouquin finirait sans doute comme les pyramides égyptiennes miniatures et les cartes du zodiaque dont il s'était entiché à 7 ou 8 ans : au grenier, et tout redeviendrait comme avant. La Bogue allongea ses jambes. Le soleil filtrait entre les étagères, dessinant des flaques d'or sur le lino vert. Le garçon d'à côté ronflotait doucement sous son *Astérix*. Elle se serait presque crue au bord du lac, un jour d'été. C'était la phase 1 de la lecture : identification, émotions, rassurance.

La phase 2, bien sûr, fut terrible.

Arthur enfin publié, défoncé à l'opium et au cannabis. Arthur en mal de reconnaissance littéraire, saoul comme un cochon sur les chemins noirs. Arthur et ses copains écrivains tous plus ambigus les uns que les autres, Arthur et ses virées louches dans des villes malfamées, Arthur blessé par balle, et pire que tout : Arthur perdu au fin fond de l'Abyssinie, à Harar. Harar ! Un trou paumé du désert, pendant dix ans, loin de sa maman ! C'était donc dans ce genre de culs-de-sac sablonneux que menait la littérature ? Dix ans sans voir le fils, sans l'entendre ni le toucher, ce passage angoissa tellement Jo qu'elle dut lever le nez, alors aperçut-elle, errant dans les allées, Mademoiselle Sophie causant tout bas à un vieux livre de poche racorni qu'elle époussetait tendrement. Cette fille était bonne à enfermer.

Jo revint à la médiathèque le lendemain et puis le jour suivant. Les pages sombres de *Chère maman* l'attiraient comme un aimant, son avenir y était-il écrit ? Au matin du troisième jour, elle trouva la vieille Suzanne postée sur son chemin.

— Où vas-tu, Jo ?

— Ça me regarde.

— Je n'ai plus un seul œuf. Tu veux que je me dénutrisse ? À mon âge, c'est dangereux, tu le saurais si tu regardais les infos.

— Je passerai demain.

— Aujourd'hui !

— Pas le temps.

— Je t'accompagne à la médiathèque.

— Jamais de la vie.

La Bogue accéléra. Au bout de deux cents mètres, elle se retourna : Suzanne se traînait derrière, suant et pestant sur son déambulateur. Jo retourna chercher la grosse brouette, jeta l'ancêtre dedans avec sa quincaillerie et roula bon train jusqu'à la médiathèque.

— Attention, oh, Jo, mollo Fangio ! Tu veux m'achever ?

— On m'attend.

La Bogue largua Suzanne sur le premier fauteuil et se dépêcha de rejoindre Vitalie.

Le moment, en effet, était crucial : la mère Rimbaud tentait de remettre son gosse sur le droit chemin et, vu l'asticot, l'affaire nécessitait une débauche de moyens. Supplications, menaces, ruse, Vitalie faisait feu de tout bois. Elle avait même acheté, avec les sous de l'enfant et sans l'embêter avec ça, un beau terrain juste en face de la ferme familiale afin qu'il s'y installe, on n'est jamais aussi bien qu'auprès de sa maman. En guise de remerciement, l'Arthur lui avait volé dans les plumes.

— L'aurait mieux fait de dire merci, déplora Jo en hochant la tête.

Ses premiers textes, Charly les avait gribouillés au dos de vieilles enveloppes, la Bogue était tombée dessus par hasard – ébahissement de la poule découvrant soudain qu'elle avait couvé un cygne. C'est qu'il avait de l'imagination, le mouflet, tout un tas d'idées exotiques venues d'on ne sait où et des mots, des mots ! On ne les connaissait pas tous. Au bout de vingt-trois enveloppes, Charly s'était fendu d'une annonce officielle : il deviendrait écrivain. On avait bien ri, et son père lui avait offert un petit tracteur en métal pour son anniversaire. À 12 ans, Charly avait deux caisses remplies de moissonneuses-batteuses miniatures et plus aucune envie d'accompagner le père aux champs, par conséquent on riait beaucoup moins. À 14 ans, il avait écrit une nouvelle sur les abeilles, *Dans la ruche*, passionnante d'après l'éditeur qui lui avait demandé un texte plus long, plus personnel. Plus personnel ! De quoi s'était-il mêlé, celui-là ?

— Un vrai fouille-merde, ce Saint-Morize, chuchota Jo pour elle-même, et le môme qui lisait *Lucky Luke* à côté la regarda d'un drôle d'air.

— Je sais ce que je dis, gamin, insista-t-elle. Cet éditeur est une fouine. À peine arrivé au village, il a mis son nez partout, et que je critique ceci, et que je veux modifier le circuit des vaches, et que les cloches elles sonnent un peu trop fort, et superstitieux, avec ça !

Le jeune garçon mit un doigt sur ses lèvres et fusilla Jo du regard.

— C'est la vérité, rugit la Bogue. Superstitieux, voilà ce qu'il est ! Saint-Morize croit au mauvais esprit ! Il a fait exorciser le manoir avant de l'acheter ! Il voulait qu'un marabout désenvoûte le lac !

— Taisez-vous, vieille folle, lui intima le gosse. La bibliothécaire va finir par nous dégager, vous avez vu ce qui tombe dehors ?

Il pleuvait des hallebardes, et le tonnerre grondait. À cette saison, on n'avait jamais vu ça, en plus Jo n'avait pas pris son parapluie. Elle se tut.

Quelques semaines après l'arrivée de l'éditeur au village, un tracteur anonyme avait enfoncé son beau portail et piétiné ses plates-bandes, histoire de lui faire comprendre comment le Chandoiseau maraboutait les emmerdeurs. Au souvenir de l'acier tordu, Jo finit de se détendre. Toute cette affaire de livre était surréaliste, les choses allaient forcément reprendre leur cours normal. Elle ferma *Chère maman* d'un coup sec. La pluie s'était arrêtée, il était temps de rentrer à la maison.

— Déjà ? râla Suzanne.

Une fillette avait posé son livre de contes à côté de la vieille et lui racontait en détail sa vie sentimentale ; cette conversation valait largement le feuilleton de l'après-midi.

— C'est l'heure, décréta Jo en se dirigeant vers la sortie.

Mademoiselle Sophie la rattrapa par la manche :

— Il suffit d'un justificatif de domicile.

Jo la regarda sans comprendre. La bibliothécaire répéta en détachant chaque syllabe :

— Vous-pou-vez-vous-ins-crire-a-vec-un-justi-fi-ca-…

— Pourquoi vous me parlez comme à une débile ? demanda Jo. Et pourquoi vous soupirez ?

— Je ne soupire pas.

— Si.

— Non !

Sans aucune sommation, la bibliothécaire fondit en larmes. Elles dévalaient en ruisseaux sur ses joues, la morve coulait de son nez comme une fontaine. Suzanne sortit un mouchoir de son petit sac à main.

— C'est tellement difficile d'être tout le temps sympa, vous savez, hoqueta Mademoiselle Sophie.

Jo essaya de s'enfuir mais après sept ans de bons et loyaux services bibliophiles, les vannes de Sophie venaient de lâcher. Elle s'accrochait au bras de la Bogue avec le dernier désespoir.

— Les gens se foutent de la littérature, et pas qu'un peu, ils s'en foutent complètement. Tout ce qui les intéresse, ce sont les ordinateurs, la connexion gratuite. Pour ça ils sont prêts à faire la queue. Et surtout : « Où sont les toilettes ? », « Il n'y a plus de papier ». Dix fois par jour, saletés de tisanes…

Elle attrapa le mouchoir de Suzanne et le serra violemment dans son poing.

— Quand je tombe, par chance, sur un lecteur passionné, vous pouvez parier qu'il veut son livre en numérique. En numérique ! Des zéros et des uns ! Le parfum des livres, les gens n'en ont rien à cirer. Ils n'ont plus de cœur. Rien qu'une vessie et encore, toute petite… Microscopique !

À ce mot, les vannes s'ouvrirent plus larges encore et elle fut secouée de sanglots.

— Ces infusions, c'est une idée de la cheffe, ajouta-t-elle en se mouchant. Elle en a treize à la douzaine, des idées comme ça, toujours pour m'emmerder, mais c'est pas elle qui viendrait m'aider à les servir, les tisanes. Elle reste à la direction, la cheffe. En ville. Là où on boit de la bière.

Le mouchoir n'était plus qu'une serpillière dégoulinante.

— On m'avait promis des bénévoles pour m'aider, mais vous en voyez beaucoup, ici, des bénévoles ?

— Minute papillon, je cherche mes lunettes, prévint Suzanne en fouillant dans son sac puis, relevant la tête : Tenez, ça va vous faire du bien.

Elle tendit à la bibliothécaire un caramel mou sorti de son sac à main qui, malgré sa petite taille, était sans aucun doute le couteau suisse du genre et contenait un exemplaire de tout ce dont un être humain peut avoir besoin au cours de sa vie.

— Les retraités ont d'autres chats à fouetter que de m'aider à la médiathèque, ajouta Mademoiselle Sophie en mâchouillant le bonbon. Les rares bénévoles qui viennent donner un coup de main me racontent en détail leurs problèmes intestinaux. Les enfants ne sont pas meilleurs, hein : même à l'heure du conte, ils me coupent en plein milieu de l'histoire, « pipi, pipi ! ». Je n'arrive jamais à terminer tranquille.

— Le fils de Jo a écrit un livre, précisa Suzanne, à qui personne n'avait rien demandé.

La Bogue lui envoya un coup de coude dans les côtes. La bibliothécaire s'essuya les yeux :

— Un roman ? Un premier roman ? De quel genre ? Sur quel sujet ?

Deux paires d'yeux, dont l'une bigle et l'autre rougie, fixaient Jo. Une mère digne de ce nom ne pouvait ignorer ce que mijotait la chair de sa chair, surtout si celle-ci s'apprêtait à signer un contrat avec l'un des éditeurs les plus connus du pays.

— Alors, il parlera de quoi, le bouquin de Charly ?

— De… Enfin… D'ici, bredouilla Jo.

Sophie se rembrunit : elle n'aimait pas les romans du terroir. Elle ne supportait plus les héros bourrus, taiseux, paille dans les cheveux, les histoires de braves paysans d'hier et d'aujourd'hui – la campagne, merci bien, elle en connaissait un rayon. Elle boudait également les héros citadins, blancs, hétérosexuels, trentenaires, couchant à droite à gauche et buvant du thé vert. Quant aux héroïnes-courage en lutte contre un immonde pédophile/un pervers narcissique/un tueur en série et tous leurs collègues *inspirés de faits réels*, Sophie ne pouvait pas les piffer non plus. Globalement, elle détestait qu'un livre lui raconte ce qu'elle savait déjà. Ainsi haïssait-elle la littérature réaliste, nombriliste, déprimée, déprimante, pseudo-sociétale, les romans à clés, l'autofiction sous toutes ses formes, bref : elle conchiait les quatre cinquièmes de la littérature hexagonale contemporaine.

— Nos rayonnages sont bourrés à craquer de ces navets, chuchota-t-elle. Et les bons bouquins, si vous saviez…

— Quoi ? Si je savais quoi ?

— On les désherbe, les bons bouquins. En clair : on les supprime. Personne ne les emprunte, alors on finit par les jeter, à la poubelle, comme du chiendent. Ou bien on les solde, 1 euro pièce à la fin de l'année, pour le Téléthon.

Mademoiselle Sophie en voulait terriblement aux myopathes. Elle se leva et tendit *Chère maman* vers Jo.

— Prenez-le, vous le terminerez chez vous.

— Je ne suis pas inscrite dans votre médiathèque, je vous rappelle.

— Pas grave, je vous le donne. Il y a trop de livres, de toute façon.

Jo entendit les pas de son fils dans l'escalier. Elle rangea *Chère maman* dans le tiroir à couverts et reprit son bricolage. Charly vint se planter devant elle et l'observa.

— Sais-tu comment se nomme ce que tu es en train de faire ? lui demanda-t-il en mâchonnant une noix.

— Oui. Finis ta bouche avant de parler.

Jo savait pertinemment qu'elle réparait son bon vieux rabot salement fendu, et elle détestait quand ce garçon dont elle avait si longtemps torché le derrière prenait pour lui parler son petit ton professoral.

— Tu pratiques une sorte de « Kintsugi ». C'est le terme ad hoc.

— Ben voyons.

L'enfant avait toujours eu beaucoup de vocabulaire, c'en était crispant, parfois.

— « Kintsugi », parfaitement, c'est du japonais.

D'après ce que Jo comprit de l'exposé, il s'agissait de rejointoyer la vaisselle brisée avec de l'or, rien que ça, ainsi faisait-on à Tokyo depuis des lustres, les vieilles carafes en sortaient, paraît-il, plus solides et plus belles, ce qui valait pour les vieux pots fonctionnant également pour les gens, résilience, nouveau départ, autocompassion, chérir ses blessures, tout ce qui ne nous tue pas, etc., etc.

— Hé ben moi j'utilise de la colle à bois, ça marche aussi bien et ça coûte moins cher, trancha Jo en serrant de toutes ses forces les deux extrémités de l'outil qu'un sort funeste tentait de dissocier.

Charly leva les yeux au ciel, excédé, et quitta les lieux cependant que sa mère étreignait son rabot préféré, dont l'espérance de vie s'allongeait davantage à chaque minute sans qu'aucun orfèvre japonais y soit pour quoi ce soit.

— J't'en ficherai, moi, du kintsugi…

Depuis que l'éditeur l'avait reçu en grande pompe dans ses bureaux, le fils Picassiette se montait sévèrement le bourrichon. Quelques jours auparavant, déjà, il avait demandé à Saturnin Fabre le vrai nom du noyer, le nom latin, monsieur en avait besoin pour son livre. Le vrai nom du noyer ! Jo l'avait très mal pris.

— Si quelque chose ne possède pas de nom, maman, on ne peut pas parler de lui, avait précisé Charly.

Cette misérable tentative de justification avait exaspéré Jo. Qu'avait-on fait à son enfant pour qu'il comprenne subitement tout à l'envers ? Si un arbre n'avait pas de nom, on ne pouvait pas *lui* parler, voilà la vérité, c'est pourquoi la Bogue avait depuis longtemps baptisé le noyer Albert, Albert, oui, tout le monde le savait dans la maison, Albert le noyer, Paul le saule, tous ces noms-là, il les connaissait depuis longtemps, Charly, Charly son fils, son unique, son soleil, Charly son Sioux, sa fleur des champs, son tout-petit dont la mémoire s'effaçait à mesure que ses cahiers noircissaient. Il changeait, depuis la signature de ce fichu contrat. Il changeait, et creusait profond le cœur de sa mère. Il cherchait le vrai nom des choses. Il voulait qu'on l'appelle Charles.

— Il devient snob, expliqua Jo à la Perchée. Snob comme Arthur Rimbaud, tout pareil.

La Perchée était la poule préférée de Jo. Elle était maline et pondait sous la lune de beaux œufs chauds comme des pierres précieuses. Elle passait sa vie dans le noyer et ignorait tout d'Arthur Rimbaud, bien sûr, alors Jo la mit au jus en ouvrant le bouquin à la page 79 – portrait d'Arthur en poète maudit, cheveux en bataille, lippe de suicidaire, regard perdu à l'horizon. La Perchée opina.

— Oui, bon, joli garçon, d'accord, admit Jo. Mais ingérable, figure-toi. Il a fugué trois fois, comme Charly.

Ainsi vont les malheureux lecteurs de bons livres, hypnotisés par leur lecture comme Narcisse par son miroir, persuadés qu'il a été écrit pour eux personnellement par un auteur omniscient ou devin. Jo en était là, ligotée à cette *Chère maman* qui décrivait sa propre vie par le menu. Elle tirait en tremblant d'invisibles liens entre le grand poète et son petit Charly, et vit l'accomplissement d'une horrible prémonition quand son fils lui annonça l'enthousiasme immodéré de la filiale québécoise des Éditions Saint-Morize pour son manuscrit désormais presque achevé :

— L'éditeur réfléchit à une publication conjointe Paris/Montréal. Il faudra peut-être que je fasse un saut là-bas.

Le Chandoiseau-Montréal, 5 492 kilomètres. Le sang de Jo ne fit qu'un tour : à un poil près, c'était aussi loin qu'Harar de Charleville-Mézières. Le petit Rimbaud lui traversa l'esprit sur son chameau abyssin, suffoquant et blême, rompu par la fièvre du désert, souffrant mille morts loin de sa maman.

— Tu ne peux pas y aller, Charly.

— Pourquoi ? Mon passeport est périmé ? Où est-il, d'ailleurs, mon passeport ?

— T'as qu'à ranger tes affaires. Écoute un peu, tu as pensé aux maladies ?

— Pas de panique, maman. Je t'appellerai tous les jours.

— Le climat est impossible, dans ces pays. Ce n'est pas assez… C'est beaucoup trop… On crève de chaud !

— De chaud ? À Montréal ?

Jo s'inquiétait. La Perchée aussi : elle se dégarnissait. La Bogue avait beau la gâter – supplément d'orties sèches pour le calcium –, ses plumes tombaient en tapis noir et blanc sur les gravillons. Chaque soir, la Bogue la cajolait un peu avant d'empocher ses beaux œufs, c'est d'ailleurs dans les replis de son tablier qu'elle trouva un mot signé Charly. Un mot doux, cela faisait longtemps ! C'était un rituel entre elle et lui, avant, des messages du fils cachés dans son panier, ficelés à la fourche-bêche, entre les cornes de la vache, parfois écrits au jus de citron, il fallait chauffer la feuille pour que le texte apparaisse. Jo déplia le billet, émue :

Auguste Saint-Morize viendra déjeuner chez nous samedi midi, il a insisté. Si tu penses ne pas arriver à être polie avec lui, je préfère que tu ne sois pas là.

Ainsi finissait la missive, écrite – comme un cochon – sans doute sur le vieux sofa. *Si tu penses ne pas, si tu penses ne pas, JE préfère* ! Était-ce une façon de parler à sa mère ? Jo imagina un instant l'éditeur confortablement installé sur son canapé, riant avec son fils, dans sa maison, et elle attendant que ça se passe, exilée sur la paille du poulailler, la Perchée blottie sur ses genoux… La Bogue froissa le message et le balança sur le tas de fumier. Mêlée à l'inquiétude, une rage ancienne montait en elle.

La mère devenait dingue, Charly ne voyait pas d'autre explication. Elle avait peur de tout, pire qu'avant, de l'orage et de l'avenir, des accidents de vélo, de la pluie et du beau temps. Elle craignait que Charly attrape un chaud et froid au Québec. Elle n'arrêtait pas de nettoyer. En astiquant l'aquarium elle avait failli tuer ses poissons – des guppys de collection dont les nageoires bleu et rouge dansaient dans l'eau comme les voiles de Shéhérazade. Le jeune Picassiette en avait eu le plexus bloqué pendant trois jours. C'était classique, chez lui : d'abord son diaphragme se crispait sous le coup de l'émotion, puis la respiration coinçait à son tour, sa mère se précipitait pour lui faire avaler du jus du bouleau à la cuillère, comme si cela avait jamais décontracté qui que ce soit.

Elle lui demandait aussi s'il avait bien brossé ses dents avant de sortir. Charly était majeur, quoi, merde alors ! Pouvait-il être infantilisé davantage ? Le déjeuner avec l'éditeur lui prouva que oui, tout à fait.

— Tais-toi un peu et va me chercher les verres, mon bonhomme.

Voilà ce que sa mère lui avait intimé, devant Auguste Saint-Morize arrivé une heure plus tôt avec les meilleures intentions et une bouteille de champagne. Juste avant cette saillie, on pataugeait dans les banalités d'usage, les aléas du climat, le dernier Goncourt, les peintres du Chandoiseau et le projet de classer leurs fresques, cet affreux lac que l'éditeur détestait et que Jo adorait, la conversation était sur le point de tourner vinaigre quand le chat s'était glissé par la fenêtre entrouverte. Noir, le chat, un suppôt de Satan à moustaches et à petits petons appelé Châtaigne, ou Chat-Teigne, selon qu'on apprécie ou pas le félin de la Bogue, en tout cas Auguste Saint-Morize avait bondi. Il détestait les mauvais augures en général, et les chats noirs en particulier. Son visage maintenant était plus pâle qu'un bidet.

— Attrape-moi aussi l'eau-de-vie du macaque, ton éditeur a besoin d'un remontant un peu costaud.

— Ne soyez pas surpris, dit Charly dont le diaphragme commençait à se recroqueviller comme une vieille prune plongée dans l'acide, la liqueur est un peu forte mais remarquablement lénifiante.

Au quatrième verre, on passa à table. Salade de carottes sauvages, pas de viande (la mère ne mangeait plus ses animaux depuis longtemps), mais une omelette : le repas était à peu près normal, tout n'irait pas si mal, pensa Charly, hélas l'éditeur, sans doute un peu trop lénifié par la mirabelle, trouva opportun de demander à la maîtresse de maison comment elle avait fait pour engendrer un tel virtuose des lettres.

— Ça vous étonne ?

— Comment ?

— Ça vous étonne, que Charly soit mon fils ?

— Pas le moins du monde, chère madame, nous nous sommes mal comp…

— Vous pensez que je n'ai pas d'éducation, peut-être ?

— Absolument pas, loin de moi l'idée de…

— Vous croyez que sans diplômes, on est analphabètes ? Parce que mon fils non plus n'a pas le bac, ne fais pas cette tête, Charly, c'est la vérité. Le jour de l'examen, il a préféré rester perché dans le saule, il allait pas se déplacer pour un bout de papier qui ne prouvait rien du tout, voilà ce qu'il a dit, une vraie tête d'enclume, son père tout craché.

— Votre fils possède une tournure d'esprit d'une originalité extrême.

— Ça, c'est pas faux.

— Il a su faire fructifier l'éducation que vous lui avez donnée, cela saute aux yeux à chaque ligne de son texte, à chaque mot.

— Si vous le dites.

— Et son écriture, permettez-moi, est une splendeur. Cette langue…

— Ne bougez pas, ordonna Jo en soulevant la nappe, envoyant valser le sel et la carafe d'eau.

Saint-Morize n'osait plus soulever le petit doigt, inquiet à l'idée qu'un autre chat machiavélique surgisse sans crier gare, ou pire encore – la chute du sel ne présageant rien de bon et la mère Picassiette cherchant visiblement une arme dans le tiroir à couverts, d'où venaient de sortir un long couteau, une feuille de boucher bien acérée, un pilon en granit et ce qui avait dû faire office de rabot au siècle dernier. D'un coup d'œil, l'éditeur tendit la main vers la commode et saisit une grosse branche de romarin emballée dans une sorte de torchon, s'il fallait de nouveau repousser une attaque il aurait au moins cela. Charly surventilait, il lui semblait qu'autour de lui l'air se raréfiait.

— Ahhhhh, les voilà !

Jo secouait un paquet d'enveloppes froissées en hochant la tête de satisfaction, tel un commissaire de police s'apprêtant à faire enfin toute la lumière sur un très vieux dossier. Dans les brumes de l'anoxie, Charly reconnut les textes qu'il avait rédigés il y a une douzaine d'années. Il tenta de protester mais aucun son ne sortit, excepté un chuintement ridicule que personne n'entendit.

— Regardez, Saint-Morize : « feuilage », avec un *l* qui manque, et là, « nous entandons ». Le petit a énormément progressé, hein ?

Jo faisait d'importants efforts pour la dissimuler, mais la fierté illuminait son visage. Charly sentait presque son os xiphoïde transpercer son foie.

— Sa maîtresse de CE2 pensait qu'il était dyslexique, j'ai toujours su que c'était un énorme tas de conneries, d'ailleurs cette garce a fini par glisser dans l'escalier. Vous voulez voir les cartes postales que Charly m'envoyait de la classe de mer ? Quatre par semaine, j'en avais.

Saint-Morize déclina poliment. Jo en extrait une du tiroir :

— « Ici, il fait beau. » L'aurait plus manqué qu'il neige, début juin sur la Côte d'Azur, ce n'était vraiment pas la peine de les emmener si loin pour leur apprendre des banalités pareilles.

Charly comprit soudain qu'il avait dû gravement fauter dans une vie antérieure et que le sort prenait ici sa revanche en le précipitant dans l'antichambre de l'enfer.

— « Ce midi, j'ai repris trois fois des spaghettis », tiens, bingo, vous en connaissez beaucoup, des dyslexiques de 8 ans qui écrivent spaghettis sans faute, vous ?

— Notre partenaire québécois croit dur comme fer au succès de *La Révolte*, lança Saint-Morize pour faire diversion. Il prévoit une campagne promotionnelle de grande envergure.

— *La Révolte*, c'est le titre ?

— Il donne envie, n'est-ce pas ? Charles sera reçu comme un prince à Montréal. Je l'accompagnerai, bien entendu.

On eut toutes les peines du monde à décourager Jo de venir aussi. Elle se mit à touiller le restant de carottes, pensive.

— C'est vous qui voyez, mais faut savoir que mon fils, mieux vaut garder un œil dessus. La solitude et lui, ça fait deux, peut-être même trois, ou quatre, ou…

— On a compris, maman, couina Charly, inutile de dérouler toute la bande numérique. Si tu nous servais le dessert, plutôt ?

— L'ennui lui fait germer des idées, enfin, plus ou moins… Disons qu'il est préférable de ne pas laisser traîner des explosifs à dessoucher dans l'hôtel, on ne sait jamais, si vous voyez ce que je veux dire.

L'éditeur répondit par un clin d'œil convenu, comme s'il ne lui serait jamais venu à l'esprit de voyager sans son détecteur de dynamite agricole. Ses joues avaient rosi sous l'effet de la liqueur, elles étaient même d'un beau rose vif, à moins que Charly fût victime d'une illusion d'optique, cela lui arrivait quand son plexus tentait de s'échapper par la gorge, ce qui était précisément le cas. Il s'assit sur le canapé et tenta une respiration abdominale.

— Il est jeune, mon fils, très jeune, ajouta Jo en tendant vivement sa cuillère en bois vers l'épaule de l'éditeur, en seigneur coriace adoubant sous condition. Faudrait pas qu'il lui arrive des bricoles.

— Bien sûr, nous allons prendre soin de lui, assura l'éditeur, rougissant du plaisir que lui procurait cette complicité embryonnaire.

— Il a encore énormément besoin de moi, vous savez. Il fait souvent des malaises, à cause du citron qu'il a au milieu. S'agirait de faire très attention.

— Naturellement, gémit l'éditeur dont les pommettes rouges viraient doucement au violet. Vous avez mis une épice spéciale dans les carottes ?

— De l'ortie ! Excellent pour l'estomac, et pour la vessie, surtout pour la vessie, hein Charly ? Je peux vous en parler, jusqu'à 14 ans j'ai dû laver ses draps chaque matin.

C'est sans doute à ce moment-là que le plexus solaire de Charles Picassiette se résigna à rendre les armes et que l'auteur de *La Révolte* perdit fugacement connaissance, sans que sa mère y prête attention, trop occupée à resservir gaiement à son hôte congestionné une belle assiette de carottes sauvages.

Des carottes sauvages, des carottes sauvages… C'était Jo la sauvage, oui !

Charly ne décolérait pas. Il détestait les carottes, combien de fois l'avait-il répété à sa mère ? Elle n'écoutait jamais. Et sa façon de servir le champagne, à deux centimètres près l'éditeur se prenait le bouchon dans l'œil ! *Va me chercher l'eau-de-vie, fais ci, fais ça*, à l'impératif, toujours l'impératif, n'existait-il pas d'autres temps dans la langue française ? Elle n'avait pas l'habitude, la mère. Elle ne recevait jamais personne. Charly avait grandi seul avec elle, privé de gens. Dès qu'un adulte franchissait le seuil de la ferme il l'épinglait dans sa mémoire et le faisait miroiter longtemps après son départ, comme font les petits citadins avec un caillou merveilleux trouvé dans la rivière, ou une feuille étonnante, une fourmi spéciale. Lui en avait à profusion, des fourmis et des feuilles. Mais des gens…

Sa mère avait perdu l'habitude de parler à d'autres êtres humains. C'est ce qui s'use en premier lorsqu'on ne s'en sert pas, le langage joli, celui qu'on cause sans rien dire, juste pour mettre le contact, éventuellement faire ami-ami. Ces mots creux dedans nacrés dehors, ronds, légers, ceux qui s'évanouissaient aussitôt dits, Jo n'en avait pas. Les siens étaient lourds, acérés, un parler sauvage dont le seul but était de toucher la cible. Son fils excepté, elle n'avait plus autour d'elle que des bêtes idiotes. Il faudrait un chien pour lui tenir compagnie, ou bien davantage de poules, oui, elle adorait ces bêtes-là, Charly lui achèterait des poules d'ornement, elle pourrait participer à des concours de beauté – ça l'occuperait, pensa le fils, pendant ses absences. En attendant, jamais plus il n'accepterait aucun rendez-vous à la ferme.

Ja-mais-plus.

Dans cette maison maintenant tout lui semblait étrange, trop étroit, inadapté à la vie. Auguste Saint-Morize avait fini par s'enfuir avant le dessert en se cognant à la porte, après quoi Jo avait entrepris de réparer le chambranle à l'aide de ses outils couturés de partout, quelle affreuse journée ! Le rabot, surtout, était effrayant. Avec ses agrafes et ses cicatrices, il faisait penser aux soldats de 1914 que Charly avait découverts enfant dans un abominable livre illustré, gueule défoncée et greffe en bandoulière, ce rabot éclopé c'était Émile le Poilu tout craché, un monstre ressuscité des tranchées pour hanter la boîte à outils des braves gens, le gosse ne pouvait plus le regarder sans avoir un haut-le-cœur. Tous les outils étaient comme ça, à la ferme : couverts de plaies et de bosses qui racontaient les services rendus, la peine qu'ils avaient prise. Ils parlaient beaucoup, ses outils, à Jo, ils parlaient trop. Ça piaillait aux yeux dès qu'on les voyait, un raffut innommable, Charly en avait assez. Il voulait un monde à l'endroit. Il voulait des gens bavards autour de lui et des objets muets. Et puis un steak, un bon gros steak bien saignant.

Verseau

Mercure en rétrograde réveille vos maux d'estomac. Méfiez-vous, l'entourage n'est pas toujours de bon conseil.

Ces horoscopes ruraux étaient d'une perspicacité étonnante, constata Saint-Morize en feuilletant le journal du coin. Le problème, c'était bel et bien l'entourage, toujours. Le sien, n'en parlons pas, mais pire encore : celui des autres ! La famille des auteurs qu'Auguste publiait lui fichait régulièrement la rate en rétrograde. Les épouses de romanciers, c'était de notoriété publique, lisaient les petites lignes du contrat et faisaient un tas d'histoires, les maris se mêlaient de la promotion et leur montaient la tête, néanmoins, avec du tact, un éditeur digne de ce nom parvenait aisément à éteindre le feu. Mais les parents ! Les parents d'écrivains étaient les pires casse-bonbons que la terre ait portés. Soit ils crevaient de fierté et ne comprenaient pas pourquoi la prunelle de leurs yeux n'était pas encore passée à la télé, alors l'auteur pleurnichait. Soit, c'était heureusement de plus en plus rare, papa-maman rejetaient en bloc la vocation de leur rejeton et lui mettaient des bâtons dans les roues. À les écouter, Balzac serait devenu notaire et Philippe Sollers tôlier-zingueur. La mère de Charly appartenait à cette seconde catégorie : « la ferme, la ferme, la ferme », elle n'avait que ça à la bouche, en plus ses carottes râpées étaient dégueulasses, Saint-Morize avait mis trois jours à les digérer. Il faudrait circonscrire cette femme. Il fallait toujours circonscrire les femmes, à un moment ou à un autre. Trouver la faille de l'auteur et s'y installer, prendre toute la place possible, repousser le reste du monde à la périphérie. Auguste Saint-Morize était très doué pour cela. Il parlait aux auteurs à l'oreille en frémissant comme une geisha, les flattait, les gâtait, même les plus farouches finissaient par l'adorer. Charly n'avait plus de père, avec lui c'était presque trop facile. Il avait rougi d'émotion quand l'éditeur lui avait offert les poissons – une idée de son assistante, en vérité, qui était aquariophile et néanmoins assez bien roulée. Charly était un brave garçon, vraiment. Télégénique pour peu qu'on le relooke entièrement, et talentueux, Saint-Morize aurait aimé que ses propres enfants le soient autant. Hélas, il avait pondu deux cornichons bons à rien qui ne l'appelaient que pour payer le dealer ou les sortir du commissariat. Aucun ne méritait de reprendre les Éditions Saint-Morize, Auguste était seul face aux moqueurs, face aux requins. Et ils rôdaient autour de lui toujours plus nombreux, les moqueurs, les requins, surtout depuis que la star de la maison (un best-seller tous les deux ans, fiable comme un coucou suisse) était inopinément allée se faire publier ailleurs. Dans les dîners, désormais, on rappelait en pouffant les ratés historiques de la maison Saint-Morize : le grand-père qui avait envoyé Proust à la poubelle, la lettre ironique du père à Malraux : « Votre page 67 est excellente, le reste pitoyable. » On disait : « Auguste ? Pas d'instinct, pas de vista, pas de pif, c'est héréditaire. » On disait : « Saint-Morize, nez bouché de père en fils depuis 1907. » Chazelle, surtout, était terrible. Cet éditeur fielleux à qui Auguste avait volé, par le passé, une maîtresse et deux gros auteurs profitait aujourd'hui des joies de la retraite : il passait ses journées à se faire bronzer chez l'esthéticienne et ses soirées à médire de son vieux rival. C'était Chazelle qui avait inventé cette navrante contrepèterie, « Saint-Morize, éditeur de pire en fesses », rapport à quelques ouvrages olé-olé que le dernier représentant de la dynastie Morize avait édités pour payer ses impôts, sans rencontrer le succès escompté. Auguste avait beau faire nettoyer son karma régulièrement, fréquenter les meilleurs kinésiologues et même couper son whisky à l'eau de Lourdes, voilà plusieurs années que la malchance planait sur lui comme un nuage toxique. Il fallait retrouver la lumière, vite, et le gamin, là, le gentil bouseux du Chandoiseau, pouvait lui apporter le succès qui fermerait le clapet de toute la profession. Sur ce coup-là, son intuition ne le trompait pas : ce garçon était capable d'écrire un sacré bon bouquin, joliment troussé et infusé à l'air du temps, si sa grosse maman arrêtait de lui chier dans les bottes.

Au bout de deux semaines, Jo avait terminé *Chère maman* et n'était pas plus rassurée qu'au début du voyage, bien au contraire. Grâce à l'édifiant exemple de cette bonne Vitalie Rimbaud, la vocation d'écrivain lui apparaissait maintenant telle qu'elle était dans sa vérité toute crue : un traquenard, un virus nuisible au bien-être d'un être humain normalement constitué, une voie de garage dont on sortait dépité et trop tôt, souvent les pieds devant. Charly, par malheur, s'entêtait. Depuis la signature du contrat, il mangeait peu, parlait encore moins, ne dormait pas assez et s'enfermait au pigeonnier de longues heures afin de peaufiner son manuscrit. Pire : il se rendait chaque semaine ou presque à la capitale, dans les bureaux de l'éditeur, pour travailler. La veille, Jo vérifiait la pression des pneus de son vélo, elle se levait tôt pour lui tartiner du pesto d'épinard sur de longues tranches de pain – il aurait sans doute faim dans le train. Il oubliait souvent son cache-nez. Elle l'imaginait transi dans les couloirs venteux du métro, asphyxié par les pots d'échappement, puis (c'était pour elle plus douloureux encore) saluer la fouine Saint-Morize avec dans les yeux ce mélange de respect et d'admiration que jamais Charly ne lui avait offert, à elle. Sans doute l'éditeur, cet empafé ésotérique, allait-il couver son fils du regard avec une tendresse humide, ça aussi Jo l'avait repéré lors du terrible déjeuner, ces œillades pleines de bienveillance, cette affection qui n'appartenait qu'à elle dans son œil à lui. Comme elle regrettait d'avoir mal visé ! À un cheveu près, le bouchon de champagne éborgnait l'affreux et c'est ce qu'il méritait, oui, un œil en moins, et même les deux. À cet instant, Jo imagina l'éditeur cuisiné à la mode Jivaro, sa grosse tête de fouine réduite et les paupières cousues – alors ferait-il moins le malin devant Charly. Hélas la réalité était tout autre : Saint-Morize bénéficiait toujours d'organes oculaires en parfait état et, aujourd'hui comme la semaine passée, Charly et lui roucouleraient entre quatre-z-yeux, comme si Jo n'existait pas. Rien que d'y penser, elle avait du mal à respirer.

Ainsi se retrouva-t-elle un matin au bord de la suffocation après que le fils eut enfourché sa bicyclette direction l'avenir glorieux via la gare du Préfleuri. À peine avait-elle fini de tousser qu'elle vit Suzanne et son déambulateur chromé, tous deux installés dans la brouette.

— Tu n'as pas un livre à rendre, Jo ?

La médiathèque n'était pas encore ouverte mais Mademoiselle Sophie y travaillait déjà. On la voyait derrière la vitre, juchée sur un escabeau. Jo glissait *Chère maman* dans la boîte à lettres quand les portes s'ouvrirent.

— Entrez vite, il y a des courants d'air !

Suzanne poussa Jo à l'intérieur. Le jeune lecteur de bandes-dessinées était là lui aussi, au pied de l'escabeau. Il tapait comme un sourd sur chacun des bouquins que lui tendait Sophie puis le lui rendait dans un silence religieux. La bibliothécaire s'expliqua : sur son initiative personnelle (c'est-à-dire sans en référer à sa supérieure hiérarchique, qui aurait jugé une telle opération inutilement chronophage), Mademoiselle Sophie réénergisait l'entièreté du secteur littérature adulte. L'idée lui était venue après lecture d'un fabuleux essai sur les thérapies quantiques, avalé en deux nuits à peine et aussitôt mis en application sur les bons romans insuffisamment empruntés. Chaque livre était extrait de sa place habituelle, appelé par son nom, caressé dans le sens du poil et remercié pour sa fidélité à la bibliothèque. Puis – c'était l'étape la moins agréable – une claque sur la couverture et il s'en retournait sur l'étagère, à l'endroit exact d'où il venait mais réveillé en quelque sorte, dynamisé et naturellement plus prompt à aimanter l'attention du lecteur potentiel. Le bénéfice d'une telle régénération était évident pour tout le monde, sauf peut-être pour ladite supérieure hiérarchique qui ne comprenait rien aux champs magnétiques et ne méritait pas qu'on lui en réexplique le principe. Après chaque opération, ni vu ni connu, Sophie ouvrait la médiathèque avec des livres ragaillardis et le sentiment du devoir accompli. Elle appelait ça « la grande aération ». Les bouquins adoraient, surtout les anciens et ils le méritaient bien, après tout le bonheur qu'ils avaient donné. Jo et Suzanne se regardèrent avec l'impression d'avoir découvert par le plus pur hasard une secte très sélective, et très spécialisée.

— Combien de fois dans l'année a-t-elle lieu, la grande aération ? s'enquit Suzanne.

— Uniquement quand c'est nécessaire.

Sophie fouilla dans le tiroir de son bureau et en tira une fine liasse de feuilles A4 qu'elle tendit à Jo.

— Votre fils a oublié ça, la dernière fois qu'il est venu.

Jo lut. Le chapitre 9 commençait par *C'était un homme de beaucoup d'esprit* et continuait par la description d'un vieillard en puits de science, un puits profond à l'eau limpide dont l'ouverture était cadenassée et la clé égarée depuis belle lurette. Au bout de deux lignes, la Bogue avait reconnu monsieur le maire du Chandoiseau, Saturnin Fabre pour ne pas le nommer. Elle fourra les pages dans sa poche, au grand dam de Suzanne qui venait juste de retrouver ses lunettes égarées au fond du sac.

C'était donc vrai : son fils écrivait *sur ici.*

Ce qui déplaisait à Jo était moins le fond de cet extrait que sa forme, ce petit ton caustique, distancié, comme si chaque mot ricanait sous cape – pas du tout le genre de Charly. Où avait-il appris à attraper les gens de cette façon, comme des papillons sous la pince ?

— Cette semaine il a emprunté La Fontaine, précisa Sophie derrière son écran. Et Ésope.

Jo connaissait bien le premier, beaucoup moins bien le second. Elle se racla la gorge, l'air entendu.

— Et il a prolongé les *Mémoires* de Saint-Simon !

La Bogue s'efforça de sourire finement, comme si elle avait bu le café la veille avec l'auteur, totalement inconnu au bataillon.

— Il a aussi étudié deux guides du Canada, ajouta le jeune garçon amateur de BD.

— De quoi je me mêle ? aboya Jo. Et comment tu le sais, d'abord ?

— Il prenait des notes, ça avait l'air intéressant. J'ai regardé la couverture des bouquins au moment où il est parti aux toilettes.

Suzanne hocha la tête, favorablement impressionnée :

— Comment t'appelles-tu, gamin ?

— Nelson.

Jo poussa le gosse jusqu'à la sortie en le menaçant de mille morts s'il s'avisait d'espionner son fils une nouvelle fois :

— Maintenant dégage, rentre chez toi.

— Ça va faire loin, le Cameroun, remarqua la bibliothécaire en regardant le môme s'éloigner.

Le camp de réfugiés du Préfleuri avait été vidé l'année précédente, il restait trois parpaings et deux toiles de tente déchirées, plus Nelson.

— Pauvre petit, gémit Suzanne. Quel âge a-t-il ?

— Âge officiel ou âge osseux ?

Mademoiselle Sophie partit ranger son escabeau. On l'entendit s'affairer aux confins de la médiathèque jusqu'à ce qu'un violent bruit de chute l'interrompe. Jo et Suzanne se précipitèrent dans la réserve et s'arrêtèrent net, ébahies : cette pièce était l'exact opposé de la salle de lecture, son pendant dissimulé, son double bordélique et honteux. Des piles de livres de différentes tailles grimpaient jusqu'au plafond comme d'aventureuses stalagmites, des tas de fiches en attente de classement prenaient la poussière à côté du massicot, des tabourets encastrés les uns dans les autres soutenaient un faux palmier en bois grandeur nature tandis que la table – ou ce qui un jour avait dû être utilisé comme telle – disparaissait aux trois quarts sous divers matériaux. Les rouleaux de scotch côtoyaient le kraft et le papier crépon qui laissait deviner une nappe à motif cerise. On se serait cru dans la tête d'un monstre très créatif, mais lamentablement désorganisé. Un carton tombé du haut de l'armoire avait vomi son contenu par terre et la bibliothécaire, accroupie, ramassait en pestant des prospectus de toutes les couleurs annonçant la venue exceptionnelle d'un écrivain qu'à part elle, personne dans la pièce ne connaissait.

— Son dernier roman est admirable, précisa Sophie, courbée en deux sur le sol. En plus l'auteur a un magnétisme hors du commun, je connais plusieurs personnes dont les rhumatismes articulaires ont cessé juste après lui avoir serré la main.

Mademoiselle Sophie ne se contentait pas d'appliquer avec passion le credo de sa corporation (« lire et faire lire »), elle militait aussi : si l'auteur d'un joyau littéraire injustement méconnu avait le mérite d'être, à la fois, vivant et disponible, Sophie le conviait à la médiathèque pour une conférence-dédicaces au sous-sol, un samedi après-midi. Des semaines auparavant, elle battait le rappel à grand renfort d'affichettes par elle-même découpées, craignant la salle vide, suppliant ses amis de venir, même dix minutes après le marché, même avec les enfants, au contraire, l'auteur écrivait aussi pour le jeune public, ce qui avait pour surprenante conséquence le jour J une salle remplie au tiers de trentenaires chargés de cabas débordant de poireaux, accompagnés de garçonnets en tenue de karaté ou de très jeunes ballerines en tutu.

Suzanne ramassa un des prospectus échoués et l'approcha de son œil gauche.

— Il a accepté facilement de venir jusque chez nous, ce type ?

— Bien sûr, répondit Sophie. Pour un écrivain, c'est très important de rencontrer son public.

Jo imagina son fils à bicyclette sur les routes de France, roulant en plein cagnard de médiathèque en médiathèque, ou bien sous la pluie à la merci des microbes et des mauvaises rencontres, sa gorge s'assécha subitement. Sophie précisa que l'auteur invité samedi prochain en était à sa quarante-cinquième signature en trois mois sans pour autant avoir le don d'ubiquité, ce qui laissait fort peu de temps à la vie de famille, voire à la vie tout court. Jo extirpa un tabouret de sous la table et se servit une tisane, puisqu'il n'y avait que ça à boire.

— Et encore, notre médiathèque est confortable, chauffée, conviviale, ajouta Sophie. Certains auteurs n'ont pas cette chance, ils dédicacent leur bouquin au relais de la gare, dans les courants d'air, quand ce n'est pas dans les supermarchés.

Jo regretta amèrement d'avoir oublié sa flasque d'eau-de-vie à la maison.

— À force ils sont épuisés, faut voir ! J'en ai déjà eu qui s'évanouissaient. La dernière fois les pompiers n'ont pas pu venir, heureusement que le vétérinaire était assis au troisième rang.

Sophie conviait toujours le vétérinaire, au cas où. Certains écrivains, en effet, se sentaient suffisamment seuls en tournée pour ne se déplacer qu'avec leurs animaux, et quels animaux ! Des chiens impossibles, minuscules, on mettait une heure à les retrouver après la conférence, ou immenses, des poneys, il fallait les garer sur le parking. Sophie avait déjà eu en garde plusieurs chinchillas et un furet mâle, l'auteur le promenait dans une valise.

— Même leurs chats sont bizarres, des oreilles en houppette, des poils longs de trente centimètres… C'est bien simple, cela fait sept ans que j'invite des écrivains, je n'en ai jamais connu un seul qui possède une bestiole normale.

Jo se souvint soudain des affligeants locataires du bocal :

— Des guppys ! Charly a acheté des guppys ! Un corps interminable et une grosse nageoire hirsute, on dirait des balais à chiottes sortis d'un pot de peinture.

— Ah, vous voyez. Vous n'êtes pas tirée des ronces, ma pauvre…

Cette Sophie, il fallait le reconnaître, connaissait bien son sujet. À force de fréquenter les auteurs et de compulser la presse spécialisée, elle avait acquis du milieu littéraire une certaine connaissance qui faisait défaut à Jo. La Bogue décida d'en profiter : elle lui demanda comment les écrivains étaient embauchés, combien ils gagnaient, comment ils vivaient, où ils allaient chercher tout ça. Mademoiselle Sophie expliqua le tout d'assez bonne grâce. Son interlocutrice était mal embouchée, certes, mais elle ne lui demandait pas sans arrêt où étaient les WC – ça la changeait de son public habituel. Jo Picassiette revint le lendemain aux petites heures avec de nouvelles questions sur la couverture sociale des auteurs, leurs cotisations retraite, l'usage de drogues et autres sujets connexes. Pour y répondre, Sophie fit des recherches, prit quelques notes, alla chercher des exemples ici et là, tant qu'à faire elle rédigea une fiche de synthèse, puis plusieurs. Elle les rangeait par thème dans la boîte en bois qui, aux temps préhistoriques où la médiathèque s'appelait encore bibliothèque, contenait les cartes d'identité de chaque livre, et en restituait la substantifique moelle à Jo sous forme de graphiques sensationnels abondamment commentés. Ainsi la Bogue fut-elle édifiée sur les conditions de vie chaotiques des écrivains (67 % de divorces, fréquents troubles de l'humeur, carence en vitamine D), leurs rémunérations (riquiqui), l'état du marché du livre (désastreux) et tout un tas d'autres sujets assez inquiétants pour une mère. Elle repartait chaque jour chargée d'informations nouvelles qui confirmaient ses craintes quant à l'avenir de Charly et donnaient un tour surprenant à leurs disputes désormais régulières.

— Ce n'est pas bon, de rester à l'intérieur comme tu le fais.

— Je travaille, maman.

— Tu parles d'un travail... Dehors, en mouvement, je veux bien, mais toute la journée enfermé, c'est mauvais, Charly, très mauvais pour la santé. D'ailleurs ils sont tous malades, tes scribouillards.

Jo souleva *Les Fleurs du mal* entre le pouce et l'index :

— Ton Baudelaire, là... Tu as vu sa photo ? Sa tête, là, ses cernes. Tu finiras comme lui, Charly, blafard et faible.

— Baudelaire avait la syphilis, maman, ça n'a rien à voir. On n'est plus au XIXe siècle, ne t'inquiète pas. À ce propos, pourrait-on investir dans des ampoules qui fonctionnent ? Ce ne serait pas du luxe.

— Regarde ta position sur l'ordinateur ! Tu vas te fouler une cervicale, ou pire. Rimbaud a bien attrapé un cancer du genou.

— Mais qu'est-ce que tu racontes, le cancer du genou ça n'existe même pas.

— Si, ça existe, puisqu'il en est mort. Parfaitement. Ils meurent tous, tes auteurs, et jeunes, en plus, et bêtement !

La Bogue énuméra : crise cardiaque pour Boris Vian, en regardant l'adaptation d'un de ses livres au cinéma. Fièvre fatale pour Radiguet, oui, fatale, le gosse n'était même pas majeur, et l'Anglais, là, l'Oscar Wilde, celui du *Portrait de Docteur Grey*, il s'était brûlé les méninges à force d'écrire, à 46 ans ! La fiche « pathologies » de Mademoiselle Sophie luisait dans la mémoire de Jo comme un soleil.

— Il y en a même un qui s'est fait renverser par la camionnette du blanchisseur ! Voilà ce qui va t'arriver, à force de traîner en ville.

— Barthes ? Roland Barthes ? Mais comment tu connais ça, toi ?

— Un peu de respect pour ta mère, s'il te plaît, et viens dîner, les pissenlits vont refroidir.

Charly travaillait toute la nuit dans le pigeonnier, sur la mezzanine. Parfois il s'endormait sur son manuscrit. Jo avait pour mission de le réveiller tôt. À six heures, obéissante, elle traversait le jardin en déroulant une rallonge, installait le mange-disque sous la fenêtre du pigeonnier, sortait le 33-tours de sa pochette, soufflait sur le diamant et lançait *La Complainte du phoque en Alaska.* Le responsable audio-vidéo de la médiathèque, un bénévole assez pointu sur les musiques du monde, lui avait assuré qu'elle empruntait là « le plus grand hit de l'histoire du Québec » – un succès inexplicable par la seule puissance des paroles qui, débarrassées de leur rugueux accent, ressemblaient peu ou prou à cela :

Cré-moa, cré-moa pas / Quéqu'part en Alaska / Y a un phoque qui s'ennuie / en maudit / Sa blonde est partie / dans un cirque aux États-Unis / Ça vaut pas la peine / de laisser ceux qu'on aime / pour aller faire tourner / des ballons sur son nez.

Au bout de cinq reprises, Charly ouvrait la fenêtre et Jo l'accueillait avec toute la maternelle bienveillance que lui inspirait son projet éditorial transatlantique :

— C'est ce genre d'âneries que tu veux entendre toute la journée, Charly ? Ah elle est belle, ta littérature…

— C'est une chanson, maman, rien qu'une chanson. Et je ne vais pas habiter à Montréal, je te rappelle, juste y passer huit jours.

Si Charly menaçait de se rendormir ou, agacé, refermait la fenêtre, la Bogue embrayait sur l'intégrale de Robert Charlebois en poussant le son au maximum. Quelle ne fut pas sa surprise quand un matin, juste après le deuxième couplet d'*Adieu alouette*, elle vit la fenêtre du pigeonnier s'ouvrir et apparaître le visage de son fils, cerné, souriant, heureux.

— J'ai terminé ! Mon texte est fini, maman, fini, F.I.N. ! Je vais acheter des croissants, pour fêter ça.

Charly jubilait. Jo sentit son cœur tomber en morceaux.

— Ouvre-moi, macaque, j'ai besoin d'une grande échelle.

Un silence buté répondit à Jo.

— Je sais que t'es là, imbécile, je te vois. Par le trou de la serrure.

La remise d'Ari était remplie d'un épouvantable capharnaüm métallique (boulons, enjoliveurs, panneaux signalétiques, lave-linge désossé) au milieu duquel trônait le maître des lieux, fer à souder à la main, penché sur une monstrueuse fleur chromée dont la tige ressemblait étrangement à un poteau de sens interdit et les pistils à trois pots d'échappement.

— Qu'est-ce que c'est que tout ce bordel ?

— Rien qui te regarde, morue.

Jo ne releva pas l'insulte. Elle voulait détruire le manuscrit de son fils, c'est tout, le déchirer, le brûler, en faire des confettis, l'éliminer de la surface de la terre, et pour cela elle avait besoin d'une échelle. Son voisin Ari émargeait au département, un boulot d'homme à tout faire qu'on appelait désormais Agent polyvalent d'exploitation et qui consistait toujours à débroussailler les sentiers et à synchroniser les feux rouges en compagnie de collègues entre deux âges se prénommant tous Jean-Pierre ou Bernard, bref, personne ne comprenait ce qu'Ari faisait précisément dans la vie, mais il devait posséder une grande échelle, lui, peut-être même plusieurs.

— Tu me prends pour un cantonnier, la Bogue ? Les Agents Polyvalents d'Exploitation ont du matériel de pointe et pas le droit de le prêter, surtout pas à des sauvageonnes de ton espèce qui ne frappent pas avant d'entrer.

Jo ouvrit la porte à coups de pied en braillant « toc, toc, toc » avant de s'emparer du chalumeau – moyen éprouvé d'appuyer sa demande.

— Il va partir !

— Qui ça ? demanda Ari, réfugié derrière l'abominable fleur en métal.

— Charly. Il a terminé son livre. S'il le publie, il ira au Québec, peut-être même dans des supermarchés. C'est la fin, tu piges ? F.I.N.

— Qu'est-ce que tu veux que ça me foute ?

— T'as envie que je le dise à ta femme, que tu fais joujou avec de la ferraille au lieu de réparer le lave-linge ?

— Quelle taille, l'échelle ?

Charly avait osé fermer le pigeonnier à clé. À clé ! Que craignait-il de sa mère, nom d'un chien ? Il fallait grimper dix mètres, pas moins, pour arriver jusqu'à la fenêtre. Ari déploya la télescopique et la Bogue commença une périlleuse ascension. Le voisin machiavélique avait extrait de son fatras la moins fiable, la plus mitée des échelles et ce par pur désir de nuire, à moins qu'il ne fût simplement bien plus mal équipé qu'il ne le dît. La Bogue, arrimée aux barreaux branlants comme à un tronc d'arbre, hochant la tête de crainte et de désapprobation, ressemblait à quelque gros pivert en pleine crise d'anxiété. Au moment où elle atteignait enfin la fenêtre convoitée, son fils sortit par la porte, suivie d'une brune gironde fort peu couverte pour la saison en qui Jo reconnut la fille du boucher – cette sangsue très décolletée tentait régulièrement d'entrer à la ferme pour lui vendre hors de prix des moules en silicone mous et des boîtes en plastique de différentes tailles. Apparemment, quelqu'un avait fini par lui ouvrir.

— Maman ? Ça va ? demanda Charly, surpris de voir sa mère juchée si haut si tôt le matin.

— Très bien, mon bonhomme, et toi ? Je croyais que tu étais parti chez le boulanger.

— Nous y allons justement. Tu es sûre que ça va ?

— Comme tu vois, RAS.

— Au fait, je te présente Léa.

— Bonjour madame, gazouilla la jeune femme en décochant à Jo un sourire d'une blancheur éblouissante. Elle salua également Ari, qui eut le plus grand mal à la regarder dans les yeux.

— Maman, que fais-tu là-haut, exactement ?

— Je… Je… Enfin… Je nettoie.

— Le toit du pigeonnier ? À neuf heures du matin ? Mais pourquoi ?

Jo était arrivée à bout d'arguments. Elle entendit Ari lui souffler d'en bas :

— Pour les tourterelles.

Elle répéta :

— Pour les tourterelles. J'enlève les feuilles de houx. Qu'elles ne se blessent pas les pattes. Quand elles se posent. Pour dormir.

Jo répétait les inepties d'Ari, consternée. La jeune femme brune fut charmée par cette réponse et découvrit une nouvelle fois son aveuglant râtelier :

— Quelle délicate attention ! Tu tiens donc de ta mère ton amour des bêtes, Charles-chou ?

Et sans attendre la réponse :

— N'hésitez pas à ajouter un tapis de mousse, madame Picassiette, ces tourterelles-là sont parfois sujettes au somnambulisme.

Sur ce, les deux amoureux enfourchèrent leur vélo et partirent gaiement en quête de viennoiseries, non sans avoir échangé un baiser.

Ce que Jo découvrit à l'intérieur du pigeonnier allait la hanter longtemps encore. D'abord il y eut ce matelas posé par terre, deux cartons pleins d'affreuses boîtes en plastique en guise de chevets, et puis les brosses à dents sur le lavabo, *deux* brosses à dents alors que son Charly, aux dernières nouvelles, n'avait toujours qu'une seule bouche, enfin ces stupides poissons (sans doute un cadeau d'Émail Diamant), des monstruosités nageant bêtement autour – et ce fut le coup de grâce – de la dernière petite moissonneuse-batteuse offerte à Charly par son défunt papa. La rouille déjà attaquait la machine. Jo sortit le pauvre engin de l'eau pour évaluer les dégâts et repéra, posé près de l'imprimante, l'épais tas de pages qu'elle était venue chercher.

Elle s'assit sur le matelas, essuya la batteuse dans son tablier et commença à lire.

Le texte s'ouvrait par la description d'un petit village et de ses habitants. Après quarante ans de vie chandoisienne, il ne fut pas trop difficile à Jo de reconnaître sous les traits des personnages principaux la plupart de ses voisins. Charly n'était pas très tendre avec certains d'entre eux mais assez drôle par endroits et somme toute plutôt juste, la Bogue ne pouvait rien lui reprocher. Elle fut beaucoup moins indulgente quand elle constata que l'auteur traitait avec une même ironie la vie de la ferme, plus ou moins comparée à un esclavage salissant, les vaches (tyranniques et bruyantes), et même le lac, qui pourtant ne lui avait rien fait. Quant à l'atroce hypermarché de la discorde, la verrue qui depuis 20 ans défigurait le paysage, il était décrit avec force adjectifs et aucune virgule comme un feu d'artifice de couleurs dans une campagne immuablement verte, ce qui déplut beaucoup à Jo. Lorsqu'elle entama le chapitre 4, intitulé « Génitrix », et qu'elle vit émerger de la grande vague de mots une femme qui lui ressemblait, c'en fut trop. Elle bazarda le manuscrit par terre et balança un bon coup de moissonneuse-batteuse dans l'aquarium. L'eau dégoulina sur l'ordinateur du fils et perla sur les pages dispersées.

— Descends, vieille bique, ils reviennent, grouille !

Jo fourra en vitesse un paquet de feuilles trempées dans son tablier, enjamba la fenêtre avec tant d'élan qu'elle rata le premier échelon, s'agrippa vainement à une branche qui passait par là, tenta un rétablissement acrobatique qu'elle manqua de peu et se résigna à glisser sur l'échelle la tête la première, comme jadis son fils sur le toboggan. Le muret du poulailler stoppa douloureusement sa chute. Une fois que ses yeux furent revenus en face des trous, la Bogue put constater qu'il n'y avait nulle trace du fils dans les parages, ni de sa garce à larges ratiches. Ari, en revanche, était planté devant elle, hilare.

— Ça t'apprendra à dégueulasser mon perron avec tes fientes, sale garce.

Jo venait d'attraper sa pelle pour corriger le plaisantin lorsque Charly revint pour de bon, sans aucun croissant. Les nuages noirs qui s'amoncelaient avaient découragé Léa de rouler jusqu'au bourg.

— C'est sûr qu'elle aurait attrapé froid, chuchota Ari, que la pelle rata une seconde fois de justesse.

— Et encore vous avez eu de la chance, ici il vient juste de grêler, affirma Jo avec le plus bel aplomb.

— De la grêle en automne, s'étonna la jeune femme, le climat devient vraiment…

— Vous travaillez pour Météo France en plus des boîtes en plastique ? grinça la Bogue. C'était pas très prudent de laisser ta fenêtre ouverte, mon bonhomme. Si j'étais toi, j'irais vérifier qu'il n'y a pas eu trop de dégâts dans ton bureau.

— C'est ça, va vite voir là-haut, petit bonhomme, miaula Ari, qui s'empara des pages détrempées dès que son auteur eut disparu dans le pigeonnier.

Il se rua sur le premier paragraphe tandis que Jo se frottait la tête. Une bosse démesurée poussait sur son front.

— Il n'y est pas allé avec le dos de la main morte, le petit bonhomme, ricana Ari sans lever le nez de sa lecture. Ton portrait n'est pas piqué des coccinelles.

La Bogue regarda en l'air : des abeilles tremblantes volaient dans tous les sens, déboussolées ; voilà ce qui arrivait quand on butinait de l'insecticide. Jo explora la bambouseraie à la recherche de l'essaim malade.

— Il a raison, ton moutard, de dos on pourrait presque te confondre avec un panda, pouffa Ari en tournant la page avec gourmandise. De face aussi, d'ailleurs.

— Ta gueule.

Ari continua à glousser jusqu'à ce qu'il se reconnaisse au chapitre 5 et que le « ferrailleur fou poussant des jantes de tracteur comme un bousier sa pelote fécale » lui reste coincé en travers de la gorge.

— Un bousier ! Moi, un bousier ! s'étrangla-t-il en cherchant dans sa poche la flasque de mirabelle qui en avait fait passer d'autres. Dis donc, la Bogue, cette saloperie-là va vraiment être imprimée ?

Jo lui envoya une poignée de terre dans la figure pour lui apprendre à dénigrer la production du fils, bien qu'elle se posât, dans un coin de son crâne douloureux, exactement la même question.

À la première heure, la Bogue se précipita à la médiathèque, précédée de Suzanne dans la brouette et suivie par Ari, très inquiet à l'idée que l'humiliant récit qui dépassait de la poche du tablier se promène dans tout le Chandoiseau. Il ouvrit de grands yeux en apercevant Nelson enroulé dans un duvet face au rayon biographies, et plus grands encore devant le bar à tisanes.

— T'as jamais vu de bibliothèque, péquenaud ?

— Il ne faut pas mépriser les cantonniers, Jo. Dans les petits villages comme le nôtre, leur travail est indispensable.

— Agent polyvalent d'exploitation, vociféra Ari aussi fort que lui permettait le panneau « Silence on lit ». A.P.E., pas cantonnier, c'est pourtant pas compliqué à retenir !

Jo largua Suzanne en littérature jeunesse et s'enferma dans la réserve avec Mademoiselle Sophie pour avis d'expert. Après lecture des cinq premiers chapitres sauvés de la noyade, le verdict de la bibliothécaire fut sans appel : elle avait entre les mains un manuscrit typique du tout début du XXIe siècle, une autofiction ironico-désinvolte écrite sous Word et en deux mois par un postadolescent légèrement dépressif qui, dans les pages suivantes, allait sans aucun doute exprimer sa révolte d'être né, en milieu rural qui plus est – révolte qui donnait son titre au bouquin, il ne s'était pas foulé. Sans doute aurait-on quelques scènes trash pour faire le buzz (Jo comprit à peu près les deux concepts), ce qui rendait le tout parfaitement anodin, quoi que l'écriture du jeune Charly, d'après ce qu'on en apercevait ici, fût assez intéressante. Bref, vu les goûts de chiottes des gens en ce moment, un tel livre pouvait marcher et même très bien, conclut Sophie en jetant le tas de feuilles à la poubelle.

— On passe pour des arriérés, fulmina Ari en sortant sa gnôle. Le gosse raconte qu'on marche dans le purin à tous les coins du village ! Que Baragouin n'a plus une seule dent depuis 1962 ! Que personne n'entrave rien à ce qu'il dit !

— Maurice est le dernier du département à parler encore notre dialecte, précisa la vieille Suzanne derrière la cloison. Il est passé plusieurs fois aux infos régionales. Je m'ennuie toute seule, figurez-vous.

— On a tout de même un mal fou à comprendre cet homme, admit la bibliothécaire en ouvrant la porte.

Ari déboucha la mirabelle :

— Tout le monde va se foutre de notre gueule, tout ça parce que t'as pas su tenir ton gamin, la Bogue !

— Et si l'ordinateur de Charly prenait l'eau ? demanda Jo benoîtement.

— Il pourrait tout de même réimprimer son texte, remarqua Sophie. Il a dû le sauvegarder sur le Cloud.

— C'est qui le Claude ? s'enquit Suzanne.

On avança une chaise pour la doyenne et un verre d'eau-de-vie qu'elle refusa poliment – jamais avant dix-huit heures.

— C'est toujours pareil avec les auteurs, faut qu'ils racontent leur vie, expliqua la bibliothécaire en farfouillant dans sa boîte à fiches. Et que je te ponds huit pages sur ma regrettée-mamie-chérie, et que je te ficelle deux chapitres sur l'affreux-tonton-Jean-heureusement-décédé, là ça va encore, mais la pente biographique est savonneuse, du coup ça dérape sur les vivants, forcément. Ses cousins, son frère, sa sœur, ses parents, l'écrivain déballe tout le linge sale de sa famille plus celui des voisins, et bien sûr qu'arrive-t-il ?

Personne ne répondit. Sophie sortit triomphalement la fiche « poursuites pénales » et la secoua sous le nez de Jo.

— Les gens se vexent, bien sûr ! Procès pour diffamation, frais d'avocat, psychodrame public, pleurs, cris, menace de déshéritement, articles dans la presse locale, voire nationale ! Parfois ça tourne au pugilat, les personnages attendent l'auteur au coin de la rue pour lui refaire le portrait, quand ils n'essayent pas de le lyncher.

— Ça lui remettrait certainement les idées en place, marmonna Ari.

Jo lui envoya un coup de pied dans le tibia. Sophie frappa dans ses mains pour obtenir le silence :

— Et ça ne s'arrête pas là ! Un an après la publication du livre qui a mis le feu aux poudres, alors que ses proches commencent tout juste à s'en remettre, deuxième couche : l'écrivain de la famille pond un second tome pour raconter les conséquences dramatiques du premier, on n'en sort pas. Pour un auteur, l'autofiction est une drogue.

— Et la drogue c'est vraiment un fléau pour la jeunesse, déplora Ari en se servant un autre verre de mirabelle.

Suzanne hocha gravement la tête. D'après Mademoiselle Sophie, celle qui prenait le plus cher en matière littéraire, c'était toujours la mère de l'écrivain. La bibliothécaire s'apprêtait à illustrer son propos en citant les lignes consacrées par Charly à « celle dont on devinait la silhouette plantigrade derrière les bambous » quand Jo posa sa grosse patte sur le manuscrit.

Sophie renonça à sa lecture et désigna les rayonnages d'un vaste geste du bras : le petit Picassiette n'était pas le seul à dauber sur sa mère. C'était même l'un des principaux filons de l'édition à l'heure actuelle, maman par-ci, maman par-là, de préférence après sa mort. D'innombrables écrivains trempaient la plume dans les larmes noires du deuil et offraient à leur chère défunte un tombeau de papier plus ou moins abrasif, ce qui était plus amusant que de fleurir du marbre et pouvait rapporter gros. Impatient comme il était, il avait fallu que Charly rédige l'inventaire maternel de son vivant.

— Votre fils n'est encore pas très méchant, estima Sophie. Regardez Houellebecq, c'est bien pire.

— Qui ça ?

— Michel Houellebecq. Superstar. Traduit en quarante-deux langues. Je vous ferai une fiche, si vous voulez. Il dénigre les mères à longueur de livres. La sienne en a eu tellement marre qu'elle en a écrit un aussi, pour lui clouer le bec.

— Ça a marché ?

— Non, au contraire : à chaque nouvelle publication il en rajoute.

La bibliothécaire s'absenta, revint quelques instants plus tard lestée d'une pile de bouquins à la couverture crème sanglés d'un bandeau rouge et ouvrit le premier :

— Allons-y pour Houellebecq… *Ma mère*… bla, bla, bla… *une créature brunâtre… nez crochu, teint terreux*, etc., etc., *bourgeoise libertine catastrophique… putain névrosée*, ah, vous voyez, ça empire… Et dans celui-ci : *tu mérites de crever… je pisserai sur tes cendres…*

— Le gars ne fait pas dans la dentelle, constata Ari.

— C'est du roman, hein, faut pas se formaliser non plus.

— Quand même ! s'étrangla Suzanne.

— Ce n'est pas avec de bons sentiments qu'on écrit de la bonne littérature, chère madame, ajouta Sophie en ouvrant le plus gros des pavés.

Elle feuilleta jusqu'à trouver le passage désiré.

— Nous y sommes, attachez vos ceintures : *Ma mère a bougé, j'ai cru un instant que ses yeux allaient s'ouvrir ; ses cuisses se sont légèrement écartées. Je me suis agenouillé devant sa vulve. J'ai approché ma main à quelques centimètres, mais je n'ai pas osé la toucher. Je suis ressorti pour me branler.*

Un silence de mort régnait sur l'assemblée. Ari se servit un petit réconfortant. Immobile et blême, la Bogue semblait momifiée.

— *Je me suis approché d'un jeune chat noir qui se chauffait sur une pierre. Le chat m'a regardé à plusieurs reprises pendant que je me branlais, mais il a fermé les yeux avant que j'éjacule. Je me suis baissé, j'ai ramassé une grosse pierre. Le crâne du chat a éclaté, un peu de cervelle a gic…*

— Ah non, ça suffit maintenant ! glapit la vieille Suzanne, scandalisée. Non mais là, oh. Quand même. Oh ! Non mais. Quand même.

Chacun acquiesça. Tout cela allait très mal finir. Si Charly éreintait ses proches dès son premier bouquin, quelles immondices lâcherait-il dans les suivants ? Il avait trop changé déjà, depuis cette histoire de livre. On ne le voyait plus guère à vélo dans le pays. Il était moins serviable qu'avant. Il n'était même pas venu à la soirée Choucroute et loto, organisée par le comité des fêtes. Tout ça à cause de ce Saint-Morize ! Sans lui, Charly aurait gentiment continué à noircir ses carnets au lieu de se lancer dans une œuvre *plus personnelle*. Et tu parles d'un personnel ! Tout le Chandoiseau s'y retrouvait, ce n'était plus un roman, c'était l'annuaire des Postes. Passe encore que le gosse raconte la vie de ses voisins sans leur demander l'autorisation (dans le coin, le glanage était autorisé), mais cet humour ! Ce sourire en coin, on ne le lui pardonnerait pas.

— Le châtelain a une très mauvaise influence sur Charly, résuma Suzanne, qui tout compte fait avait légèrement soif.

— Saint-Morize nous manque de respect alors qu'on l'a accueilli à bras ouverts au village, ajouta Ari, qui lui tendit à regret la bouteille presque vide.

— Il pousse le petit contre nous, voilà tout. Bientôt il va le capter entièrement et qu'est-ce qu'elle deviendra, Jo, sans son Charly, Jo, tu m'écoutes, tu feras quoi sans ton unique ?

La Bogue semblait écrasée sous un poids invisible, incrustée à son siège pour l'éternité. Elle regretta un instant d'avoir eu des scrupules en préparant la salade. Le brin de ciguë ajouté aux carottes sauvages avait sans doute déglingué l'estomac de l'éditeur, mais était-ce une punition suffisante pour celui qui corrompt la jeunesse ?

— Pas touche au petit, murmura Jo, les dents serrées.

L'assemblée acquiesça de nouveau. Pour le bien de l'enfant, il fallait agir vite et fort, comme une pierre sur le crâne tendre d'un chaton.

Depuis longtemps déjà, la poisse collait aux basques d'Auguste Saint-Morize. Le jour de sa naissance, par exemple, il faisait une chaleur caniculaire à Paris, néanmoins le chauffeur était grippé et, aucun taxi ne répondant à l'appel, son futur père avait tenté en vain de retrouver les clés de la Bentley. Puis il avait coincé la jambe droite de son pantalon dans l'escalator du métro, enfin les portes de la maternité s'étaient bloquées en position « fermé », par conséquent Auguste avait poussé son premier cri sur le parvis de l'hôpital Saint-Pierre-Saint-Paul, heureusement bien ombragé. Aujourd'hui encore, quand un pigeon parisien s'oubliait, c'était souvent sur les chaussures d'Auguste, et il ne comptait plus les micros tombés en panne dès qu'il ouvrait la bouche. C'était sans doute de famille, le destin s'étant montré aussi généreux que facétieux avec les hommes de sa lignée, tandis que leurs épouses se contentaient d'une vie tranquille ponctuée d'accouchements douloureux, parfois à des endroits imprévus. Pour contrer le mauvais sort, Auguste conservait un trèfle à quatre feuilles dans son portefeuille. Il évitait également les échelles.

S'ajoutaient à ses déboires transgénérationnels les ennuis inhérents au métier d'éditeur, ennuis qui commençaient à s'accumuler vers dix heures trente le matin, Auguste venant de franchir la porte du bureau. Une partie non négligeable de ces emmerdements provenaient des auteurs eux-mêmes, qui téléphonaient longuement leur mal-être existentiel, la plupart n'ayant besoin que de se faire cajoler, par chance Saint-Morize excellait dans l'exercice. Un compliment et ça allait déjà moins mal, une promesse d'article élogieux, un pieux mensonge sur les chiffres de vente, quinze minutes après le début de l'appel l'auteur y croyait de nouveau et, plus étonnant, son interlocuteur aussi. Malheureusement, au fil de la journée, d'autres nuages venaient assombrir le ciel des Éditions Saint-Morize : menaces des concurrents, chantage des financiers, caprices des médias, etc. Il fallait que le patron ait l'air confiant, mieux : heureux, pour rassurer les uns et inquiéter les autres. Ce boulot, c'était la tyrannie du bonheur. Après trente-deux années d'exercice, Auguste Saint-Morize avait emmagasiné un savoir immense sur tous les types de tracas et de difficultés relatifs aux métiers du livre, une sorte d'intimité, comme dans une famille dont on connaîtrait par cœur chaque membre et dont, magnanime autant que blasé, on excuserait les travers. Quand la première lettre anonyme atterrit un samedi matin dans sa boîte à lettres du Chandoiseau, il ne fut donc pas plus étonné que cela et la lut sans s'affoler, en pyjama.

La missive, visiblement découpée syllabe par syllabe dans le journal local, lui conseillait de se tenir le plus loin possible de Charly P., dont la fréquentation ne lui apporterait que de pénibles déconvenues, voire une mort douloureuse et brutale. Le gosse, pouvait-on lire, avait le mauvais œil, un magnétisme toxique dont il irradiait quiconque l'approchait de trop près. Par ailleurs, à cause de ses mauvaises ondes, il déréglait la télé quand il passait à proximité, chacun au village avait pu en souffrir. En guise de post-scriptum, le corbeau rappelait que ledit Charly P. avait vu le jour un vendredi 13, ce qui n'était dans aucune entreprise un signe annonciateur de succès – s'ensuivait un paragraphe totalement hors-sujet sur l'autofiction, déshonneur de la littérature.

L'éditeur posa le courrier sur le lavabo, regarda l'heure (dix heures trente-deux, normal), toucha du bois et attrapa sa brosse à dents. Si on commençait à venir l'enquiquiner à la Sauvagère… Cette maison, c'était son refuge. Au premier coup d'œil il l'avait aimée, avec son vaste parc et son ruisseau si bien nommé : la Muse. La Muse ! N'était-ce pas un nom prédestiné ? Deux fois par mois, Auguste quittait la capitale avec une boule au ventre, pelote serrée des ennuis de la quinzaine écoulée, et ne respirait vraiment qu'une fois entrevues les collines du Chandoiseau. Lui qui, toute l'année, écumait la planète (Salon du livre de Paris, Frankfurter Buchmesse, London Book Fair, Foires du livre de Brive, Bruxelles, Pékin, Genève, Québec et rebelote), ne trouvait rien de plus apaisant que ce grand vert, rien de plus beau que ce minuscule village recroquevillé dont il aimait la moindre parcelle. Sauf le lac. Auguste avait toujours eu peur des lacs. Leurs eaux lentes, leur calme suspect, et celui-ci, avec ses bouillonnements intempestifs, ses brouillards, sa façon de virer au noir d'un jour à l'autre, avait quelque chose d'une bête. Il aurait été ravi de le voir une bonne fois pour toutes recouvert par le parking de l'hypermarché, hélas le maire du Chandoiseau, un scientifique assez hurluberlu, s'y opposait stupidement. L'éditeur cracha son dentifrice, froissa la lettre anonyme et la jeta dans la corbeille.

Les ennuis étaient la base du métier d'Auguste, et les flanquer sous le tapis sa règle d'or.

Cet après-midi, donc, il recevrait courageusement le fils de la Bogue, qui malgré son jeune âge n'était pas la moitié d'un écrivain, voilà tout ce qui importait. Ils regarderaient le match ensemble et boiraient du vin de qualité, ce qui en toute affaire était le prélude aux meilleures relations.

Ils regardèrent le match, en effet. Enfin, ils essayèrent. Car la retransmission de l'Open d'Australie souffrit dès la première minute d'altérations insupportables. L'image sautait sans prévenir, les deux tennismen soudain pris du syndrome de la Tourette faisaient des bonds sauvages, leurs raquettes se tordaient comme le visage d'un alien, puis la finale reprenait mais en noir et blanc dans un grésillement terrible, on se serait cru au temps de l'ORTF, un peu plus on apercevait le Général et Tante Yvonne à la tribune présidentielle. Une inquiétude diffuse flottait dans l'esprit d'Auguste, la faute à cette lettre anonyme. *Charly P. brouille la télé.* Si l'éditeur avait osé, il aurait demandé au petit Picassiette de s'approcher de l'écran puis de s'en éloigner, histoire d'en avoir le cœur net, mais c'était le moment-clé du match, 6-4, 6-7, 5-5 pour l'outsider, alors Saint-Morize vida son verre et tenta de se concentrer sur la balle. Service pour le set. À ce point de tension, un chat franchit le seuil du salon et sauta impromptu sur les genoux d'Auguste, qui poussa un cri. Énorme, le chat, bien sûr, et noir, plus noir encore que celui de la Bogue – sur le front de Saint-Morize la sueur commença à ruisseler.

Car le monstre était suivi. Derrière lui arrivèrent, à la queue leu leu, un chaton foncé comme une boule de suie puis une femelle, deux gros mâles, enfin un convoi de félins gris, anthracite, jais, cinquante nuances de noir percées de prunelles d'or fixant l'éditeur, désormais au bord de la catalepsie. Tout son sang avait reflué vers une destination inconnue, sans doute sa tête, qui vrombissait comme un moteur. Dans un brouillard de panique, il vit Charles se lever, s'approcher des monstres en leur chuchotant des mots qu'il ne comprit pas, s'avancer vers la porte de service, suivi d'une bête, puis de deux, puis du convoi entier qui trottinait maintenant vers la sortie, cohorte sombre hypnotisée par le doux babil de Charles comme les rats par le joueur de flûte. Le jeune Picassiette mena sa troupe au fond du parc et attendit gentiment que la queue du dernier félin disparaisse dans le bois. Le cher enfant, que Dieu le protège ! Dans la tête d'Auguste, les brumes se dissipèrent. Il sentit son cœur ralentir, regarda par la fenêtre : Charly s'était arrêté sur le chemin pour écouter les oiseaux. Il respirait lentement, les yeux clos, auréolé du froid soleil de janvier, son visage penché rappelait celui d'une icône et à ses pieds les moineaux se posaient. Auguste repensa à la lettre anonyme. Charly P. était peut-être magnétique, oui, mais comme un arbre, comme un dolmen, comme une source bienfaisante. À l'éditeur, l'évidence maintenant apparaissait : ce gosse était un véritable porte-bonheur.

L'attaque contre Saint-Morize n'eut pas les effets escomptés, loin de là. Suzanne eut un mal fou à récupérer ses chats et Ari toutes les peines du monde à bousiller l'antenne de la télé, en outre il faillit se tuer en descendant du toit à cause de cette satanée échelle, qu'il déplia ensuite sur le perron afin que l'éditeur fût obligé de passer en dessous pour sortir. Plus tard, Saint-Morize retrouva ses deux rétroviseurs brisés : sept ans de malheur pour lui mais un doigt de coupé pour le vandale. On lui creva les pneus, aussi, par une nuit si froide qu'on attrapa le rhume. Les signes funestes qu'à leurs risques et périls les Chandoisiens envoyèrent en direction de l'éditeur n'ébranlèrent pas sa motivation à publier le jeune Picassiette. Il semblait plus que jamais attaché à son poulain, auquel le liaient plusieurs points communs (passion pour Baudelaire, plexus capricieux), interprétés comme autant de clins d'œil du destin. De sa tour de guet, Suzanne voyait souvent le jeune Picassiette quitter la ferme, embrasser la fille Tupperware en souriant et prendre le chemin de la gare pour revenir le soir avec un sourire plus grand encore. Il allait rejoindre Saint-Morize dans ses bureaux. Parfois il passait plusieurs jours là-bas, l'éditeur l'hébergeait et la lampe restait allumée toute la nuit à la fenêtre de Jo. Son verger faisait mal au cœur : la Bogue avait refusé de laisser quiconque ramasser les pommes à la place de son fils. Elles avaient toutes pourri au pied des arbres, auréolant chaque tronc d'un halo gélatineux qui puait comme dix charognes. Charly s'en accommodait sans peine, trop occupé qu'il était par son manuscrit.

Jo aurait compris, peut-être même cautionné, que son enfant écrive ses petites histoires tout en travaillant à la ferme, ainsi aurait-il assouvi sa faim de lettres sans pour autant indexer son avenir sur le fluctuant goût des autres. Tout le monde aurait approuvé cette victoire raisonnable de la proie sur l'ombre, par ailleurs on n'aurait pas senti dans tout le village l'odeur sure du dépit. On en connaissait, des champions d'haltérophilie, de macramé ou même de rock acrobatique, qui exerçaient un métier normal trente-cinq heures par semaine et s'adonnaient à leur passion pendant leur temps libre, des conducteurs de bus déguisés chaque week-end en grognards de Napoléon, voire des experts-comptables le jour – transformistes la nuit, ça donnait lieu à de passionnantes émissions télévisées que la vieille Suzanne regardait entourée de sa meute. Vu par ce prisme cathodique, le combo paysan/écrivain semblait tout à fait envisageable, en outre il y avait des précédents historiques, Chateaubriand plantait bien des laitues et des séquoias à Châtenay-Malabry, pourquoi donc Charly n'aurait-il pas mené une double vie d'auteur-agriculteur au Chandoiseau ?

— Oui, pourquoi tu ne garderais pas l'écriture en hobby ? lui demanda Suzanne un soir, sur le quai de la gare. Plein d'artistes ont eu un vrai emploi, tu sais, comme par exemple, je ne sais pas, attends voir, laisse-moi réfléchir, c'est toujours quand on cherche un nom qu'il s'échappe, tiens, le peintre là, voilà, le Douanier Rousseau, qui était, enfin tu sais bien... douanier, quoi... Pourquoi tu me regardes comme ça, Charly ?

La stupéfaction du jeune Picassiette valait réponse.

Jo n'aurait jamais posé ce genre de question. La mère Picassiette savait depuis longtemps qu'elle avait hérité d'un modèle d'enfant très spécial, également appelé « tout ou rien », franc comme l'or et raide comme la justice, chatouilleux sur les principes, aussi inflexible que soixante-treize administrations à casquette de plomb. Petit, déjà, il s'enflammait pour telle ou telle discipline, les poèmes étrusques ou la gravure sur écorce, s'y consacrait absolument, s'y absorbait, ne parlait que de ça jusqu'à l'épuisement total de son interlocuteur puis du sujet, après quoi il daignait passer à autre chose. Pour un tel spécimen, bien entendu, il n'était pas question d'écrire à mi-temps, ce serait écrivain et écrivain *seulement*, écrivain nuit et jour, passionnément, écrivain point barre, il se livrerait tout entier au public inconstant et aux fins de mois périlleuses quand il aurait pu vivre de ses propres mains sur la terre de son défunt père sans dépendre de personne. Jo savait ce que ça faisait, de dépendre, la soumission que c'était, les dégueulasseries que les gens se permettaient. Son Charly lui faisait penser à ces biques entêtées qui courent guillerettes dans la gueule du loup. La chèvre de Monsieur Seguin, c'était lui tout craché, elle le lui avait dit d'ailleurs, puis elle avait laissé les pommes pourrir au pied des arbres, toutes les pommes sans exception, pour que l'odeur à chaque minute rappelle au fils la route hasardeuse et malsaine qu'il prenait.

— T'aurais vu la tête du gamin quand je lui ai parlé du Douanier Rousseau, confia la Suzanne à un raminagrobis ventru qui ronronnait sur ses genoux. Vaut mieux le laisser tranquille, Charly, de toute façon il n'écoutera personne. Il est têtu comme dix ânes, c'est tout sa mère.

De son fauteuil au grenier, Suzanne voyait clairement les choses : plus la Bogue contrarierait la vocation littéraire de son fils, moins il en démordrait. La déception, la colère, la tristesse, toutes ces fatigantes émotions parentales gaspillées en disputes multiples et en vaines contre-propositions exacerberaient son désir d'écrire, quand la vie elle-même se chargerait sans doute de tordre le cou à son ambition.

— Si notre Jo s'attend à ce que son mioche renonce à son bouquin pour un tas de pommes, elle se fourre le doigt dans l'œil jusqu'au trognon.

La vieille dame savait d'expérience ce qu'il y avait de profondément improductif et délétère à *attendre* quelque chose de son mioche. Il ne fallait rien attendre, non, ni qu'il soit sage dans la file d'attente, ni qu'il range ses couverts dans le lave-vaisselle, encore moins qu'il prenne de son propre gré la voie qu'on avait choisie pour lui, ces trois objectifs relevaient assurément de l'onirisme le plus débridé. Il valait mille fois mieux accueillir le rêve du gamin et le porter, voilà, le porter sans juger, sans lester l'héritier de nos propres fardeaux, sans même émettre le moindre conseil, bref : sans moufter et Dieu sait que ce n'était pas facile tous les jours de bouffer son chapeau, mais *porter* était finalement le seul devoir des mères et le plus important, tout le reste nuisait à l'affaire, un point c'est tout.

Suzanne repensa aux yeux de Charly, sur le quai de la gare, quand il lui avait montré son contrat signé, *contrat d'édition*, c'était écrit pile au-dessus du titre de son livre, *mon livre*, avait-il précisé, *publication d'ici douze mois maximum*. En un battement de cils, une fierté pure était apparue, incandescente – si la vieille avait craqué une allumette à ce moment-là, le gosse aurait pris feu – et elle eut honte d'avoir lâché les chats pendant le match de tennis.

Le dicton de la semaine

De la Saint-Gatien à la Saint-Urbain, le temps ne vaut rien.

Et pas que le temps, hélas ! D'abord Jo avait froid. La cheminée fidèle flambait de toutes ses forces, en vain : la patronne gelait quand même. Dans sa jeunesse et même plus tard, jamais la mère Picassiette n'aurait ajouté une épaisseur avant de sortir voir la vache. Cette année, elle ressemblait à un oignon : un tricot de corps, un maillot de dessous, une chemise, un gilet de laine, le gros caban, par là-dessus une écharpe et encore, elle était limite, avec cette météo caractérielle – trois jours de gel puis le grand chaud, l'été dans l'hiver, de nouveau l'ère glaciaire, on n'avait jamais vu ça. L'hypermarché aussi lui causait du souci : le directeur avait obtenu l'autorisation de s'agrandir encore, il cherchait des terres. À sa dernière visite, la Bogue avait dû l'éconduire avec la carabine à plombs. Elle avait l'impression que le monde marchait dans le mauvais sens, et qu'il allait vite. Elle vieillissait.

— Tiens Marguerite, mange, ça va te réchauffer.

Jo posa sa tête sur l'épaule de la vache. Charly venait d'avoir 20 ans. Pour son anniversaire, l'éditeur lui avait fait la surprise d'imprimer une cinquantaine d'exemplaires de sa nouvelle sur les abeilles, la bien nommée *Dans la ruche*. Il l'avait également fait inviter au salon du livre local *en tant qu'auteur*, Charly avait adoré l'expression ; il y dédicacerait pour la première fois de sa vie – une sorte de galop d'essai avant la grande course de la rentrée littéraire, dans six mois, où s'alignerait l'ambitieuse *Révolte*. Ces cadeaux avaient empli le jeune Picassiette d'un immense bonheur et Jo n'y était pour rien, pour rien du tout. D'un air rêveur, le gamin caressait les volumes brochés. Il chipotait aux repas, quand il était là. Il faisait de l'esprit, parfois des reproches. Il n'avait pas remarqué les tas de pommes pourries, dont l'odeur formait un cercle invisible autour de la ferme. Il avait acheté deux poules, comme si la Perchée et ses copines ne suffisaient pas, et les avait baptisées de noms ridicules : Spleen et Idéal. Il découchait. Où était passé le vrai Charly ? Jo aurait aimé le rapetisser, partir à reculons, faire marche arrière jusqu'à ce qu'il redevienne le bébé bavard, hilare, goulu, sa petite main dans son décolleté, sa bouche collée au sein, les yeux clos de bonheur, l'ombre des cils sur la joue rebondie. Louis avait aimé voir ça, l'enfant repu du lait de mère. Il avait failli remettre les veaux avec les vaches, à cette époque. Il se posait des questions. C'est ce qui l'avait tué aussi, toutes ces questions, mais il ne fallait pas le dire au gamin : les doutes, c'était le fardeau discret des parents, leur petit tas de secrets dont personne ne devait hériter.

Quand Louis chargeait les veaux dans le camion, les vaches couraient après. Jo comprenait. Certains soirs, elle avait l'impression que le cercle de puanteur rétrécissait autour d'elle seule.

Elle poussa le foin sous le museau de Marguerite, lui promit de revenir plus tard et s'apprêtait à quitter l'étable quand elle entendit une cavalcade. Un sanglier, pensa-t-elle, et de belle taille. Ou un gros chien affolé, en tout cas ça traversait le terrain du voisin à toute vitesse. Elle jeta un coup d'œil par-dessus la barrière : la bête avait disparu dans la futaille et une sorcière hurlante la cherchait en vain, armée d'un balai.

— Reviens ici, Ari Lemercier ! Montre-toi tout de suite, demeuré !

La sorcière tapa sur l'immense tas de ferraille entreposée dans le jardin puis se tourna vers Jo, fulminante :

— T'as pas vu mon crétin de mari, bien sûr ?

Jo garda le silence. Elle ne s'immisçait jamais dans le conjugo, de plus le manche était large et sa propriétaire très fâchée, Ari avait bien raison de se cacher. Ce n'était pas la première fois que son épouse se mettait en colère. Céline Lemercier, qui ressemblait à tout le monde et que nul ne remarquait jamais (car ni grande ni petite, ni belle ni laide, entre deux âges), se transformait à intervalles réguliers en vociférante furie, alors le village se souvenait de son existence et son époux courait se planquer dans le premier trou. Jo avait déjà pincé son voisin caché dans un tronc d'arbre creux, tapi dans le conduit de la cheminée, une fois dans le lac à moitié noyé sous un large nénuphar. En matière de dissimulation, l'inventivité d'Ari forçait l'admiration, il se fondait dans le paysage avec l'ingéniosité du phasme.

— Écoute-moi bien, la Bogue : si tu croises ce grand couillon dans les parages, dis-lui que je m'en vais faire de l'essence et qu'il ne perd rien pour attendre.

Le balai s'agitait dans les airs, menaçant.

Le problème était le suivant : Ari était encore allé enquiquiner le docteur. Ils se connaissaient bien, ces deux-là, pour avoir longtemps été piliers du même bistrot, sauf qu'après la dernière tournée Ari rampait jusqu'à son lit quand le toubib, lui, filait à la maternité accoucher les patientes pathologiques – ce qu'à deux grammes dans le sang aucun alcoolique sensé n'aurait eu l'idée de faire. Ainsi avait-il ripé sur la dernière-née d'Ari, depuis vissée sur un fauteuil roulant. L'erreur médicale n'ayant pas été reconnue, les deux anciens amis avaient persévéré chacun dans leur voie : le bon docteur Delanoy continuait de boire et d'opérer, quant à Ari, il déposait chaque mois depuis huit ans le faire-part de naissance de sa fille, avec photo évolutive, dans la boîte à lettres du médecin, sur le pare-brise de sa voiture, placardé en format A3 devant son troquet préféré et même sur chacun des feux rouges menant à l'hôpital.

— Ce matin, le toubib a trouvé le faire-part de la petite punaisé sur sa porte d'entrée. Avec le fauteuil roulant dessiné par-dessus au Stabilo.

L'obstétricien envisageait une plainte pour harcèlement. Voilà pourquoi la femme d'Ari, qui avait assez de soucis comme cela avec ses cinq enfants sans compter son mari, souhaitait transformer son balai-brosse en arme de destruction massive.

Cinq minutes après le départ de l'épouse enragée, la Bogue vit Ari sortir du garage sur la pointe des pieds et traverser son jardin le pantalon noirci, les jambes raides comme collées au goudron, preuve qu'il s'était cette fois-ci caché dans la fosse à vidange.

— Pourquoi tu fais ça, débile ?

— Pourquoi je fais quoi ?

— La campagne d'affichage.

— Mêle-toi de ton cul, vieille tique.

Ari ouvrit le robinet, déroula le tuyau d'arrosage et entreprit de s'étriller.

— Si je m'en occupais pas, des affiches, qui c'est qui le ferait, qui ? Les trucs importants, les trucs justes, faut bien que quelqu'un s'y colle. Même si c'est dur, même si c'est risqué. Je fais comme le cochon, voilà.

— Hein ?

— Le cochon, j'ai dit. T'as déjà vu un cochon, la Bogue ? Il lâche jamais l'affaire. Il emmerde personne, mais quand il a quelque chose à faire, il va au bout. Le cheval et le chien abandonnent, pas lui. Il soulève des pierres de trois tonnes juste pour grignoter un minuscule bout de racine coincé dessous. Il peut tuer un homme qui se met en travers. Je te le dis, la Bogue, quand l'affaire est grave, faut s'inspirer du cochon.

— Dans ton cas, ça ne doit pas être trop difficile.

— Maman ?

— Oui mon bonhomme ?

— Aurais-tu l'extrême obligeance de lâcher ma main, s'il te plaît ?

Jo avait tenu à accompagner son fils au salon Champs Livres qui, tous les deux ans et comme son nom l'indiquait, réunissait la crème de la littérature régionale et parfois même nationale sous de hautes tentes plantées dans la prairie par des bénévoles très sympathiques. En plus les petits-fours étaient succulents, c'était donc, selon l'éditeur de Charly, l'occasion idéale de rencontrer le public pour la première fois. Il avait ajouté *tu vas y prendre goût*, et cette phrase répétée à Jo avait fait germer sur le haut du crâne maternel un nouveau ruban de cheveux blancs. Quelles addictions le fils allait-il contracter sous les instables barnums de la littérature ? Quels liens malsains pouvait-il s'y nouer ? Vitalie Rimbaud ne s'était sans doute pas assez méfiée, elle n'avait pas flairé le danger ; Jo profiterait de ses erreurs, elle veillerait au grain.

— Les gens vont arriver, maman. Pour signer, je vais avoir besoin de mes doigts.

Devant Charly se dressait, présomptueuse, une haute pile de bouquins : *Dans la ruche*, sa nouvelle, en trente exemplaires. Jo s'éloigna de son fils à regret. La tente « littérature générale », pour l'instant encore, était vide de badauds. De part et d'autre de l'allée centrale, de longues tables accueillaient les auteurs et leurs livres, chacun bénéficiant également d'un litre d'eau minérale et d'un verre. Jo en conclut qu'il allait faire très chaud ou que les écrivains causeraient à en crever de soif, les deux hypothèses lui paraissant aussi improbables l'une que l'autre : on était fin février et son fils, comme la plupart des plumitifs invités, était un illustre inconnu très peu susceptible d'attirer la foule des grands jours.

Jo fit le tour de la salle. Il y avait là un auteur de polars suédois né à Lons-le-Saunier, deux demi-douzaines de romancières entre 30 et 40 ans, une ancienne gloire du cinéma assez bien conservée, un illustrateur pour la jeunesse. À l'avant-dernière table, celle de Charly, se tenait aussi un fanatique de Flaubert qui écrivait des pamphlets crypto-marxistes et ne se déplaçait jamais sans son perroquet, lequel sifflait *L'Internationale* à intervalles réguliers. Quant à la dernière table, Jo eut la surprise de voir qu'elle était occupée par Mademoiselle Sophie en personne, bibliothécaire hors-les-murs, flanquée de Nelson, son jeune adjoint SDF très intéressé par le buffet des auteurs.

— Qu'est-ce que vous fichez là, vous ?

Sophie énuméra sans enthousiasme : un apéro littéraire à dix-huit heures, avant cela trois lectures à voix haute, un entretien filmé avec la comédienne dont les *Souvenirs* soporifiques venaient de sortir, plus les animations pour les enf… Jo lui coupa la chique :

— Et lui, nom d'un chien, qu'est-ce qu'il fout là, lui ?

La Bogue désignait le nouveau patron de l'hypermarché. Il se pavanait dans l'allée centrale, exultant et cravaté, accompagné du président de cette 12e édition de Champs Livres, un immense écrivain, en tout cas par la taille, il dépassait le marchand de tapis de deux bonnes têtes.

— Cette année, c'est la grande distribution qui subventionne la venue des auteurs, précisa Sophie. Maillard en profite pour faire la pub de son nouvel « espace culture », il a triplé la surface.

— Comment vont tes parents, Ernesto ? hurla Jo au patron de l'hyper.

Monsieur le directeur rougit jusqu'aux oreilles et tourna les talons.

— Qu'est-ce qu'il a ? demanda la bibliothécaire. Qu'est-ce que vous lui avez dit de mal ?

Jo sortit un bâton de réglisse tout neuf de sa poche et expliqua : Ernesto Maillard était le fils des écolos qui avaient mené jadis la lutte contre l'installation de l'hypermarché. Quand le premier directeur était parti en retraite, Ernesto l'avait remplacé. Il avait fait l'école de commerce.

— Ses parents ont eu tellement honte qu'ils ont quitté la région, conclut Jo en croquant sa réglisse.

Maintenant le public entrait à pleines portes. La majorité des visiteurs cherchaient Olivier Martin-Calvez, l'écrivain géant qui présidait Champs Livres cette année et quinze autres salons du même genre à tous les coins de France. Ce type disait oui à toutes les sollicitations, dédicaces, conférences, interviews, rencontres en librairie, masterclasses, ateliers d'écriture dans les écoles, les prisons, les entreprises, les médiathèques et même à la piscine, il ne s'arrêtait jamais et publiait un roman chaque année impaire, tous écrits sur la route. Résultat : il avait des amis partout dans l'Hexagone et des cernes violets sous les yeux, des fans innombrables qui le tutoyaient sans qu'il se souvienne jamais de leur prénom et auxquels il échappait en s'éclipsant discrètement – chacun, à un moment ou un autre lors d'un salon du livre, cherchait désespérément Martin-Calvez, qui lui avait promis une dédicace. Jo jeta un œil à son stand : la file d'attente s'allongeait devant sa table et le très grand écrivain était aux abonnés absents. Plus étonnant : il y avait également un peu de monde pour l'auteur de *Dans la ruche*, « Charles Picassiette », son fils rebaptisé.

Jo s'approcha. Charly était assis à quelques mètres d'elle. Elle le voyait de dos, penché sur son livre. Il aurait les cervicales en compote à la fin de la journée, sûr.

— Redresse-toi un peu, lança Jo à son garçon qui, étrangement, n'entendit pas. Tu vas te faire mal !

— Ne vous inquiétez pas, madame Picassiette, je lui ferai un petit massage ce soir.

Assise sur une chaise, Émail Diamant couvait son amoureux d'un œil tendre.

Manquait plus qu'elle, rumina Jo en sortant de sa poche deux tranches de cake emballées dans un torchon.

Léa s'interposa :

— Pas la peine, il y a des petits-fours, et je lui ai apporté un sandwich.

— Charly déteste les sandwichs.

— Ah oui ? Ça doit être votre recette, il raffole des miens.

Le sang de Jo ne fit qu'un tour :

— Et son stylo, vous avez pensé à le prendre, son stylo ?

— Quel stylo ?

— Comment ça, quel stylo ? Son stylo fétiche, pardi ! Celui qu'il range chaque soir dans son plumier, sur son bureau. Il ne vous en a jamais parlé ? Un… Un bleu. Avec une plume exprès pour les gauchers. Regardez comme il tord son poignet, là, il va se faire une entorse. Seule une mère remarque ces choses-là, conclut la Bogue en faisant mine de se mettre en route. Je vais le lui chercher, il sera tellement content, ne t'inquiète pas mon bonhomme, maman s'occupe de…

— Laissez, j'y vais.

Jo poussa la pimbêche vers la sortie :

— Vous êtes bien aimable. Et ne revenez pas avant de l'avoir trouvé, hein !

Puis elle s'assit à sa place. Charly n'avait jamais eu de stylo-plume, il écrivait au crayon de bois, cette garce ne le connaissait pas si bien que ça.

Une jeune blonde, debout face à Charly, lui souriait. Qu'est-ce qu'elle lui voulait encore, celle-là ? Il lui tendit un de ses livres, dédicacé. Le sourire de la blonde se fendit plus large encore et elle lui susurra un mot à l'oreille.

Faut pas se gêner ! pesta Jo, qui vit avec stupeur son garçon se lever, enlacer la fille inconnue par la taille et fixer bêtement l'objectif pendant qu'à bout de bras, elle immortalisait l'instant. Une dédicace, et maintenant une photo, son fils était-il donc devenu une chose publique ? Jo approcha sa chaise – si une de ces furies tentait d'arracher la chemise du petit, ou pire, elle pourrait s'interposer.

Une femme entre deux âges s'avança à son tour, la Bogue banda ses muscles, au cas où.

— C'est un roman sur les animaux ? s'enquit la dame.

Charly bredouilla :

— Oui, enfin non, c'est plutôt une parabole de…

— J'adore les histoires d'animaux.

Charly s'enhardit : son livre était bel et bien une histoire d'animaux, dans un sens.

— Très bien, parfait, estima la dame, qui lui tourna le dos et, sans transition, s'adressa à son voisin de droite, l'écrivain au perroquet.

— Votre livre, là, c'est un essai ?

— En effet, vous avez deviné juste !

— Je ne supporte pas les essais, figurez-vous. J'en ai trop lu dans ma jeunesse, j'ai développé une sorte d'allergie à ce genre de…

Elle repartit pourtant quarante-huit secondes plus tard avec le pamphlet de l'auteur gauchiste, sans même jeter un œil à Charly qui passa sa main dans ses cheveux, reboucha son Bic. Il ne souriait plus. Il fixait la dame, au bout de l'allée, qui sortait sa carte bancaire. Jo songea à différents moyens de faire passer à cette mijaurée l'envie de chagriner son fils chéri, mais déjà deux autres zigotos arrivaient devant la table de Charly. Jo approcha sa chaise un peu plus et se rassit, prête à mordre.

La majorité des lecteurs – lectrices, en réalité – taillaient une rapide bavette avant de demander une dédicace. À l'illustrateur d'albums jeunesse, les mômes réclamaient, en sus, un petit dessin. Jusque-là, rien que de très banal. Mais les prénoms, mazette ! Les blazes de ces gamins ! Jo, qui, dans le temps, était passée pour une originale avec « Charly » (pourtant presque un saint du calendrier), n'en revenait pas : l'officier local d'état-civil n'avait pas sombré dans la boisson, il existait bel et bien une Azalyss, un Odylan « sans e », un Noa et même une Loëlla ! Où diable les parents de ces gens étaient-ils allés pêcher des patronymes pareils ? À moins qu'ils n'aient jeté toutes les lettres dans un sac avant de secouer ?

La Bogue se demanda soudain ce que son garçon pouvait bien écrire à ces parfaits inconnus. Elle avança sa chaise davantage, pour voir les dédicaces. Cinquante centimètres la séparaient maintenant de Charly.

— Pouvez-vous m'épeler ? demanda-t-il, prudent, à une jeune mère accompagnée d'une fillette assez peste et d'un horrible teckel qui ressemblait étonnament à un saucisson.

— L.U.C.I.E., répondit-elle.

— Enfin un prénom normal, constata Jo à voix basse, mais sans doute pas assez puisque son fils se retourna pour lui jeter un regard noir.

Puis il esquissa une caresse en direction du chien.

— Méfiez-vous, il n'en a pas l'air mais il est très méchant, déplora la Lucie en question. Même avec le collier électrique, il a mordu le facteur, et le plombier. On ne comprend pas.

Charly ne savait plus quoi dire. Rien dans l'éducation qu'il avait reçue, rien dans la fréquentation assidue des grands auteurs ne l'avait préparé à émettre une opinion sur l'agressivité canine. Pour meubler, il demanda comment s'appelait le chien-saucisse.

— Gwendoline, répondit sa propriétaire. C'est ma fille qui l'a baptisé. Elle croyait que c'était une femelle. On n'a pas changé pour ne pas faire de peine à la petite.

Jo haussa les épaules. Ce pauvre chien n'était pas méchant, il était vexé, voilà tout, et on le comprenait, avec un prénom pareil ! Gageons qu'il y aurait d'autres postiers à se faire percer un deuxième trou du cul ; voilà ce qui arrivait quand on faisait n'importe quoi avec les mots. Jo en avait assez entendu. Elle se pencha vers l'auteur au perroquet qui lui proposa aussitôt une dédicace.

— Non merci, répondit Jo, ça va aller. Vous avez un téléphone portable ?

— Bien sûr.

— Donnez.

Elle fouilla dans sa poche, exhuma un numéro griffonné sur du papier journal et appela Ari pour lui sonner les cloches :

— Mais qu'est-ce que vous foutez, bon Dieu ?

Ari avait des excuses, le plan ne se déroulait pas comme prévu. Jean-Pierre avait oublié la moitié des barricades au dépôt et Bernard était parti de chez lui sans les clés du camion, bref on avait pris du retard sur le blocage des voies d'accès au salon Champs Livres, mais tout allait se régler rapidement. En effet, une heure plus tard, le dispositif était en place : barrières, panneaux, sens interdit. Sous prétexte d'un danger imminent, l'équipe locale de la voirie, composée d'Ari et de ses deux lieutenants, avait commencé avec quinze jours d'avance le goudronnage de l'unique route menant au lieu des festivités, ce qui ne laissait aux aspirants visiteurs que deux possibilités : la première, simple mais ne présentant aucune garantie de succès, consistait à faire demi-tour pour emprunter un itinéraire bis long et tortueux qui les mènerait peut-être jusqu'au salon du livre dont le slogan, cette année, était fort à propos « Explorez de nouveaux horizons » ; l'autre option était de s'y rendre à pied par un chemin bucolique qui sinuait à travers le pré des taureaux, il fallait beaucoup aimer la littérature. Les allées du salon commencèrent à se clairsemer. Charly but un café, puis un second. Il discuta un moment avec l'écrivain au perroquet, relut quelques pages de sa *Ruche*, bâilla à plusieurs reprises. Une heure passa. La tente « littérature générale » était maintenant quasi vide. Jo se leva, alla embrasser son fils, déposa deux tranches de son cake aux figues sur sa table et, sans hâte, rentra déjeuner à la maison.

À dix-sept heures trente, Ari reboucha la bouteille de gnôle et décréta la levée du siège ; il avait encore une tulipe en métal à souder et sa femme râlerait s'il rentrait après le bain des enfants. Jean-Pierre (à moins que ce ne soit Bernard, les témoignages divergent) fit démarrer le véhicule de service et, suite à une manœuvre fâcheuse, arracha la clôture du pré sans toutefois s'en apercevoir. Quand les taureaux, aspirant eux aussi à de nouveaux horizons, chargèrent le barnum de littérature générale, les auteurs s'éparpillèrent comme une volée de moineaux. Les bovins broutèrent l'allée principale dans le calme, finirent les petits-fours puis sortirent un par un par la grande porte. Il ne resta bientôt plus au salon Champs Livres que l'immense écrivain, profondément endormi dans les toilettes, et le perroquet dont le chant résonna longtemps sous le chapiteau désert.

Charly rentra à bicyclette, la gorge serrée. Il ne vit même pas la Suzanne lui faire coucou de sa fenêtre. Jo venait de finir la lessive quand elle l'entendit jeter son vélo dans la cour. Il s'effondra dans ses bras. L'après-midi avait été catastrophique : en cinq heures, il avait vendu deux livres, l'un à son collègue de gauche et l'autre à celui de droite. Jo tint son Charly bien serré, bien au chaud, sans bouger, sans parler, dans le silence ouaté des mères, jusqu'à ce que le sommeil le gagne. Alors elle le mit au lit, borda les coins de l'édredon et alla étendre son linge – mieux valait tard que jamais.

La nuit descendait sur le village. Les oiseaux bavardaient une dernière fois avant de se fondre dans le noir de la forêt. Le printemps, parti de très loin, était en chemin, Jo le sentait venir. Elle alluma sa lampe de poche et accrocha le drap humide au fil, entre deux pinces. Le vent le gonfla comme une voile. Ils arrivèrent à cet instant-là, attirés par la lampe, des dizaines de papillons roses, jaunes, noirs, rayés, fragiles et vifs, pris dans la voile claire. La Bogue ne bougeait plus, elle les regardait glisser dans la lumière. Ils se fatigueraient bientôt. Elle aussi se sentait pousser des ailes.

Elle avait souri. Un sourire discret, à peine esquissé aussitôt effacé mais quand même, Charly avait vu ses dents au moment où il annonçait le résultat des courses : huit livres vendus en tout et pour tout, une journée entière assis sur une chaise pour des prunes, ou presque. Ce n'était pas drôle du tout.

Longtemps, Charly avait trouvé à sa mère des circonstances atténuantes. Elle était vexante parce que sincère, trop spontanée pour être polie, étouffante à force d'être prévenante, pessimiste car échaudée. Lui s'était sophistiqué en grandissant sans qu'elle, machine simple et bonne, n'ajuste avec suffisamment de finesse son instinct maternel, alors elle l'aimait beaucoup et mal, ça débordait, ça giclait partout, parfois ça tachait mais sans le faire exprès, voilà ce que pensait Charly, jusqu'à ce sourire. Il devait maintenant se rendre à l'évidence : Jo ne le prenait pas au sérieux. Elle ne l'avait jamais pris au sérieux, en tant qu'auteur. Il l'avait surprise un jour à emballer les bocaux de pêches dans ses premiers poèmes et, d'une certaine façon, ça continuait. Sa petite amie l'encourageait, elle. Son éditeur croyait en lui, sûr qu'il offrirait bientôt au monde une œuvre majuscule, un monument littéraire qui marquerait notre XXIe siècle naissant. Même madame Zambard, sa prof de français de 4e, avait conservé copie de ses rédactions, pourtant elle avait la dent dure (moyenne de la classe = 11,2). Tout le monde reconnaissait les talents d'écrivain de Charles Picassiette et le voyait déjà plus grand qu'il n'était sauf sa propre mère, chez qui le reflet était inverse. Elle n'avait même pas demandé à lire le manuscrit de *La Révolte*. Elle s'en battait l'œil, pour le dire poliment.

Depuis qu'il avait entraperçu ce sourire et entendu tout ce qu'il ne disait pas (Qu'espérais-tu ? Ce gros naïf ! Un vrai bébé), Charly ne trouvait plus à sa mère aucune circonstance atténuante. Les conseils de Jo le diminuaient. Ses craintes l'humiliaient. Ses manies l'agaçaient. Il préférait la compagnie des gens qui l'admiraient. Il allait souvent à Paris, chaque fois plus longtemps. C'était vivant, là-bas, intense, c'était Paris quoi ! Son éditeur l'hébergeait dans l'appartement d'amis, une annexe d'un goût exquis, murs immaculés, tapis crème, draps ivoire entre lesquels Charly s'assoupissait bercé par le bruit des voitures et se réveillait à chaque coup de klaxon. De ces nuits hachées menu naissaient des rêves épiques qu'il retranscrivait au matin. Au petit déjeuner, l'éditeur s'extasiait. Il lui avait offert des carnets reliés tout cuir où emprisonner ses songes, plus une lithographie de Baudelaire, « Je t'aime, ô capitale infâme », fixée sous verre dans un très joli cadre. Charly se sentait compris. Quand il rentrait au Chandoiseau, sa mère le gavait comme une oie. Il dormait trop, aussi, d'un sommeil idiot – page blanche le matin. La ferme aspirait ses idées par toutes ses bouches, portes, fenêtres, cheminées, alcôves remplies d'outils ébréchés vieux comme Hérode, il y avait beaucoup trop de choses dans cette baraque, on n'y retrouvait rien, Charly avait même perdu un carnet et cinq chapitres entiers du manuscrit au milieu du bazar, ce n'était plus une maison, franchement, c'était la brocante à Dudule.

La brocante à Dudule ! La brocante à Dudule ! La brocante *de* Dudule, nom d'un chien ! Ça ne savait même pas causer le bon français et ça se voulait écrivain ! Jo était furibarde : son Charly avait eu ce midi des mots très désobligeants sur la ferme et ses habitants, en sus il était parti sans débarrasser. Maintenant le gamin se prenait carrément pour Baudelaire ; il trouvait tout terne, lourd et malcommode, surtout sa mère. Il ne voulait plus qu'elle lui touche les cheveux.

— Il a comparé notre salle à manger à un vide-greniers, pesta la Bogue, meurtrie, en cherchant les œufs de sa favorite.

La Perchée s'envola jusqu'à une branche confortable. Jo acquiesça :

— Moi pareil, j'ai pas pu en écouter davantage.

Si Jo supportait mal d'entendre son fils, en revanche elle le lisait beaucoup. Chaque soir, une pulsion masochiste la poussait vers le petit tas de feuilles volées au pigeonnier. Certaines phrases la faisaient bondir, la ferme *orientée nord-nord-ouest*, par exemple, c'était sud-ouest bien sûr, et cette histoire de vigne vierge page 32, d'où sortait-elle ? Jamais il n'y avait eu la moindre *vigne vierge grimpant au pignon de la ferme*, quant à *son feuillage flamboyant à Noël*, il relevait de la plus pure science-fiction. Si une telle variété existait, Jo tenait à récupérer des boutures, elle les revendrait un bon prix. Une vigne vierge persistante… Ce n'était pas, hélas, la seule bêtise. Un Chandoisien anonyme jetait régulièrement les panneaux publicitaires de l'hyper dans la fosse à purin, la démarche relevait du simple bon sens (qui se ressemble s'assemble) mais Charly en tartinait deux pages compliquées, et le reste du manuscrit était à l'avenant : pas toujours faux mais jamais vrai non plus, comme passé à la lessiveuse ou bien surteint, les couleurs n'étaient pas les bonnes. Ce pauvre Louis, qui un soir sur deux s'était couché exténué des travaux de la ferme et prêt à la vendre au premier venu, apparaissait sous la plume du fils aussi flamboyant que le fier paysan en couverture du journal syndical. Jo enrageait :

— Mais pourquoi il dit n'importe quoi, comme ça ?

La poule pencha la tête. Il était possible que Charly n'ait, tout bonnement, rien compris à son enfance. Certaines personnes débitaient de bonne foi tout un tas de fariboles sur le passé – Jo connaissait bien le problème pour avoir nursé plusieurs nonagénaires du village, ce genre de délire pouvait-il aussi toucher les jeunes gens ? La Perchée donna un coup de bec au poussin qui persistait à gober une pierre. L'éducation animale était tellement plus facile ! La Bogue avait sans doute été trop gentille avec son petit ; dès le CP, Charly avait montré une nette tendance à l'affabulation. Il cultivait des haricots magiques dans la cour de récréation, soi-disant. Il les cuisinait aussi, selon une recette par lui-même rédigée, ses camarades en mangeaient de gré ou de force, la dame de service devait régulièrement éponger le vomi.

« Manque de maturité », avait conclu la maîtresse. Jo se pencha pour attraper un œuf caché dans un coin. Rien n'avait changé, en réalité : son fils n'était qu'un gosse trop imaginatif pourvu d'un gros stylo, il fallait encore l'empêcher de tout saloper avec.

La Perchée déterra un ver de terre. Jo plia les gaules, le ménage l'attendait.

Elle monta dans la chambre de Charly, la poussière y avait pris ses aises. Elle s'accroupit, par réflexe glissa la main sous le matelas. Jadis, le mioche y cachait des choses horribles, des poèmes d'une violence effarante, ahurissante pour un enfant aussi doux – elle aurait préféré cent fois trouver des revues pornos, ou du cannabis. Ce coup-ci, elle exhuma seulement un haut de pyjama tire-bouchonné. Elle le flaira, le flaira encore : il sentait son fils ! Elle le respira de nouveau et sa colère tomba tout à fait. Entre les mères et les enfants, Jo l'avait maintes fois constaté, c'était d'abord une histoire de pif. Le veau se repaissait de l'odeur de la vache et vice versa, la jument flairait son petit à qui mieux mieux, et pour la chienne, mazette, c'était pire qu'une drogue ! L'humaine était un peu plus réservée, certes, par chance elle avait mille occasions de se frotter à la peau douce de son bébé, de respirer les plis chauds de ses cuisses et la vanille de son cou, même quand l'enfant gambadait on pouvait l'attraper sous prétexte de le nourrir, de le moucher, de le couvrir de le langer de lui essuyer le museau, ainsi pouvait-on le sniffer sans scrupule, il aimait cela jusqu'à un certain moment, moment qui arrivait toujours trop tôt, alors la porte de la salle de bains se refermait à double tour sur la mère au cœur meurtri et aux narines désœuvrées. Heureusement, il lui restait les vêtements. De plus en plus grands, les vêtements et, il faut le reconnaître, pas toujours parfumés à la vanille, néanmoins la mère génétiquement pourvue d'une olfaction hors du commun était toujours capable de repérer la pointe de sucre derrière les âcres effluves de l'adolescence. Jo s'assombrit ; le jour où l'enfant déciderait d'aller se faire blanchir ailleurs, combien de temps son parfum enchanteur continuerait-il de flotter dans la chambre vide ? Elle serra le pyjama du fils contre son visage : on n'en était pas là, heureusement, pas encore.

Charly avait beau critiquer la ferme, lui préférer le pigeonnier ou Paris, il vivait encore sous son toit. Il était toujours revenu à la maison, toujours, même lorsqu'il fuguait, deux ou trois jours pas davantage, au mois de mai, la poussée de sève. Jo attendait que ça passe. Charly finissait par revenir, plus mutique encore qu'auparavant mais avec du foin dans les cheveux, ses beaux cheveux bouclés comme les siens, ses cheveux à elle sur sa tête à lui, ses cheveux désormais interdits, respirés par une autre, mais il rentrait près d'elle, c'était là l'essentiel.

Jo caressa la table, lui mit une nappe propre et le couvert. Elle sortit les coquetiers, choisit le rouge pour elle et pour Charly le bleu avec le poisson d'or dessiné dessus. Elle découpa de larges tranches de pain, alla chercher le beurre, qu'il soit prêt pour les mouillettes. Elle écrasa quelques échalotes sur la tranche du hachoir, les jeta dans la salade, tisonna le feu. La maison n'était pas rancunière : il faisait chaud, le petit serait bien. L'eau bouillait, il n'y avait plus rien à faire qu'attendre, Jo s'assit donc face à la porte mais son fils ne rentra pas ce soir-là, ni les jours suivants.

— Parti, parti ?

Jo opina gravement. Elle posa une montagne de bouquins sur le comptoir des retours. Suzanne précisa :

— Depuis dix-sept jours. Paraît qu'il a plus d'inspiration là-bas qu'ici.

Charly avait demandé à sa mère de rendre les livres empruntés à la médiathèque car il resterait *à Paris jusqu'à une date ultérieure*. Sept mots : on n'avait jamais vu déclaration de guerre plus concise. Pire : d'indépendance. *Je dois encore peaufiner le manuscrit, je travaillerai mieux chez Auguste*. La Bogue en était devenue muette, et ses phrases sans usage semblaient avoir migré dans la bouche de Suzanne, qu'on n'arrêtait plus :

— Il est parti d'un coup, bam ! Sans prévenir. Comme ma fille Isabelle. Isabelle, un matin, tarte, sans prévenir, tarte, les cheveux en l'air et puis bam, plus personne, que des cartes postales.

La vieille parlait fort, et confus. Des regards désapprobateurs pointaient sur elle. À ses côtés gisaient de lourdes bibliothèques vides en attente de déplacement. Sophie dressa la liste des corvées : faire taire la mamie, déménager ces rayonnages en ferraille qui chacun pesait un âne mort, y remettre un par un des centaines de livres pour certains d'un extrême mauvais goût, pourvoir en papier la photocopieuse et les toilettes. La bibliothécaire eut soudain très envie de se recoucher.

— Il me faudra la nouvelle adresse de Charly, demanda-t-elle à mi-voix.

— Jamais ! beugla la Bogue, et son cri résonna dans la salle de lecture.

Soufflée par la tempête, Suzanne s'appuya sur une étagère à moitié démontée qui dégringola dans un fracas affreux. Sophie soupira : cette journée serait longue. Elle releva la vieille, la posa sur sa chaise à roulettes et la poussa jusqu'à la réserve en espérant qu'elle s'y requinque vite et en silence, hélas une inconnue y prenait déjà ses aises, une cigarette à la main. Des volutes bleutées flottaient autour d'elle.

— Que faites-vous ici ? Vous ne savez pas qu'il est interdit de fumer ? Comment êtes-vous entrée ?

— Je me cache. Si. Par la fenêtre. D'autres questions ?

Il faut le savoir, les bibliothèques sont pour certains usagers les annexes chaleureuses des maisons de repos, des centres de convalescence, parfois même des asiles psychiatriques, aujourd'hui si peu nombreux. Les employés y sont sympathiques et les canapés confortables, il fait bon bavarder avec les uns et s'asseoir sur les autres, ou l'inverse, selon l'observance plus ou moins stricte de l'ordonnance du docteur. Ainsi chaque médiathèque a-t-elle son spécimen de doux dingue, souvent très assidu. En sept années de pratique sur différents lieux de travail, Mademoiselle Sophie avait fréquenté un mythomane terriblement bavard, un schizophrène bien aimable et plusieurs autres énergumènes au dérèglement indéterminé, dont l'un enfilait sa veste à l'envers et l'autre ne s'exprimait qu'en citant Michel Sardou, c'était assez pénible (« Votre adresse s'il vous plaît ? », « Là-baaaaas, au Connemara »). Sa zinzin préférée considérait la médiathèque comme chez elle, par conséquent elle passait son temps à arroser les plantes vertes et à chercher la télécommande ; on la croisait parfois sur le chemin des WC, charlotte sur la tête et serviette de toilette nouée sous les aisselles, prête pour la douche. Au Chandoiseau, où elle pointait depuis peu, Sophie n'avait observé jusqu'à ce jour que des gens relativement normaux – aucun dont la particularité soit recensée dans un manuel de psychiatrie ou dans le répertoire des compositeurs-interprètes. Quand notre jeune bibliothécaire, pénétrant dans la réserve, aperçut au milieu d'un épais nuage de fumée une brune au décolleté profond assise en tailleur sur un tabouret, elle crut enfin rencontrer la folledingue locale, mais Jo corrigea cette première impression :

— Yvonne Zambard, cette charogne de professeur…

La Bogue avançait vers le cumulus de nicotine, menaçante.

— Vous pourrissez la cervelle de la jeunesse…

Français-latin-grec depuis vingt-cinq ans, Yvonne Zambard était crainte et adorée de ses élèves, portait des pulls arrogants, pratiquait le yoga kundalini et sautait dans un avion pour un oui pour un non. Elle avait fait le tour du monde à l'endroit et à l'envers, médité dans des ashrams, caressé des séquoias géants et pas mal d'autres choses, même publié des sonnets. Elle ne notait jamais au-dessus de 12 et faisait beaucoup rêver Charly. Jo et elle avaient failli en venir aux mains, jadis.

— Y a longtemps que j'aurais dû vous empêcher de nuire.

— Madame Picassiette, toujours aussi avenante ! Comment va notre délicieux petit poète ?

La Bogue voulut lui enfoncer ce *notre* bien profond dans la gorge et son mégot avec, mais la bibliothécaire s'interposa :

— Sortez d'ici tout de suite et éteignez votre cigarette, vous allez déclencher l'alarme incendie.

— Pas question. Je suis suivie.

Madame Zambard écrasa sa menthol et compta sur ses doigts : 1, 2… 3. Pointant trois griffes en l'air, elle darda sur l'assemblée ce regard fauve qui avait pétrifié des générations de jeunes Chandoisiens.

— C'est le troisième jour. Et le troisième jour, ils me harcèlent. Donc je reste là. Ne vous avisez pas d'ouvrir les rideaux, ils pourraient me repérer.

Sophie se demanda si la dame ne travaillait pas un peu du chapeau tout de même, puis comprit : Yvonne Zambard était présentement en cavale. Entre deux pérégrinations exotiques et un paquet de copies à corriger, elle avait conçu une paire de jumeaux dont elle s'était occupée à ses heures perdues, c'est-à-dire rarement, et sans plaisir – car qui préférerait aller acheter des couches-culottes quand l'avion pour Dharamsala décolle dans moins de deux heures ? Autant se tirer une balle dans le pied et, par le trou ainsi formé, passer une lourde chaîne. Les deux petits boulets chroniquement délaissés en avaient conçu une amertume diffuse, tant il était pénible pour eux qu'une mère, en particulier la leur, puisse préférer les enfants des autres aux siens et les paysages de l'Inde enchantée aux doux pleins et déliés de leur visage.

Avec le temps, la rancune comme eux avait grandi. Louise et Raphaël venaient régulièrement voir leur maman, tentaient encore de l'intéresser, se blessaient pour qu'elle les plaigne – un lumbago, une rage de dents, déchirure du ménisque, stratégie peu payante quoique assez douloureuse – et, au bout de trois jours, 1, 2, 3, lui crachaient ses quatre vérités à la gueule.

— Ce matin, ma fille m'a couru après avec son ordonnance d'antidépresseurs. Elle a changé de thérapeute, c'est encore pire que d'habitude. Heureusement que le laveur de carreaux m'a laissée entrer, sinon j'en avais pour deux heures de psychodrame...

— Agent polyvalent d'exploitation, nuança Ari, dont la tête surgit entre les rideaux. A.P.E., pas laveur de carreaux. Moi j'ai un truc pour décompresser : quand les gosses me courent trop sur les nerfs, je m'enferme dans mon atelier et je sculp...

— Il soude des panneaux de sens unique et des tuyaux rouillés, ricana Jo. Le macaque se prend pour un artiste.

— Il fait croire à sa femme qu'il répare le lave-linge, précisa Suzanne, ou qu'il vidange la voiture.

— En fait il s'amuse avec sa ferraille et pendant ce temps c'est bobonne qui se coltine tout le boulot à la maison.

— Il a mis un an à changer le joint de culasse parce qu'il fabriquait une statue de chrysanthème, madame n'y a vu que du feu...

— Vos gueules, commères ! mugit l'intéressé qui tentait d'entrer dans la réserve par l'étroite fenêtre.

— T'inquiète pas, Picasso, on dira rien. De toute façon personne n'y croirait.

— L'art ne vient pas coucher dans les lits qu'on a faits pour lui, conclut la prof de français en allumant une menthol.

Sophie se demanda si, par hasard, tous les désœuvrés des environs ne s'étaient pas donné rendez-vous à la médiathèque, à moins que, sans la prévenir, les planètes ne se fussent alignées pour l'empêcher de mener à bien sa mission de service public – qui consistait en ce moment à changer de place des quintaux de romans afin de *réveiller la curiosité de l'usager*, encore une brillante idée de la direction, comme si la grande aération n'y suffisait pas. Sophie piqua une cigarette dans le paquet de la folle. Déménager les livres, franchement, quel intérêt ? La bibliothécaire avait un tantinet adapté la consigne venue d'en haut en jetant les pires bouquins dans la broyeuse à papier. Le premier avait été exterminé par accident, mais n'est-ce pas ainsi que naît le génie ? D'autres avaient subi le même sort et ce n'était que justice : il y avait ainsi plus d'espace pour les vrais bons livres. La hiérarchie l'ignorait, mais cette sélection montrait déjà ses effets bénéfiques : les usagers déçus de ne pas trouver telle ou telle nullité à la mode se rabattaient sur un chef-d'œuvre dûment conseillé par Sophie, laquelle avait déjà désherbé en secret trente-sept titres indignes du catalogue de prêt. Avec les chutes de papier, elle écrivait des courriers anonymes et menaçants à destination des éditeurs, il fallait tarir la nullité littéraire à la source. Entre deux BD, Nelson l'aidait en découpant les petites lettres. Ce gosse abattait le boulot de trois bénévoles sans jamais se plaindre de son transit, il méritait bien de dormir au chaud. D'ailleurs c'est ce qu'il faisait, à cet instant même, dans la réserve, sous la table sur des coussins à poings fermés malgré la lumière, le bruit, la fumée, il dormait comme à son âge, comme un bébé, comme une bête longtemps dehors enfin dedans et ça non plus, la hiérarchie n'était pas forcée de le savoir. La bibliothécaire tira longtemps sur sa cigarette puis l'écrasa vivement.

— Ne réveillez pas mon stagiaire, chuchota-t-elle. Et faites chauffer la broyeuse, j'en aurai besoin tout à l'heure.

Elle ferma la porte à clé, revigorée ; l'amour du métier en elle ne s'était pas éteint.

Ari entra par la fenêtre, salua l'assemblée et ouvrit une flasque de liqueur – c'était l'heure de sa pause. Suzanne distribua les verres, de la nappe une tête émergea : Nelson venait de se réveiller et il avait soif aussi. Pour lui on allongea la mirabelle avec de l'eau.

— Jo souffre du syndrome du nid vide, expliqua la vieille dame, qui avait vu récemment un excellent reportage là-dessus. Les parents tombent en dépression après le départ du dernier gosse, certains se suicident.

— Connaissent pas leur chance, persifla la Zambard en soufflant un long panache de fumée. Mes enfants à moi n'arrêtent pas de revenir. Ils débarquent sans prévenir, squattent toute la place, ils me tarabustent même la nuit et quand ils sont là je prends un kilo par semaine ; avec eux j'ai l'impression d'être enceinte depuis vingt-cinq ans.

Jo Picassiette songea à ce temps sucré de la grossesse. Le ventre rond, la divine attente, la layette adorable, les nausées, certes, mais les coups de pied mignon, le prénom parfait que l'on cherche, les vergetures, bon, d'accord, les fuites urinaires aussi, les bouffées de chaleur, les crampes, les hémorroïdes, la sciatique, les contractions bien sûr, mais quelle importance, finalement ? Elle préférait cent fois les douleurs de l'enfantement à celles de la séparation.

Même le livre de Charly, ce manuscrit qui détournait le fils de la ferme, lui paraissait désormais un moindre mal. Qu'il écrive bon sang, si ça lui chante, qu'il écrive toute la journée mais qu'il ne s'en aille pas !

Yvonne Zambard feuilletait son agenda :

— D'habitude, les jumeaux claquent la porte le cinquième jour. Encore quarante-huit heures à tenir. Vous pensez que je peux dormir ici cette nuit ?

Nelson secoua énergiquement la tête : pas question de partager sa planque, dont il venait juste d'obtenir la clé, avec une harpie de cette trempe. Dire que lui n'avait pas vu sa mère, la meilleure des femmes, depuis presque deux ans ! La vie était parfois très injuste.

— Les enfants nous en font voir de toutes les couleurs mais on les aime quand même, soupira Suzanne, qui attendait une carte postale de sa fille depuis huit mois et se serait bien grillé une petite clope.

— On les aime surtout quand ils rentrent chez eux, rétorqua Zambard du fin fond d'un nuage de nicotine. Au fait, madame Picassiette, où habite-t-il maintenant, notre brillant espoir des lettres ?

— À Paris, chez son éditeur. Arrêtez de l'appeler comme ça.

Ari sauta sur son siège : c'était encore d'actualité, cette histoire de bouquin ? Ce torchon allait réellement être imprimé ? Savait-on au moins à quelle date ?

— Dis donc, gugusse, t'as pas des carreaux à laver au lieu de poser des questions ?

Jo ne connaissait pas la date de publication du livre, ni ce que son auteur faisait de ses journées, s'il mangeait assez, ce qu'il portait, ce qu'il disait et à qui, ce qu'il allait devenir dans la ville puante et hostile, où son bouquin à la noix allait le mener, pitié pas Harar, pas Montréal ! Charly était, depuis son départ et plus intensément encore qu'auparavant, l'unique objet des pensées de sa mère, mais lui, son petit bonhomme naguère si accroché, se souvenait-il seulement qu'il en avait une, de mère ? Plus douloureusement que jamais, Jo touchait du doigt l'inégal débit de l'amour filial (autrement appelé ingratitude infantile intermittente), fondement méconnu de la parentalité qui ferait sans doute dévisser le taux de natalité s'il était dévoilé à la population en âge de procréer.

— Tant que ça va bien, il te donnera aucune nouvelle, prophétisa Ari, père de cinq enfants dont un adulte. Mais à la première tuile, il retrouvera ton numéro, c'est comme ça, les gosses.

Il tomba sur l'assistance un silence habité, chacun songeant aux coups de fil nocturnes reçus de sa progéniture pour cause de cuite intempestive, de grossesse non désirée ou de pneu crevé. Jo, elle, pensait à Vitalie Rimbaud. Cette bonne Vitalie, née et morte dans le même hameau de Roche (Ardennes, 70 habitants). Vitalie recevant un télégramme de son Arthur, 19 ans, hospitalisé au bout du monde (Londres, Angleterre), ni une ni deux bouclant sa valise, enjambant la Manche avec un jambon dans son sac – la viande britannique comme on le sait n'étant point nourrissante –, Vitalie bravant un peuple inconnu, une langue piégeuse, peut-être même un bus à étages, pour dorloter son petit malade ! Jo aurait avec joie rempli ce devoir maternel, malheureusement personne ne le lui demandait : Charly loin d'elle tenait une forme olympique.

— « Tendresse maternelle toujours se renouvelle », chouina Suzanne, soudain assez émue.

— On voit que vous n'avez pas vu votre gamine depuis trente ans, commenta Yvonne Zambard en lui retirant la bouteille.

Elle passa une tête par la fenêtre, regarda à droite, à gauche, prit une profonde inspiration : sa fille avait bien renoncé à la chercher, victoire ! Elle éclata de rire et leva son verre :

— Je porte un toast à l'allégresse, comme disait Victor Hugo. Soyons allègres ! Cul sec.

Nelson haussa un sourcil :

— Il disait ça, Victor Hugo ?

— Dans *Les Misérables*. Faut lire les classiques, mon jeune ami.

Et l'enseignante se mit à chantonner en cherchant son paquet de cigarettes. Jo reprit espoir : la Zambard en était la preuve vivante, il y avait des exceptions à chaque règle. Comme il existait des mères indignes, des marâtres brunes et mentholées, il devait aussi exister de bons fils, des fils à perpétuité, des fils loyaux et Charly pouvait en être, oui, il serait ce genre d'enfant fiable, il n'abandonnerait jamais sa mère, il ne saccagerait pas son cœur, il écouterait ses conseils, il ne gâcherait pas leur vie à tous les deux par des choix effroyables. Suffisait juste de l'aider à retrouver le droit chemin, celui de la ferme, mais comment, nom d'un chien, comment ? La Bogue n'en avait pas la moindre idée, mais elle savait où en trouver.

Jo cueillait. Une fois par semaine, elle laissait en plan veau, vache, etc., et partait sur la colline remplir son panier d'herbes et de fleurs, baies, tiges, racines, feuilles, tout un tas de verdures que la Bogue appelait par leur prénom, la Benoîte délicieuse mélangée au jus de pomme, le Narcisse sédatif, la ravissante Julienne contre le rhume, elles peuplaient incognito les talus grossiers et les sentiers caillouteux pensant y vivre tranquilles et c'était assez malin de leur part, reconnaissons-le : il fallait beaucoup d'imagination pour admettre que des plantes si diablement utiles, si merveilleusement guérissantes et gratuites, belles de surcroît, certaines au goût de bonbon, de véritables joyaux, poussaient sans façon au bord d'un chemin défoncé, dans le creux d'un vieux mur, voire en plein marécage, or l'imagination se faisait denrée rare. La preuve : personne ne se baladait plus sous les ramures à la recherche de morgeline, de sorbier ou de millepertuis, on préférait au sous-bois généreux les pharmacies et l'hypermarché. Surtout l'hypermarché. Jo le voyait de là-haut avec son enseigne démesurée, écarlate, allumée même la nuit, et son extension hideuse, à vue de nez cent mètres carrés de plus que l'an passé et toujours des pulsions de conquête, le champ d'à côté déjà en était envahi, de la véritable mauvaise herbe à vous gâcher la balade – heureusement le chemin sinuait, bientôt l'affreux parasite disparaissait derrière la colline et Jo respirait mieux. C'est en cueillant, par ailleurs, qu'elle trouvait ses meilleures idées.

Le phénomène reste mystérieux, rarement documenté en milieu naturel, observons-le en silence de crainte qu'il ne s'envole : Jo marche en lisière de forêt, son panier encore vide tangue gentiment à son côté. Elle a un problème, bien sûr, avec son fils (qui d'autre ?), un souci, question, nœud douloureux que des heures, non, des semaines de gamberge, n'ont pu dissoudre. Elle cueille, pourtant, puisqu'elle est là pour cela. Elle s'arrête au bord du ruisseau, pose son panier, s'accroupit ou s'agenouille, arrache trois tiges au ras du sol en veillant à épargner les racines, sauf bien sûr si ce sont les racines qu'elle vise, arrache deux autres tiges qu'elle jette sur les trois précédentes, se déplace un peu – répétitif, n'est-ce pas ? Mais là se niche le miracle, attendons. Une tige encore finit dans le panier, une autre, une autre, ce geste cent fois répété finalement détend les nerfs vrillés de la Bogue, ratisse les tas de soucis amoncelés sous son crâne, creuse de féconds souterrains, et sur cette terre maintenant réordonnée germe soudain l'idée nouvelle, épatante, l'idée géniale qui va défaire le nœud. Bon, en vérité, le temps de trouver la solution, le nœud a déjà disparu, remplacé par un autre tout différent et aussi emmêlé, ainsi poussent les enfants, un nœud après l'autre à une vitesse mirobolante, néanmoins le fait est, jusqu'à preuve du contraire : il n'y a pas de problème qu'une bonne cueillette n'arrive à résoudre.

Hélas, au moment dont on parle, rien, pas de fulgurance. Jo avait beau remplir son panier, son esprit restait vide, encéphalogramme plat, tout entier vidangé par l'absence du fils, sa fugue ultime chez l'éditeur – une absence prétentieuse, dédaigneuse, une absence comme une gifle, comme un crachat, la ville mieux que la campagne, plus *inspirante*, tu parles ! La vérité, c'est qu'il devait mal dormir, il devait mal manger, respirer les gaz d'échappement, geler dans les courants d'air, transpirer dans le métro, les citadins en crevaient, on l'avait prévenu pourtant !

L'aimer quand même.

La phrase de la vieille Suzanne traversa le vide sidéral.

On les aime quand même malgré tout, les enfants. Sauf que non, pas toujours, pas tout le monde, au fond Jo le sentait, elle n'en serait pas capable, elle, de l'amour quand même et malgré tout, elle n'était pas assez, elle était trop, elle n'y parviendrait pas. Son Charly changeait et ce ton nouveau, ses goûts, ses ambitions, ses absences, son rejet du « y », tout cet inédit poussait la tendresse de la mère dans ses retranchements. Son fils la blessait, et elle les repérait de loin, la Bogue, ceux qui pouvaient lui faire mal, elle avait appris à les tenir à distance, à les faire disparaître de sa vie, avant de trop souffrir. Si Charly devenait l'un d'eux, *l'aimer quand même* serait trop difficile, c'est pourquoi il devait rentrer à la maison et plus vite que ça, avant qu'elle n'y arrive plus. Jo cueillit une brassée de matricaires jaune et blanc et releva la tête : l'idée majuscule venait de germer.

Elle finit de remplir son panier, vite vite, trèfle, sauge, surtout du trèfle, elle dévala la colline jusqu'au lac sans même lui dire bonjour, pas le temps, en plus le lac brouillassait, il brouillassait souvent ces derniers temps, elle courut jusqu'à la ferme aussi vite que possible, son panier plein cognant sa cuisse, ses cheveux en bataille devant ses yeux, Jo savait ce qu'elle avait à faire pour que le fils revienne, précisément et sans perdre une minute, elle ferait ce que font toutes les femmes qui aiment, les filles pour leurs parents, les mères pour leurs enfants, parfois certains hommes aussi mais là n'était pas le sujet : elle ferait un gâteau. Et ce gâteau son fils l'aimerait, bien sûr, et il en reprendrait, gourmand comme il était, peut-être une part de trop, encore une lichette, allez on ne va pas laisser ça, un peu de chocolat n'a jamais tué personne, après la dernière miette gavé repu reconnaissant barbouillé, vaguement nauséeux, Charly appellerait sa maman, il l'appellerait comme le font les bons fils et aussi les mauvais, et Jo accourrait vers lui, naturellement, de la même façon qu'elle accourait maintenant, en quatrième vitesse, à toute allure, à fond les ballons dans le sens de la pente, elle accélérerait à s'en rompre les os, elle foncerait tête baissée à Paris comme Vitalie Rimbaud à Londres et madame Baudelaire mère à Bruxelles – Jo ignorait tout de cette dernière, jamais entendu parler de Caroline Aupick veuve Baudelaire, elle ne savait rien d'elle ni de son diligent départ vers le plat pays début juillet 1866 pour y serrer son grand bêta de Charles et le rapatrier en France, mais ces péripéties, la Bogue aurait pu les deviner car toutes les mères faisaient ça : sauter mal peignées dans un train, un bateau, une carriole à cheval voire sur le cheval lui-même, ou sur une trottinette, peu importait, tout ça pour rejoindre l'enfant patraque et le ramener à la maison, avec dans leurs bagages bien empaquetés tout le pardon du monde, quelques baffes perdues et un gâteau encore meilleur que le précédent.

Jo mit donc la farine dans le plat, puis les trois œufs, le beurre fondu. De la levure point trop mais des pommes en suffisance et les matricaires plus tôt cueillies (pas les feuilles, juste les fleurs qui depuis que le monde est monde apaisent le ventre douloureux des femmes et régalent les enfants avec leur goût d'ananas), sans oublier le sucre. Elle touilla encore, et touilla encore, sans changer de sens sinon le gâteau (aucune pâtissière digne de ce nom ne l'ignorait) serait beaucoup moins bon. Enfin des baies de parisette, Charly aimait tant la capitale, il le méritait bien : triple dose.

Elle allait lui en donner, de l'inspiration, et pas qu'un peu. Avec ce gâteau-là les muses lui tambourineraient le tympan comme une armée de piverts, les idées neuves pousseraient sous son crâne aussi dru que les épis de blé sur la terre fertile du Chandoiseau qu'il avait si ingratement quittée. *Trouver l'inspiration en ville*, quelle blague ! Rimbaud, Verlaine, Dumas avaient déjà essayé, et puis Musset aussi, la fiche « Toxicomanie » de Mademoiselle Sophie était interminable, tous ces prétentieux étaient partis loin à la recherche de leur fameuse *inspiration*, faisant pleurer leur mère, ils avaient quitté la maison natale sans se retourner, et pour quel résultat ? Rien, nada, clopinettes grillées, pire encore : haschisch, absinthe, whisky-nicotine-caféine, opium, LSD, cocaïne – les voilà leurs muses, en ville ! Même l'autre, là, l'intello un peu..., comment dire, au physique pas..., enfin, à grosses lunettes, Sartre, tout à fait, Jean-Paul Sartre, il n'avait pas l'air comme ça mais il sniffait de la mescaline, de l'extrait de cactus mexicain hallucinogène, parfaitement, il écrivait mieux avec sauf quand il voyait un bataillon de crabes remonter les Champs-Élysées. Bien plus local et 100 % bio, le cake d'amour de la Bogue ferait naître chez son Charly pléthore d'idées puissantes, des idées bonnes, des idées saines, dont la plus vraie et la plus importante : on a toujours, et à n'importe quel âge, besoin de sa maman près de soi.

Trois quarts d'heure de cuisson et il fallait encore que le gâteau refroidisse. Jo pour tuer le temps ouvrit le journal. *Les Nouvelles du Préfleuri* arrivaient le jeudi à la mairie du Chandoiseau, charge étant faite à la secrétaire bénévole de l'apporter aussitôt à monsieur le maire, or ladite secrétaire, curieuse du monde, le lisait tout entier avant de le prêter à sa fille qui, suite à un différend conjugal que d'aucuns voyaient venir depuis longtemps, était revenue vivre au village et se réjouissait de pouvoir ainsi s'informer sans débourser le prix de l'abonnement, 240 euros par an tout de même. Les *NDP* passaient ensuite chez la voisine, qui découpait « la recette de chez nous » (souvent excellente) et prêtait le reste du journal à son cousin Baragouin, deux rues derrière, lequel vérifiait à la rubrique nécro que personne de sa connaissance n'était mort, personne, ouf – allons tout de même vérifier sur pièce l'état de la vieille Suzanne, qui s'empare à son tour du canard : sa fille Isabelle serait-elle enfin en tournée dans le coin ? Réponse en page 15, agenda du week-end : non. Une fois sa déception bue et le jour des courses arrivé, Suzanne confiait les *Nouvelles* plus si neuves à Jo afin qu'elle les glissât dans la boîte à lettres de monsieur le maire, après tout elle et lui vivaient côte à côte, toutefois la Bogue pelait souvent ses pommes de terre dessus. Aussi Saturnin Fabre désespérait-il de ne recevoir son hebdomadaire qu'une fois par mois, et encore, incomplet : à force de faire des économies à tous les étages (on voyait le résultat sur la distribution), la presse locale allait perdre ses derniers lecteurs.

L'hypermarché fêterait ce samedi son espace culturel, pour trois livres achetés une bouteille de cidre. En décollant son vieux papier peint, un Chandoisien avait découvert une forêt entière peinte au-dessus de son lit. *S'il vente à la Sainte-Radegonde, la misère s'abat sur le monde.* Demain le record de chaleur serait de nouveau battu.

Jour de lessive, pensa Jo. Bientôt on étendrait le linge dehors toute l'année.

Le gâteau était tiède lorsqu'un autre titre préoccupant attira son attention : le lac bouillonnait. Plus que d'habitude, et sans raison. Un enfant happé par une vague avait failli s'y noyer, point d'exclamation après « vague » et Jo approuva, c'était du jamais-vu. Elle déposa le gâteau aux matricaires dans la boîte en fer et partit le poster.

Elle n'avait pas parcouru cent mètres hors de la ferme quand elle sentit dans son dos de légers courants d'air. Vérification faite, Saturnin Fabre s'agitait derrière elle, visiblement préoccupé et tenant à la main un perchoir sur lequel trônait, digne et emplumé, un perroquet déjà croisé quelque part.

— Je crois que monsieur le maire essaye de nous dire quelque chose, diagnostiqua Suzanne, que la perspective d'un scoop avait tirée de son fauteuil.

Elle sortit de son sac à main un stylo et un cahier à spirales. Ainsi outillé, Saturnin Fabre, premier et seul édile muet de l'Hexagone, put cesser sa conférence gesticulée et éclaircir la situation par écrit : le perroquet s'était enfui du chapiteau le jour du salon Champs Livres, jetant son propriétaire, l'essayiste trotskiste, dans le plus grand désarroi. Il réapparaissait après plusieurs semaines de vadrouille heureuse dans la forêt, hélas l'écrivain résigné après une si longue absence avait remplacé son oiseau de compagnie par un serpent de bonne taille, moins bavard mais tellement plus câlin. La cohabitation de ces deux-là finirait forcément mal, alors quoi ? Puisque l'animal aimait tant la campagne, après tout qu'il y reste, le Chandoiseau comptait donc un nouvel habitant qu'il s'agissait de loger, à propos Jo, vous qui avez déjà des poules, un chat, une vache… La Bogue lui arracha le stylo des mains :

— Je suis pas la SPA. Pourquoi il s'agite comme ça, le lac ?

Saturnin fixa la Bogue avec l'air d'un homme qui n'avait pas lu le journal depuis longtemps.

— Le lac bout à gros bouillons, confirma Suzanne. Il tourbillonne aussi, que se passe-t-il ?

Saturnin récupéra le stylo, prit appui sur un poteau électrique et commença une longue dissertation dessinée. Au bout de cinq minutes, la vieille dame loucha par-dessus son épaule mais le savant fit rempart de son bras. Enfin le cahier fut brandi sous les yeux du public impatient : un dragon énorme s'étalait sur deux pages, pattes griffues, ailes déployées, naseaux fumants, tuba sur la gueule. En l'état actuel de la science, la présence d'un monstre sous-marin semblait la cause la plus probable des bouillonnements, et puis une blague de temps en temps détendait l'atmosphère, mais la Bogue déjà avait tourné les talons, furieuse – je t'en fouterais, moi, des dragons, tu parles d'un scientifique de haut niveau, la vérité vraie c'était que le lac n'aimait pas qu'on l'emmerde, voilà tout. Les touristes l'enquiquinaient chaque week-end, on avait déforesté ses rives et cloué des bancs dessus, au fil des ans l'hypermarché s'était rapproché, sans compter ce projet de parking géant qui le menaçait directement, ça allait s'arrêter quand ? Les eaux noires, les bouillonnements, c'était un avertissement. Nul besoin de convoquer des bestioles de contes de fées, un dragon, et pourquoi pas le monstre du Loch Ness tant qu'on y était ? Le lac était bien assez grand pour se fâcher tout seul.

— C'est vrai, pour le dragon.

Nelson venait de rejoindre la petite troupe et il était formel :

— Y a un truc bizarre, au fond.

— On t'a sonné les cloches, morveux ? demanda Jo. Et qu'est-ce que tu fous là, d'abord, t'as été viré de la bibliothèque ?

— Il vole, répondit Suzanne, voilà ce qu'il fait. Depuis des semaines. Il prend des fruits chez monsieur le maire, il t'a même piqué des œufs, Jo. La Perchée ne se plaint pas, elle l'accueille presque en roucoulant.

— Le vieux a raison, répéta Nelson. Parfois les lacs comme ça crachent du feu, l'eau devient orange, elle fume, et quand tu respires le truc, tu meurs.

— Mais bien sûr ! Faut arrêter de lire tes BD à la con, gamin, ça te monte au ciboulot.

Jo en avait assez entendu et la Poste n'allait pas l'attendre : elle avait un gâteau à envoyer, un bon gâteau pour son fils qui en mangerait à s'en rendre malade, très malade même vu la dose de parisette toxique qu'elle avait jetée dans la pâte. Après les hallucinations, Charly aurait sans doute des maux de ventre assez corsés, quelques palpitations peut-être, il s'évanouirait un peu, la parisette était connue pour ça depuis belle lurette : elle guérissait des mauvais sorts si on avait la main légère, dans le cas contraire elle t'assommait en moins de deux, la ligne de crête était fine mais Charly laissait-il à sa mère d'autre choix que de l'emprunter ? Un enfant n'était pas un perroquet (dans la plupart des cas la différence se voyait à l'œil nu), on ne pouvait pas le laisser s'enfuir ni divaguer à ses risques et périls, ni attendre son retour bêtement pour constater, quelle tristesse, qu'il s'était brûlé les ailes ou bien arraché lui-même les plumes de désespoir, à moins qu'il n'ait fait de mauvaises rencontres (la pie était perverse et le hibou volage), il fallait protéger l'enfant de lui-même et c'est précisément ce que Jo d'un bon pas s'apprêtait à faire. Après avoir goûté le gâteau, Charly l'appellerait, sûr. Il appelait toujours maman quand il était malade, alors elle irait comme Vitalie à la rescousse du fils, comme Caroline Baudelaire et comme toutes les autres, elle courrait au chevet de l'enfant essuyer son front fiévreux, le soigner le cajoler, l'exfiltrer de son milieu délétère pour le ramener sain et sauf à la maison. En attendant, son petit garçon allait passer un sale quart d'heure. Mais Jo aussi souffrait, son ventre se tordait rien qu'en l'imaginant ! Ainsi allait la vie des mères, du jour de la naissance et pour le restant de leur vie – lutter pour le bien de l'enfant, comme à la guerre. La Bogue timbra son colis et le remit à la factrice. Envoi express : vingt-quatre heures, et bon appétit.

Mâché, c'était l'adjectif qui convenait. Grisâtre et luisant par endroits, le visage fripé comme une boule de papier, le plexus pétrifié, par mansuétude nous passerons sur l'odeur générale : tout le corps de Charly semblait sortir de la gueule d'une vache. Recroquevillé dans l'immense lit blanc, regardez-le dans son pyjama trempé : il gâche le paysage. Quel dieu vengeur lui avait infligé des intestins à ce point susceptibles ? Et qui lui viendrait en aide après cette nuit affreuse ? Il était si faible, et la salle de bains si loin, le monde était donc peuplé d'architectes assez pervers pour obliger les gens à vomir dans un seau ? Il avait besoin d'un vêtement sec et d'un verre d'eau, pitié ! Mais plutôt mourir que d'appeler Saint-Morize à la rescousse. Chaque jour depuis des semaines, en présence de son éditeur, Charly s'efforçait d'enfiler le costume chic et sans pli de l'écrivain publié, qui n'allait pas de soi, la penderie était vaste et très mal éclairée, un faux pas et il se retrouverait déguisé en plouc, en bleu-bite dépareillé, voire, cauchemar total, totalement à poil, par conséquent le gosse hésitait souvent entre parler et se taire, la fine plaisanterie et l'esprit de sérieux, verre de blanc ou San Pé, dessert ou café (il savait maintenant que la bonne réponse était toujours café, mais tant d'autres questions restaient en suspens !). Dans cet océan d'incertitudes, une seule chose lui paraissait certaine : dégueuler tripes et boyaux devant son éditeur ne conviendrait pas. Déjà il devait supporter son nom, Picassiette. Saint-Morize lui avait déconseillé de l'ôter comme un vieux chapeau, il sonnait *authentique*, certes certes, mais Picassiette quand même, pas très littéraire, quand d'autres s'appelaient naturellement Apollinaire, Jane Austen ou Henry de Montherlant, ceux-là n'avaient aucun mérite, avec des noms pareils n'importe quel désagrément gastrique faisait miel.

Ô ventre putride,
D'où sortaient de noirs bataillons
De larves, qui coulaient comme un épais liquide…

Ah, Baudelaire ! Un jour, peut-être, Charles Picassiette atteindrait ce niveau de sublimation. En attendant, il avait besoin d'un téléphone.

Jour 1, rien, normal. Jour 2, pas de nouvelles non plus, jour 3, idem, la Poste n'était plus aussi rapide que jadis, pourtant le prix du timbre, etc. Jour 4 : le temps s'étira interminablement. Jo se rendit plusieurs fois au poulailler sous de fallacieux prétextes ; elle avait besoin de soutien. Elle imaginait le fils exsangue, sa main cherchant en vain le téléphone. La Perchée tournait autour de sa maîtresse en battant des ailes – cette poule avait une empathie hors du commun. Au jour 5, elle pondit des œufs gondolés, signe de la contagion au règne animal d'une immense contrariété. Le septième jour, les oiseaux s'arrêtèrent de chanter : le fils n'avait toujours pas appelé.

Jo errait. Elle sortait dans le jardin, oppressée, cherchait de l'air, s'appuyait contre son vieil ami le saule sans trouver sur cette épaule aucun réconfort. Un petit tour dans la forêt, peut-être ? Des rejetons multiples poussaient au pied du grand noyer qui portait haut ses branches, comme ces pleutres à la santé insolente fuient le regard des condamnés à mort. Jo rebroussa chemin. On entendait, échappées de l'autre côté du mur, d'absurdes stridulations, puis, en écho plus grave, quelques rares borborygmes. Le perroquet fredonnait *L'Internationale* et monsieur le maire répétait. Sa voix, inusitée depuis des lustres, semblait sortir d'un vieux tuyau rouillé. Que pouvait-on contre le bruit des gens ? La Bogue rentra chez elle, ferma la fenêtre et se mit en quête de coton pour s'en colmater les oreilles. N'en trouvant pas, elle opta pour la chevrotine ; à cette distance, elle pourrait terroriser le volatile sans gros dommages collatéraux.

— Ne tirez pas !

Mademoiselle Sophie apparut dans la lunette de visée.

— Qui vous a autorisée à entrer chez moi ? postillonna Jo.

— J'ai besoin d'une broyeuse. Une grosse, pour les branches, les troncs d'arbres, vous voyez ?

— Demandez au macaque et foutez-moi la paix.

— La déchiqueteuse d'Ari est cassée, plaida la bibliothécaire. Je sais que vous en avez une, prêtez-la-moi.

— Non.

— Que se passe-t-il, madame Picassiette ?

— Rien. Vous fermerez le portail derrière vous.

— Vous avez les yeux rouges.

— Du balai !

— Racontez-moi, je vous écoute.

— De quoi je me mêle ?

— Si vous ne me dites pas ce qu'il se passe, je reste ici.

Jo dit : aucun signe de vie du fils depuis dix jours, en plus il était malade. Sophie posa son sac, plein à craquer de mauvais romans en attente de désherbage. La broyeuse à papiers de la médiathèque n'y suffisait plus, il fallait à notre bibliothécaire une machine plus ambitieuse. Elle avait désormais pour objectif de ne garder en rayon que les livres Bouleversants, Inoubliables, Salutaires, bref, les véritables Œuvres Universelles – méthode B.I.S.O.U., à breveter.

— Que lisez-vous en ce moment, Jo ?

La Bogue leva les yeux au ciel, quel était le rapport, franchement ? Elle épaula sa carabine :

— Je vous ai demandé de partir.

— Et moi je vous ai demandé ce que vous lisiez.

Cette Sophie était sacrément gonflée. Elle poussa la carabine d'une pichenette.

— Rien, vous ne lisez rien, j'en étais sûre ! Six minutes de lecture réduisent le stress de 68 %, madame Picassiette, c'est scientifiquement prouvé. Six minutes, ce n'est quand même pas la mort ! Les tensions musculaires se dénouent, le rythme cardiaque ralentit, les ruminations cessent – j'ai fait une fiche détaillée là-dessus, je vous l'apporterai, bref : pour les gens comme vous, bouquiner devrait être obligatoire, matin, midi et soir.

— Comment ça, les gens comme moi ? Qu'est-ce que vous sous-entendez ?

— Peu importe. Où sont rangés vos livres ?

Le canon de la carabine fit une légère rotation vers le premier étage et, avant que la Bogue ait eu le temps de le lui interdire, Sophie grimpait les escaliers.

— Mais pas question de lire des bouquins encore plus moches que la vie, il faut être sélective, madame Picassiette ! À ce propos, vous n'oublierez pas de me sortir la broyeuse.

Elle fila au fond du couloir. Quand la Bogue la rejoignit, Sophie était assise par terre dans la chambre de Charly, dans ce recoin maudit où il avait passé tant d'heures solitaires. Jo se sentit soudain très fatiguée ; elle s'assit sur le lit, la carabine à ses côtés, pendant que la bibliothécaire auscultait les étagères.

— Quel est votre livre préféré, Jo ? Celui que vous avez le plus lu ? Ou celui que vous emporteriez sur une île déserte ?

La Bogue répondit *Sagesses Indiennes*, trois fois, et Sophie chercha le volume sur les étagères, sans résultat.

— Pas grave, on va en prendre un autre. Tiens donc, celui-ci…. Moui, pas mal, pas mal… Oh, et pourquoi pas lui ? Oui, lui, bien sûr, c'est parti, allons-y.

— Je vais nulle part, grogna la Bogue.

— Bouche fermée, je vous prie, et oreilles ouvertes.

Sophie se racla la gorge, ouvrit l'épais volume et commença :

— *Le plus grand charme du côté de Guermantes, c'est qu'on y avait presque tout le temps à côté de soi le cours de la Vivonne…*

— La Vivonne ? Ça coule où, ça ?

— À Combray, taisez-vous. *Çà et là, à la surface, rougissait comme une fraise une fleur de nymphéa au cœur écarlate, blanc sur les bords.*

— On peut connaître le nom du jardinier qui a pondu ce truc ?

— Chut ! *Plus loin, les fleurs plus nombreuses étaient plus pâles, moins lisses, plus grenues, plus plissées, et disposées par le hasard en enroulements si gracieux qu'on croyait voir flotter à la dérive, comme après l'effeuillement mélancolique d'une fête galante, des roses mousseuses en guirlandes dénouées…*

— Par chez nous, les roses sont pas encore sorties, remarqua Jo en calant l'oreiller derrière sa tête.

Bien qu'ils soient tout propres, les draps sentaient bon le fils.

— *Ailleurs, on eût dit des pensées des jardins qui étaient venues poser comme des papillons leurs ailes bleuâtres et glacées sur l'obliquité transparente de ce parterre d'eau ; de ce parterre céleste aussi : car il donnait aux fleurs un sol d'une couleur plus précieuse, plus émouvante que la couleur des fleurs elles-mêmes…*

Cet écrivaillon était bien mignon avec ses fleurettes et ses papillons, mais ses phrases, punaise, ses phrases ! Voulaient-elles vraiment dire quelque chose ou seulement ronronner aux oreilles des gens comme de vieilles chattes et surtout, surtout, avaient-elles une fin prévue à un moment ou à un autre ? Au bout de trois pages, Jo commença à en douter. Elle plissa les yeux, toutes ces virgules en ronde lui donnaient le tournis, lorsqu'elle cueillait deux ou trois mots au vol ils lui semblaient décrire un pays obscur à moins que quelqu'un, sans la prévenir, ait éteint la lumière ? La Bogue venait de s'assoupir quand une voix murmura à son oreille :

— Vous voyez, Jo, vous êtes déjà beaucoup plus détendue. Je reviendrai demain vous lire la suite et désherber quelques bouquins. Vous serez bien gentille de me sortir la broyeuse.

La Bogue ouvrit la bouche pour s'opposer, mais Sophie avait disparu, la carabine aussi.

Et le téléphone finit par sonner.

C'était lui, c'était Charly, c'était sa voix qui lui parlait, qui était là. Mais comme elle était loin ! Il avait été malade pire qu'un chien. Heureusement Léa – tu te souviens de Léa, n'est-ce pas – était arrivée très vite et resterait près de lui encore une quinzaine, le temps que son estomac se remette. Il ne supportait plus les plantes, vois-tu, sans doute en avait-il beaucoup trop mangé dans sa vie, on savait maintenant que certaines regorgeaient de pesticides et de métaux lourds, les campagnes étaient devenues de véritables éponges à toxiques, bientôt on serait moins pollué en ville. Déjà les abeilles, décimées dans la nature, bourdonnaient en nombre à Paris ; l'éditeur avait fait installer des ruches sur le toit de ses bureaux, son miel était excellent, on en prenait chaque matin au

Le fils n'eut pas le temps de terminer sa phrase. Jo écrasa le téléphone sur son support, ou plus doucement peut-être, en tout cas elle mit fin à la conversation, d'un coup, trop c'était trop, à moins qu'elle ne se fût tout simplement évanouie, oui, éteinte comme une bougie sur laquelle un sale gosse aurait soufflé.

Elle lui avait raccroché au nez. Sa propre mère ! Charly était encore sous le choc quand, allant passer d'ultimes examens gastro-intestinaux dans un grand hôpital parisien, il tomba sur la vieille Suzanne au service des admissions, corroborant par là-même l'antique rumeur d'un hasard malicieux jetant les uns sur les autres comme d'instables quilles les campagnards en visite à la capitale.

— Ça ne va pas, mon loupiot ? Ton citron te fait encore des misères ? Tu veux un gâteau sec ? Un caramel ?

Charly aurait voulu une mère comme Suzanne. Enveloppante, pas contrariante, avec ce don d'apparaître en cas de besoin et tout un tas de sucreries à fourrer dans les poches des enfants, même quand ils étaient devenus adultes. Mais le destin toujours s'emmêlait les pinceaux dans le casting et l'avait fait échouer dans les bras d'une bourrique qui lui raccrochait au nez.

— Tu te rends compte, Suzanne ? Et j'étais à l'agonie, je précise.

— Quand tu attrapais le rhume, dans le temps, ta mère te grimpait sur ses épaules et galopait pendant des heures pour te changer les idées, tu te souviens de ça, Charly ?

Il s'en souvenait. Sa mère l'avait toujours préféré malade, ou malheureux. Dès qu'il avait voulu être lui-même, elle l'avait bridé, avec son père c'était pareil, d'ailleurs : elle ne supportait pas qu'il fasse autre chose que travailler à la ferme.

— Mange, ça va te faire du bien, dit Suzanne en tendant au gamin un sablé à la cannelle.

— Il a une drôle de couleur, non ?

— Elle n'a pas eu une vie facile, ta mère, tu sais.

Ça va ça va, Charly connaissait l'histoire, les parents Thénardier, l'orphelinat, les boulots de bonniche ici et là, logée au sixième étage et payée au lance-pierre, il en avait souffert, lui aussi. Même avant d'être veuve, sa mère trimballait un plomb de tristesse dans le cœur, une méfiance de tout, et elle les lui avait refilés, il n'avait rien demandé, lui ! Et puis la misère intellectuelle de son enfance… Un seul livre à la maison durant toute sa jeunesse, des légendes peaux-rouges, presque un doudou à force d'être lu mais quand même, un seul livre, bonjour le désert culturel… Heureusement que Suzanne était là avec sa valise pleine de bouquins, et puis l'hyper – Charly s'y rendait en cachette pour lire avant que la mère daigne l'inscrire à la médiathèque. Maintenant qu'il fréquentait l'extérieur, Charly mesurait le temps perdu par la faute de Jo : combien d'œuvres aurait-il déjà offertes au monde s'il avait poussé sur une terre fertile et cultivée ? Las, il n'était pas le premier à traîner ce genre de boulet, Baudelaire lui-même avait connu ça.

— *Lorsque, par un décret des puissances suprêmes,*
Le Poète apparaît…

Charly cracha discrètement le sablé dans sa main et prit un caramel pour faire passer ce goût affreux.

— Je disais donc :

Lorsque, par un décret des puissances suprêmes,
Le Poète apparaît dans ce siècle ennuyé,
Sa mère épouvantée et pleine de blasphèmes
Crispe ses poings vers Dieu, qui la prend en pitié.

Il fallait néanmoins le reconnaître, une mère difficile à supporter s'avérait souvent merveilleuse à écrire. Avec son caractère de cochon, son petit côté Cosette et ses lubies amérindiennes, la Bogue faisait un personnage extra, Charly venait de relire sa *Révolte* avant envoi à l'imprimeur et, clairement, les chapitres 19 à 25 étaient les meilleurs de tout le bouquin. Les scènes dans le jardin-jungle lui plaisaient particulièrement. Armée de ses outils archaïques, l'héroïne semblait une idole tout droit venue des âges farouches – le jour où sa mère lirait ça, elle aurait honte, sans doute, de l'avoir si peu soutenu dans l'exercice de son art. Elle lui dirait merci, peut-être même pardon, et ce serait bien naturel : avec ce livre, Charles Picassiette allait l'extirper de l'ombre où elle stagnait, sublimer son quotidien médiocre, lui sculpter une statue inespérée, magnifier sa vie, enfin – quelle mère recevait pour sa fête un destin en cadeau, alors, merci qui ? voulut demander Charly à Suzanne maintenant que le caramel avait fondu. Mais la vieille dame déjà lui envoyait un baiser et se dirigeait à pas menus vers le service d'ophtalmologie, sans rien dire au gamin de cette récalcitrante tumeur à l'œil qui, encore une fois, lui avait fait confondre la cannelle avec le paprika.

Le jour des courses, Jo fut accueillie chez Suzanne par une cacophonie épouvantable. L'armée féline miaulait à fendre l'âme, et sur la porte d'entrée l'attendait un mot plié en quatre :

Bonjour Jo,

Je ne suis pas là, figure-toi. Je suis partie chez ma fille, et j'y resterai un certain temps. Merci de bien t'occuper des chats (les sous sont dans l'enveloppe avec la clé).

Suzanne

PS 1. Il reste des sablés pour toi sur la table, sous le torchon.
PS 2. J'ai rencontré Charly l'autre jour, à Paris, très en forme. L'air de la capitale lui profite.

La Bogue relut, « chez ma fille », « lui profite » : elle ne rêvait pas, c'était écrit – invraisemblable mais écrit. Les moustachus désespérés s'agrippaient à ses jambes comme des naufragés.

— Je sais, dit-elle. Je sais…

Elle leur versa double ration de croquettes, fila quelques coups de pied aux derniers accrochés et revint chez elle plus maussade encore qu'elle n'était partie. Déjà il faisait trop chaud, en mai ce n'était pas normal, même la Perchée transpirait, on n'avait jamais vu ça. Le dernier coup de fil de Charly la hantait, aussi, ses mots affreux sur la campagne, sur les plantes, ces horreurs qu'il avait osé dire… Et maintenant : « L'air de la capitale lui profite » ! De contrariété, le front de Jo se fripa comme un vieux chiffon oublié derrière un meuble. Trois heures plus tard, quand Mademoiselle Sophie arriva pour désherber, la mère Picassiette n'avait toujours pas défroncé. Coiffée d'un grand chapeau de paille, la bibliothécaire se mit gaiement à l'ouvrage, ponctuant chaque jeté de livre dans la broyeuse d'un « hop » de satisfaction, cependant que la Bogue errait dans son verger écrasé de chaleur, d'un arbre à l'autre comme un automate contre les parois duquel résonneraient ces deux mots cinglants : « lui profite ».

Sophie éteignit la déchiqueteuse et le silence revint.

— Lisons un peu, Jo, ça va vous faire du bien.

— Pas question, j'en ai ras le casque de vos fleu-fleurs et de vos phrases à rallonge. Je m'endors à chaque fois.

— Parfois le traitement rend un peu léthargique, mais reconnaissez que ça détend.

— Cassez-vous. Je n'ai pas besoin de vous ni de vos livres à la con.

— Taratata, j'ai exactement ce qu'il vous faut.

Sophie décida de sauter directement au tome 6 de la *Recherche du temps perdu* (*Albertine disparue*, départ brusque de l'être aimé, le cœur du narrateur se brise), appliquant chez sa patiente le principe de l'homéopathie : dilué dans un livre, le poison te soulage.

— Ça va vous dynamiser, promis.

Jo bougonna, attrapa le bouquin, le soupesa, le retourna :

— Encore le jardinier ?

Sophie acquiesça avec le hochement de menton du thérapeute chevronné : le régime proustien en avait requinqué plus d'un.

Au dos du livre, l'auteur posait pour le photographe. Quel âge pouvait-il avoir, 21, 22 ans ?, la moustache à peine poussée, le regard dans le vague, le visage incliné sur la main et il y avait une tendresse dans ces beaux yeux-là qui ne déplut pas à la Bogue, alors va pour la lecture, on s'installa au frais à l'ombre du vieux saule. La voix de la bibliothécaire emplit l'espace d'un doux ronronnement qui n'était pas sans rappeler le grondement assourdi de l'averse, et sous cette cascade de mots, sous cette pluie battante de virgules brillait parfois une perle étincelante de bon sens.

— *Il y a des moments de la vie où une sorte de beauté naît de la multiplicité des ennuis qui nous assaillent*, lut la bibliothécaire d'une voix suave, avant d'ajouter : Pépite !

Ainsi validait-elle la beauté d'une citation, ou sa lumineuse pertinence.

Les emmerdements s'amoncelaient en effet au-dessus de la tête de Jo comme un magnifique cumulonimbus noir de pluie, qui finit par crever : non seulement Charly s'épanouissait à Paris, mais il s'y installait pour de bon avec la fille Tupperware. Entre eux c'était sérieux, et puis Léa aurait plus de chances là-bas de trouver « un travail à la hauteur de sa formation » – c'était les mots exacts de Charly, qui avait visiblement perdu toute objectivité. L'éditeur influent avait dégotté au jeune couple un petit nid d'amour à loyer modéré tout à fait compatible avec les quelques droits d'auteur qu'il avait avancés à son poulain. Charly ne rentrerait pas à la maison.

Comme c'était incroyable, la Bogue, d'abord, ne le crut pas. Elle se mit à penser (ça lui faisait du bien) que Charly était en transit forcé dans la capitale, qu'il reviendrait bientôt à la ferme et que la campagne devait terriblement lui manquer. Dès lors, trois fois par semaine, elle se rua à la Poste pour lui envoyer des colis : des cageots de radis, des bouquets de bettes, du bon terreau de chez nous, des vers de terre bien vigoureux, son fils n'aurait qu'à coller les lombrics dans une poubelle sur le balcon et zou : un composteur. Jo n'était jamais aussi heureuse que lorsqu'elle ficelait pour le fils ces offrandes encombrantes ou étranges, inquiétant le livreur qui parfois sentait bouger à l'intérieur. Charly passait la plupart des paquets directement au vide-ordures sans jamais demander à sa mère d'arrêter de lui en envoyer. Il l'incitait même, regrettant par écrit la menthe du Chandoiseau, sous prétexte que celle qu'on trouvait à Paris gâchait le goût du thé et donnait la courante, en réalité pour inquiéter un peu maman, l'activer à distance et vérifier, le surlendemain au courrier, qu'il était toujours son soleil.

En attendant que Jo revienne de la Poste, Sophie déchiquetait une vingtaine d'ouvrages sous l'œil navré du vieux saule, puis s'installait sur la balançoire pour commencer la lecture.

Chapitre I, donc, Albertine était partie, « disparue », le titre du bouquin ne mentait pas, le narrateur souffrait mille morts. Il était désespéré, et pire encore, puisque pour être désespéré il faut tenir à la vie or la vie de ce pauvre garçon n'était plus qu'un cadre vide, une peau de chagrin, une outre flasque, tout cela était un peu exagéré, d'accord, ceci dit Jo comprenait parfaitement, elle-même, chaque matin au réveil, se souvenait que son fils l'avait quittée et c'était comme un coup de poing impromptu dans la figure, puis elle pensait à autre chose, c'était l'heure de petit-déjeuner, elle descendait à la cuisine, se faisait cuire un œuf et bim : Charly aimait tant les mouillettes, le poing lui revenait en pleine poire et le bon œuf de la Perchée, ma foi, ne lui faisait plus envie, ni rien d'autre. « Ce n'est pas tout à la fois, mais grain par grain qu'on goûte le passé », écrivait Marcel Proust et Jo Picassiette pouvait en témoigner, de temps en temps un pépin lui restait même coincé dans le gosier, voire le grain entier quand, en tapotant les coussins du canapé, elle exhumait une longue chaussette de l'enfant exilé. Qui les lui lavait, maintenant ? La roulure aux grandes canines ? C'était miss Plastoc qui couvait son Charly ? La Bogue parfois tombait sur des objets anciens, un jouet du fils au grenier, une photo de lui en couche-culotte, alors elle soufflait sur ses souvenirs pour les raviver : leurs balades en forêt, sa main à lui dans sa main à elle, le matin aux champignons, le soir aux vaches, son doux museau parsemé de taches de son, ses petites bottes jaunes qu'elle lui ôtait en tirant dessus, oh hisse, il riait ! Le retour à la réalité était atroce.

— *Il vaut mieux rêver sa vie que la vivre*, lut Sophie sentencieusement. Pépite !

Bien qu'assez nébuleux, ce Proust, il fallait le reconnaître, tapait souvent dans le mille.

Un soir, en nettoyant le fond du placard, la Bogue sentit au bout de ses doigts un caoutchouc qu'elle connaissait bien. Elle sortit les bottes jaunes, les respira, passa un coup d'éponge dessus et les posa sur le seuil, près du paillasson. Pointure 28. Elles resplendissaient. Ce jour-là, Jo sourit. Sophie s'en attribua tout le mérite : son traitement bibliothérapeutique ne fonctionnait pas mal du tout. À mesure que le narrateur de *La Recherche* acceptait la dure réalité de la séparation et sortait de sa dépression, la Bogue aussi semblait reprendre du poil de la bête. Miracle de l'identification ! Puissance salvatrice de la littérature, ô féconde catharsis ! Sophie attaqua le chapitre II, ravie et confiante :

— *L'oubli continuait en moi à faire des progrès…*

Mais Jo n'écoutait plus. Elle regardait les bottes en souriant. Quand elle les observait vraiment bien, elle voyait son fils dedans. Son fils d'avant, pointure 28. Son petit bonhomme.

Parfois le téléphone sonnait au beau milieu de la lecture, Jo galopait pour décrocher au plus vite. Charly avait besoin de ceci, il souhaitait que sa mère lui envoie cela, tel ou tel carnet, son tee-shirt vert, de la confiture – il inventait le déménagement fractionné, par voie postale. Puis mère et fils bavardaient un peu, et ça dérapait. Maintenant Charly tenait des discours délirants sur la beauté des villes, leur poésie, leur nécessaire développement pour sauver la planète. C'était sa nouvelle marotte, l'écologie urbaine. Dans un avenir proche, assurait-il, des gratte-ciel toujours plus hauts régleraient le problème de l'étalement suburbain, les tours compenseraient-carbone grâce aux fermes plantées sur leurs toits, leurs murs végétaux, leurs panneaux photovoltaïques. D'ailleurs, il avait emménagé au 19e étage d'une tour, comme Michel Houellebecq, il en était très heureux. Jo se souvint avec horreur de la manière dont ce monsieur Houellebecq traitait les chats et sa propre mère. Elle cessa de courir pour prendre les appels de Charly. Elle en vint à espérer qu'il ne téléphone pas. C'était beaucoup plus facile de l'aimer dans le silence, son grand fils. Le petit bonhomme, lui, ne parlait pas ; il apparaissait gentiment sans rien dire, dans ses bottes jaunes. Parfois il éjectait ses chaussures et s'installait dans un coin de la cuisine pour jouer aux billes. Jo posa un coussin par terre, ce serait plus confortable, et débrancha le téléphone – Sophie allait arriver. On en était au chapitre III d'*Albertine disparue*. Au verso du bouquin, Marcel Proust couvait Jo de ses beaux yeux tendres.

Maintenant le narrateur visitait Venise ; une idée de sa mère, ce voyage, rien de tel qu'un tour en gondole avec maman pour oublier l'absente, cette traîtresse certainement trop décolletée, cette Albertine de malheur ! Grand Canal, basilique Saint-Marc, les feuilles tremblées de ses chapiteaux comme caressés par le vent… Jo ferma les yeux ; elle sentait la fraîcheur sous les voûtes, l'or des mosaïques sous ses paupières. Page 98, madame Proust jeta son châle sur les épaules du fils pour qu'il n'attrape pas froid dans le baptistère. Jo ouvrit les yeux : son petit bonhomme à elle était assis bien au chaud contre ses jambes. Elle tendit la main pour caresser ses cheveux.

— Demain nous lirons la scène du départ, annonça Sophie en refermant le bouquin. Le narrateur hésite à quitter Venise, Albertine lui est devenue indifférente et c'est l'amour pour sa mère qui l'éblouit.

— C'est vrai, ça ?

— Quoi ?

— Que le garçon adorait sa mère ?

— Proust ? Oui. Il a même dit que le plus grand malheur qui pourrait lui arriver serait d'être séparé d'elle. D'ailleurs ils ont vécu ensemble jusqu'à sa mort.

Le soir même, la Bogue découpa proprement la photo du petit Marcel et la posa sur la cheminée, entre le portrait de ce pauvre Louis et celui de Geronimo.

Quand Jo lui réclama « un autre bouquin », Mademoiselle Sophie pensa que sa patiente était, sinon guérie, du moins convalescente – le goût de lire constituant généralement un antidote assez efficace au suicide. Devant une telle victoire de la littérature sur la neurasthénie, la bibliothécaire songea un instant à quitter son travail ; elle s'imagina posant sa plaque dorée de bibliothérapeute, loin de la médiathèque, de ses inventaires trop fréquents et de ses étagères trop lourdes. Puis la Bogue précisa :

— Je voudrais un livre sur cette raclure de madame Proust.

En marge de son traitement, Jo avait développé une aversion bilieuse à tendance obsessionnelle, communément appelée jalousie.

Cette femme, là, cette Jeanne Proust, la mère du petit Marcel, pourquoi son fils lui vouait-il un culte si fervent ? Dès le plus jeune âge son gamin l'avait adorée, « encore un bisou maman », et jusqu'à 34 ans encore ! Elle avait forcément un secret pour aimanter les enfants, à moins qu'elle ait collé sa progéniture sous ses jupes à la glu ? Il fallait en avoir le cœur net. Les dents serrées et la flasque de mirabelle à portée de main, la Bogue entama la biographie de madame Proust : Marcel et sa maman à la maternité, dégoulinants d'amour, puis à la maison blottis sur la causeuse, et en balade sur les quais de Seine, dans le jardin de la maison de campagne, bras dessus bras dessous sur le sentier des douaniers, serrés sous la lampe à bouquiner. Jeanne et Marcel ensemble au restaurant, ensemble au théâtre, en promenade, en cure, à la plage, ensemble toujours et partout, nom d'un chien ! Quand, rarement, la vie les séparait, Proust-fils se fendait de lettres interminables détaillant la composition de ses repas, la durée de son sommeil et la couleur de ses selles, afin que maman n'en perde pas une miette.

— Moi j'en demande pas tant, maugréa la Bogue, et le parquet, compréhensif, craqua doucement sous sa chaise.

Vivre à la ferme avec Charly aurait amplement suffi à Jo. Travailler aux champs à ses côtés, déjeuner ou dîner en sa compagnie de temps en temps pendant la semaine, et puis le dimanche bien sûr, ce n'était pas grand-chose… Pourtant on le lui refusait, comme à une malpropre ! Voilà des mois que le gosse avait quitté le Chandoiseau et toujours pas la moindre visite à sa mère, la ferme en était toute retournée, la grange s'était brutalement écroulée par le fond. Les cerisiers avaient beaucoup donné, il aurait fallu tout mettre en bocaux. À deux l'affaire eût été vite pliée. Mais le fils ne venait pas. Au téléphone, Charly ne parlait que de lui : il travaillait beaucoup, grâce à l'éditeur rencontrait un tas de gens, on avait choisi la couverture du bouquin, défini le marketing machin et la stratégie bidule, bref *La Révolte* serait en vente le 1er septembre. Elle commençait déjà à être lue par quelques journalistes triés sur le volet et libraires privilégiés. Les premiers retours étaient ex-cel-lents, le plexus de l'auteur en rayonnait d'aise.

Il commençait à faire sombre, et plus si chaud. Les briques de la cheminée craquèrent, Jo lança une flambée avant de reprendre son livre – y avait vraiment plus de saison.

La relation très fusionnelle entre Proust et sa mère fut, notamment, la conséquence de sa santé fragile : la première crise d'asthme de cet enfant chétif suscita une anxiété mutuelle…

Et la varicelle géante de Charly lorsqu'il avait 4 ans, c'était de la gnognote, peut-être ? Huit jours sans dormir, des boutons sur tout le crâne, obligée de lui attacher les mains dans le dos pour ne pas qu'il se scalpe ! Un sang d'encre on s'était fait, c'était pas de l'anxiété, ça ? Jo sortit du tiroir le carnet de santé du fils, épais comme un dictionnaire, et encore on n'appelait pas le docteur à chaque fois, la plupart du temps les plantes suffisaient. Neuf bronchiolites, et seize otites, sans compter le citron qui se réveillait tous les quatre matins, Charly s'était même tordu un testicule en grimpant au noyer, il avait fallu courir à l'hôpital pour lui remettre les choses en place – pouvait-elle en dire autant, la mère Proust ? Certainement pas ! Que manquait-il donc aux Picassiette mère et fils pour fusionner, hein, quoi ?

La complicité intellectuelle.

C'était écrit noir sur blanc au chapitre III.

Jeanne Proust était *brillante*. Elle parlait trois langues, cette petite bêcheuse. Savait le latin, aussi, excellait au piano, récitait Madame de Sévigné par cœur, et alors, il fallait bac + 12 pour être une bonne mère, maintenant ? C'est pas Vitalie Rimbaud, cette brave et bonne Vitalie, qui aurait frimé de la sorte ! *Marcel et Jeanne passaient des heures à causer musique, peinture, littérature* – pauvre enfant, jamais en paix ! Ils traduisaient en duo des auteurs anglais, *sur la feuille blanche leurs deux écritures s'entrelaçaient, quel plaisir pour Marcel de partager*, la Bogue referma le bouquin d'un coup sec. Elle aurait aimé déchiqueter chacune de ses pages, les piétiner et jeter les restes au purin. *Leurs deux écritures s'entrelaçaient*, ben voyons, gratter du papier, tu parles d'une complicité ! Entre Charly et elle, il n'y avait jamais eu besoin de grands mots, ni même de gestes. Leur amour flottait partout dans l'air, jadis. Il sentait bon le foin et le cake aux figues, il se faufilait à leurs côtés sur les chemins feuillus, dans les bois, vagabond, silencieux, va-nu-pieds, oui, mais il existait bel et bien, où avait-il disparu, cet amour-là ? Jo chercha des yeux les bottes jaunes. Le petit bonhomme était toujours dedans. Il la regardait avec beaucoup de douceur. Elle se calma d'un coup.

— Viens ici que je te mouche, mon gentil poulet.

Le marmouset battit des paupières, essuya son nez joli dans sa manche et fila se blottir sur le canapé. Jo l'aurait croqué, tant il était mignon. Quand donc la science allait-elle sortir de ses éprouvettes un enfant à maturation bloquée, comme le chihuahua nain ou l'asperge miniature ? Tous les parents du monde en seraient soulagés car avec le temps, Jo pouvait en témoigner, les irrésistibles morveux devenaient coquins, puis espiègles, par la suite impertinents, opposants voire contestataires, franchement pénibles, enfin de vraies mules qui claquaient la porte et faisaient de leur vie entière une vaste contradiction. En grandissant, le petit Proust lui-même n'avait pas échappé à la règle, préférant dormir le jour, les lettres aux chiffres et d'autres inversions qui tracassaient ses parents.

— Mais tu n'aurais jamais changé de prénom, toi, hein Marcel ? Ça ne te serait pas monté au cerveau de te faire appeler Marc, pas vrai ? demanda la Bogue au moustachu posé sur la cheminée.

Au lendemain de chaque dispute, le jeune Proust courait se jeter dans les bras de sa maman, pétri de tendresse et de culpabilité, tandis que Charly reprochait à la sienne d'être intrusive et casse-pieds, pourquoi une telle différence de traitement, pourquoi ? Jo rouvrit bravement *Madame Proust*. Pour percer le secret de cette privilégiée, elle était prête à boire le calice jusqu'à la lie. Las ! En dissipant les dernières brumes du mystère, le chapitre IV lui porta le coup de grâce :

Dans la tradition juive, l'amour filial est élevé au rang de sacrement, or Marcel était fils de Jeanne Proust, née Weil, israélite française…

La Bogue jeta le livre au feu. Dans un monde idéal, toutes les mères auraient le droit d'être juives de temps en temps, toutes, et aimées comme telles, sans mesure ni aucune objectivité – voilà exactement ce que pensa Jo Picassiette avant de s'endormir sur sa chaise.

Le fils était revenu. Il lui semblait qu'elle n'avait pas vu son visage depuis des années, d'ailleurs il avait changé, son visage, au-dessus de la lèvre une ombre maintenant se dessinait. Charly se pencha vers sa mère, *Finalement je vais reprendre mon* y, *maman*, alors Jo constata avec satisfaction qu'il s'était bel et bien laissé pousser la moustache, la même que le petit Proust au poil près. *La ferme aussi, je vais la reprendre, ne te fais pas de souci, jamais plus je ne partirai*, ajouta-t-il en embrassant sa mère sur le front et une douce chaleur envahit le corps de Jo, qui se réveilla en hurlant – un tison s'était échappé de la cheminée, l'ourlet de sa robe de chambre brûlait. La vie réelle était très décevante.

La Bogue se déshabilla en quatrième vitesse, jeta sa robe de chambre dans l'évier, ouvrit le robinet à fond, repoussa les braises dans l'âtre qu'elles n'auraient jamais dû quitter et s'écroula sur sa chaise qui grinça d'agacement. Non seulement Charly n'avait aucune intention de rentrer à la maison, mais ça empestait le brûlé jusqu'au grenier. Jo ouvrit la fenêtre pour aérer et s'aperçut avec soulagement que la puanteur ne venait pas de chez elle mais de la remise du voisin, présentement ravagée par un incendie. Un vent du diable attisait le brasier, le toit s'envolait en flammèches folles dans le ciel, c'était assez beau.

Jo attendit les pompiers qui ne vinrent pas, puis que le vent tombe et que le spectacle fût fini, enfin elle s'approcha. Ari Lemercier était en pyjama, les pieds dans la boue ; le jet d'eau à la main, il arrosait sa cabane éventrée et fumante. À l'intérieur, la plupart de ses affreuses sculptures métalliques avaient fané sous les flammes.

— Cette fois c'est pas moi, lui dit la Bogue.

— Je sais.

— Ta femme a compris que tu faisais semblant de réparer les trucs, hein ?

Ari acquiesça. Ses gigantesques fleurs en métal gisaient sur le sol, tordues, on ne voyait même plus que c'était des jantes de tracteur. Les tiges avaient pris une couleur rougeâtre, c'était presque moins moche qu'auparavant.

— Si je les laisse à l'air libre, elles vont rouiller, dit Ari d'une voix blanche. Je vais tout entreposer dans ton pigeonnier, la Bogue.

Jo cracha par terre et tourna les talons.

— En contrepartie je retaperai ta grange. Méfie-toi, Picassiette, je te ferai pas cette proposition deux fois.

Alors Jo alla chercher sa brouette, sa pelle, et commença à repiquer chez elle les grandes œuvres de son voisin.

Un dimanche matin à l'heure de saluer les mésanges, Jo ouvrit sa porte et tomba sur deux invités-surprises.

— Charly ? Qu'est-ce que tu as fait à tes cheveux ?

— Ça lui va bien, n'est-ce pas ?

Émail Diamant caressa la tête de Charly, qui n'était plus couverte d'une douce toison frisée mais d'une touffe raccourcie hérissée, çà et là, de mèches raidies, comme s'il avait, malgré tant d'avertissements maternels, enfoncé deux doigts dans la prise.

— *Mes cheveux contiennent tout un rêve, plein de voilures et de mâtures*, déclama Charly. *Ils contiennent de grandes mers dont les moussons me portent*... Bref : nouvelle coupe, pour la promo.

Cela n'étonna guère Jo qu'une telle abomination capillaire ait été en promotion – il eût mieux valu que le fils paye le juste prix et soit correctement coiffé, d'ailleurs, s'il le lui avait demandé, sa mère lui aurait égalisé les pointes comme d'habitude et cela n'aurait rien coûté du tout.

— Décale-toi un tantinet, maman.

Charly prit son élan et, en trois bonds, se jeta sur le sofa qui s'écroula sous son poids.

— Je crains que ce malheureux canapé ait fait son temps, un jour je vais passer au travers.

Il se releva et défroissa son pantalon :

— Je viens prendre quelques affaires.

— Tu restes déjeuner ?

— J'ai essayé de te prévenir mais ton téléphone sonne dans le vide. Tu l'as remplacé par des pigeons voyageurs ?

— Très drôle. Je le coupe pour…

Le nez dans la commode, Charly n'écoutait plus.

— Alors : chaussettes, pyjama bleu, tee-shirts…

— Tu m'en laisseras, quand même ?

— Casque, baskets, blouson…

— C'est toi qui a pris *Sagesses Indiennes* ?

— Comment ?

— *Sagesses Indiennes*, le bouquin, il a disparu.

— Ah, oui, je dois l'avoir chez moi quelque part.

— Comment ça « chez toi » ? Comment ça « quelque part » ? Tu ne sais pas où tu l'as rangé ?

— Comme c'est mignon, s'ébaubit Émail Diamant en saisissant les petites bottes jaunes. C'étaient les tiennes, Charles-chou ?

— Reposez ça tout de suite.

Après le déjeuner, ils burent la verveine dehors. La campagne était plongée dans un silence familier, réveillée de temps à autre par les cloches. On sentait fort le foin, et un peu la bouse. Était-ce la grange décrépite, ou ce désolant canapé ? Charly trouva la ferme vieillie, et sa mère également. Elle ne posa aucune question sur le livre. Il eut vite envie de rentrer.

— J'ai des dédicaces à finir, mon stylo m'attend.

Et pas que son stylo, non, son éditeur aussi, et des journalistes avides de le connaître, et la troublante attachée de presse à qui Charly devait sa nouvelle coupe de cheveux, le monde entier l'attendait à Paris, un monde neuf, excitant, brillant, électrique, un monde qui semblait le trouver par défaut spirituel et désirable, lui si timide qu'il s'était longtemps senti plus à l'aise avec les fourmis qu'avec les gens – un monde, enfin, où la peau des femmes, comme l'assise des canapés, était aussi lisse qu'élastique.

Avant de partir, Charly voulut récupérer deux carnets de notes dans le pigeonnier et se rendit compte qu'un immonde capharnaüm métallique y avait été entreposé, et même le gros broyeur. Son bureau, heureusement, était resté intact (certains parents indignes transformaient la chambre de l'enfant en dressing dès qu'il avait tourné le dos, on n'en était pas là), cependant son plexus se crispa de cette intrusion. Ce fut, certainement, le pire dimanche de la saison, mais au moins cette visite avait-elle fait plaisir à Léa, qui ne tarderait pas à ôter l'affreuse robe de nonne achetée exprès pour l'occasion.

« H.O.R.R.I.B.L.E. » Voilà ce que textota Léa à sa meilleure amie après la journée éprouvante qu'elle avait passée avec son amoureux, chez sa mère.

Lors de l'exercice traditionnel appelé « premier déjeuner officiel », les belles-mères, lui avait-on dit, avaient de singulières manœuvres d'approche. Dans la plupart des cas, elles débitaient sans respirer tout un tas d'exquises banalités, compliments, plaisanteries fines, considérations climatiques, le tout fondu en une logorrhée hypnotique qui avait pour seul but d'amadouer la cible afin de lui tirer, dans l'heure suivante, le maximum d'informations. Cela commençait souvent ainsi :

— Joli mois de mai, n'est-ce pas ?

Ou encore :

— Goûtez-moi donc un de ces blinis au chorizo, je les ai préparés ce matin exprès pour vous.

Voire, si l'on se fréquentait déjà un peu :

— Ton pull est vraiment ra-vi-ssant, il fait bien ressortir tes yeux, tu l'as acheté aux Galeries ?

En guise d'entrée en matière, la belle-mère de Léa avait choisi ceci :

— Ce sont vos vraies dents ?

Elle lui avait également demandé si on avait besoin du bac pour devenir vendeuse de boîtes en plastique. Léa en avait rougi d'humiliation. Les Tupperwares, c'était un job alimentaire ! Elle avait un master de conseil en psychologie animale ! Et un diplôme universitaire de comportementalisme avicole ! Cinq années à la fac ! Une fois ses études terminées, la fille du boucher était retournée vivre au village et n'y avait pas trouvé le moindre emploi de zoo-psychologue (mais c'était le lot des pionniers, regardez les ostéopathes, au départ on leur jetait des pierres, maintenant chaque bourgade en a deux, minimum). En revanche, au Chandoiseau, Léa avait déniché Charly, qui n'était plus le petit binoclard trop bien coiffé toujours fourré à la bibliothèque, mais le beau gosse le plus neuroné de la région. La passion des animaux les avait réunis, ainsi que d'autres sujets plus intimes – en quelques mois, elle lui avait beaucoup appris. Après l'amour, il lui disait de très belles choses, et parfois même avant. Léa n'était pas la seule femme sensible à son intelligence, hélas : il fallait voir l'attachée de presse de Charly se pâmer dès qu'il ouvrait la bouche… Léa n'était pas inquiète, enfin pas trop. Son amant était si honnête, si sensible ! Galant aussi, comme aucun type de son âge ne l'était – ça la changeait des apprentis bouchers obsédés et machos que lui présentait son père. Charly la regardait dans les yeux ; il lui tenait toujours la porte. Certains jours, Léa songeait à fonder une famille. Tout un tas d'envies nouvelles lui traversaient la tête. « Et si on allait voir ta mère dimanche ? » avait été la plus conne, et de loin.

Léa ouvrit la fenêtre, songeuse. Contrairement à ce que disait le proverbe, les chiens faisaient bien des chats.

Elle-même en était la preuve : elle avait choisi de disséquer le mental des animaux quand son propre père se contentait de leur physique.

Elle sortit les perruches sur le balcon. Ces oiselles souffraient en ce moment d'une forme rare de claustrophobie et faisaient un bruit d'enfer. Il n'aurait plus manqué qu'elles réveillent Charly, lui-même dans un état nerveux pitoyable depuis qu'il était rentré de chez sa mère. Pour le calmer, Léa avait dû lui donner une douche froide et quelques bonbons relaxants : leur voisin de palier, un Afghan très gentil, les fabriquait lui-même avec du sucre de coco et du haschich de chez lui. Il était tellement sympa, cet immeuble ! Mais l'environnement, bonjour. Après deux mois en ville, Léa ne supportait déjà plus le trio gaz d'échappement-poubelles-crottes de chien. Elle ferma les yeux. S'imagina couchée dans le pré avec son Charly, cheveux emmêlés mains croisées, jouant à découvrir quel cheval fougueux, quel oiseau farceur, quel adorable mouton apparaissait dans les nuages de coton blanc du Chandoiseau. Elle atteignait le bien-être total quand sa belle-mère déboula dans son rêve, armée d'un panier plein de pommes véreuses et de son répugnant cake aux figues, alors Léa ouvrit les yeux, croqua un dernier bonbon et fila se coucher, non sans avoir chanté une berceuse aux perruches.

L'été commençait. Les chemins étaient bleus de bourrache. Charly était enfin venu au Chandoiseau, accompagné des grandes ratiches. Elle parlait si fort que le petit bonhomme avait fui à l'étage, et de choses idiotes. Le grand fils n'avait pas posé une seule question sur la ferme. Il n'aimait plus les figues. Il avait supprimé ses boucles, les mêmes boucles que sa mère, en blond – disparues. Il avait égaré *Sagesses Indiennes*, le seul livre qui vaille, leur livre à tous les deux. La vérité ce jour-là apparut à Jo Picassiette comme un soleil brûlant : son garçon avait quitté la maison physiquement, mais aussi mentalement. Elle pleura longtemps le soir venu, dans les bras du petit bonhomme.

Le dicton de la semaine

Au mois de septembre, le feignant peut aller se pendre.

Il ne fallait pas trop compter sur la presse locale pour se remonter le moral. Quel rédacteur profondément dépressif, quel triste correspondant-pigiste à tout jamais perdu pour la cause de l'optimisme sélectionnait les « dictons de la semaine » dans ce fichu canard ? Jo n'eut pas le loisir de se le demander longtemps, le téléphone sonna.

Au son de la voix du fils, elle sut tout de suite que quelque chose de grave venait d'arriver.

— Pas grave, mais important, nuança-t-il.

— Oui, bon, je dois m'inquiéter ?

— Il serait judicieux que tu viennes évaluer la situation par toi-même.

La Bogue eut une pensée amicale pour Vitalie (la mère Rimbaud avait bien traversé la Manche pour rejoindre son fils, Paris à côté c'était de la petite bière), fit tout de même ses adieux à la Perchée, on ne sait jamais, un accident est vite arrivé, remplit son panier de pots de confiture, ajouta une grande tourte à l'oseille, trois œufs durs pour le déjeuner ainsi que son parapluie et en route mauvaise troupe. Ce n'était pas un aller-retour à la capitale qui allait l'effrayer, elle savait quand même neutraliser une vipère avec deux doigts. D'ailleurs le trajet en train se déroula très correctement, c'est après que l'affaire se corsa. Jo se retrouva sur un parvis venteux, gris, peuplé des volatiles les plus stupides de la création, sous-produits crasseux de la tourterelle localement appelés pigeons. Au milieu du parvis s'ouvrait un trou béant et noir qui crachait à intervalles réguliers des hordes blêmes d'individus pressés, froissés, suants comme s'ils venaient de ramper le long d'un sphincter très fréquenté, et au-dessus duquel on pouvait lire : métro, lignes 5 et 10. Ça ne faisait pas très envie à Jo, toutefois il lui fallait s'enfoncer à son tour dans l'infernal boyau, le fils avait bien précisé *cinq stations pour arriver chez nous* et ce *nous* lui avait fait horreur autant que les pigeons. Pourquoi donc avait-elle accepté de venir, pourquoi ? Mais pour lui, bon sang !, pour ses joues soyeuses et douces, pour ses cheveux qu'elle avait hâte de caresser, sa belle tête d'ingrat qu'elle n'avait pas vue de tout l'été, *tu ne seras pas déçue du voyage*, il lui avait dit, et il avait souri au téléphone. Jo avait entendu ce sourire, mais entendre ce n'était pas suffisant, oh non. Elle s'élança dans l'antre de la bête.

Il y avait un monde fou. Le métro grinçait sous la charge, vomissait des bataillons entiers et en avalait tout autant, les gens étaient collés aux vitres. Un râle mauvais saluait l'arrivée de nouveaux voyageurs. Jo attendit deux rames et finit par s'immiscer entre une poussette et un sac à dos qui lui écrasait le visage. Elle eut une pensée solidaire pour ses œufs durs qu'un adolescent labourait avec ses coudes. Cinq stations plus tard, quand les portes s'ouvrirent, les œufs n'étaient plus qu'une bouillie jaunâtre assez peu ragoûtante. Un malheur venant toujours accompagné, elle touchait presque au but – sortie 19, rue Bartoli – quand la pointe de son parapluie se coinça entre deux marches de l'escalator. Jo tira, poussa, tomba sous les huées et lorsque son parapluie enfin daigna repartir, ce fut elle qui cala. C'en était trop. La Bogue s'adossa contre le mur carrelé et ferma les yeux. La sueur dégoulinait sur ses tempes. Elle ne bougerait plus d'un pouce, c'était fini, ter-mi-né, elle attendrait la mort ici qui ne devrait plus tarder étant donné l'odeur de putréfaction générale régnant dans ce cloaque où elle serait encore si quelqu'un ne l'avait pas attrapée par le bras et tirée doucement vers la lumière. Un délicieux parfum de biscuit emplit soudain ses narines et sur sa joue se posa un baiser de satin. Charly lui demanda si elle avait fait bon voyage, et si elle l'avait vu.

Elle ne l'avait pas vu. Pourtant on ne pouvait pas le rater, l'affiche faisait 4 mètres par 3, il y en avait une dans chaque station ou presque et la tête du fils s'y étalait en gros plan. Oui mais, avec ce sac à dos qui la gênait, et puis ce n'était pas tout à fait la tête de son petit sur l'affiche, ses taches de rousseur avaient toutes disparu, parties où, mystère, tandis que des épis supplémentaires avaient poussé sur son crâne en nombre considérable, Charly sur cette photo ressemblait plutôt à un cactus, ou à un hérisson, oui, un hérisson albinos, une mèche de ses cheveux venait même pointer le titre du bouquin dont on voyait aussi très distinctement la couverture, en haut à droite. Jo demanda qui avait osé le coiffer de cette façon (sans doute un shampouineur incompétent allié à un graphiste fou), puis elle tenta de faire coïncider le vrai visage du fils avec celui du hérisson mais entre l'un et l'autre une brèche demeurait dans laquelle elle tomba raide, évanouie.

Quand elle reprit ses esprits, elle était allongée à même un sol caillouteux, les jambes posées sur les rails, à l'entrée d'un tunnel. Son fils voulait l'assassiner, c'était donc cela, d'abord ce métro abominable puis l'affiche acérée, maintenant le faux suicide, mais Charly apparut soudain au-dessus d'elle et la tranquillisa : cette portion de voie ferrée était désaffectée depuis un bail, seuls les curieux se promenaient dans ce coin de Paris, on l'appelait « la petite ceinture », admire et respire lentement, maman, les plantes sauvages ont colonisé les terre-pleins, les roses trémières grimpent aux feux rouges, il y a des ronciers énormes, des mûres à la saison, au milieu de tout ce vert on soupçonne même des renards, leurs yeux brillent la nuit, on les voit de nos fenêtres.

— Car nous habitons précisément là, ajouta le fils en montrant l'un des immeubles qui surplombaient la jungle.

Jo se redressa pour le respirer mieux, sa peau sucrée, ses lobes tout doux, son ventre rond, elle eut envie de passer la tête sous son pull mais se retint. Elle eut l'impression qu'il avait maigri, et grandi encore, était-ce seulement possible, il poussait comme un haricot, son haricot chéri.

— Qu'est-ce qu'ils ont fait à tes cheveux sur l'affiche ? C'est du gel ? De la colle ? Où sont passées tes taches de rousseur ?

— Ne t'inquiète pas, regarde : la troisième fenêtre au dernier étage, avec le balcon, c'est chez nous. L'endroit est épatant, il y a un local à vélos et même une gardienne qui nous monte le courrier. Je t'emmène ?

Jo eut un léger vertige à l'idée de se retrouver si haut en compagnie de ce « nous » qu'elle avait assez vu, et puis elle avait besoin d'air. Elle plongea la main dans son panier, en sortit la nappe, la boîte à tourte, celle à gâteaux, la dramatique purée d'œufs et un pot de confiture qu'aussitôt Charly agença en tour et chapeauta – cerise sur la pièce montée – d'un pavé rectangulaire.

— Cadeau !

La couverture n'était pas vraiment ivoire, ni tout à fait beige. Plutôt ficelle, un blanc fourbe et assez salissant sur lequel ressortaient en rouge sang le prénom du fils amputé de son *y* et son nom, sans oublier, dessous, sa photo en hérisson – laquelle photo, amovible, était en réalité un bandeau qu'on pouvait astucieusement ôter afin d'en faire, pourquoi pas, un marque-page, un pense-bête pour les courses, éventuellement un audacieux pare-soleil. L'intérieur du pavé, Jo s'en assura, était effectivement composé de mots innombrables agencés en phrases qui elles-mêmes formaient des chapitres assez touffus, en conclusion il fallait se rendre à l'évidence : le livre de Charly existait bel et bien. 427 pages, 600 grammes au moins, pour le prix on n'était pas volé. Elle eut même du mal à le caser dans son panier.

— Il est en vente partout, précisa Charly la bouche pleine. Il sortira aussi en poche, mais plus tard. Déjà beaucoup de gens l'achètent en grand format.

— Et pourquoi ils font ça, au juste ?

Il y eut un silence.

— L'histoire les intéresse beaucoup. Les critiques sont excellentes.

— Manquerait plus qu'on te dénigre. À propos, il n'y a jamais eu de vigne vierge à la ferme, et ce genre de plante…

— Hier j'ai eu un article dans *Le Monde des livres*, écoute.

Charly enfourna la dernière bouchée de tourte, s'allongea dans l'herbe, fouilla dans sa poche en gigotant comme un asticot et extirpa un bout de journal qu'il défroissa et lut :

— *L'expression est galvaudée, mais qu'importe : un écrivain est né.*

Jo était au courant, merci, une heure et quart de contractions dans le dos, elle s'en souvenait encore très bien vingt ans plus tard. Elle attrapa le bras de son Charly, *Marchons un peu*, le long de la voie ferrée les arbres faisaient de l'ombre, elle sentait la chaleur du fils contre son épaule et s'éloigner la migraine, elle aurait tant aimé qu'ils avancent en silence et d'eux seuls préoccupés, si seulement le petit l'avait mise en veilleuse elle aurait pu écouter le son de ses pas sur les cailloux, capturer cette musique pour les jours sans lui, mais la liste des bonnes nouvelles n'avait pas de fin : tournée des librairies, traductions de *La Révolte* en italien, en slovaque, probable adaptation télé au Québec, d'ailleurs Charly tout juste rentré de Montréal avait rapporté un excellent sirop d'érable, sur les pancakes du matin ça changeait de la confiture. Jo l'arrêta net :

— Les pane-quoi ? Dis donc, Charly, tu manges correctement, au moins ?

Le fils hocha la tête, affirmatif : la campagne manquait beaucoup à Léa, sur le balcon elle avait planté tout un tas de tomates cerises et de ciboulette, Jo devrait vraiment venir voir ça, et puis Charly dînait régulièrement au restaurant – ce soir même avec quelques journalistes amis de l'éditeur, un taxi viendrait le chercher, d'ailleurs il en profiterait pour déposer sa mère à la gare. Jo fronça les sourcils : aller à la gare en taxi ? Et pourquoi pas en Concorde, tant qu'on y était ? Le taxi alla immédiatement rejoindre la gardienne, le restaurant et les pancakes dans la zone du cortex préfrontal réservée aux comportements alarmants. Comme l'affiche dans le métro le suggérait sans détour, son petit garçon prenait peu à peu la grosse tête.

Elle ne l'avait pas reconnu sur l'affiche. Elle avait dit « le sac à dos m'a gênée » alors qu'elle était venue avec son panier habituel. Et puis cet évanouissement, ces vertiges, cette obsession de la nourriture, ces emportements, cet aveuglement, enfin, face au succès nouveau, il ne fallait plus se voiler la face : sa mère déclinait. Charly se souvint de ce que lui avait dit la vieille Suzanne, à l'hôpital, *Quand les enfants partent, les parents se dégradent.* C'était tristement vrai. Jo se contentait naguère de causer aux arbres et aux animaux, la voilà qui se mélangeait les pinceaux dans les recettes : le gâteau aux matricaires lui avait ravagé l'intestin, sans parler de son plexus, maintenant les œufs durs ressemblaient à de la soupe, de quoi demain serait-il fait ? Un bon fils devait se préoccuper de ces choses. Après le pique-nique, Charly rumina les dernières conversations qu'il avait eues avec sa mère. Certains détails inquiétants lui revinrent en mémoire. Elle avait égaré sa carabine. Elle ouvrait sa porte à n'importe qui. La bibliothécaire prenait ses aises à la ferme, on se demandait bien pourquoi, et aussi Ari, ci-devant ennemi juré. La Bogue perdait ses épines, elle se frottait au genre humain. Elle en oubliait d'appeler son fils, et n'avait même pas eu la curiosité de visiter son appartement parisien. L'enfant unique en fut inquiet, à moins que jaloux. Son succès littéraire, au fil des semaines toujours plus éclatant, fortifia son ego : il se souvint avoir lu que chacun, un jour, devait devenir le parent de ses propres parents et décréta que ce jour-là était arrivé.

Au village, Jo ne dit à personne que son fils était désormais en librairie. La nouvelle y arriva pourtant, ainsi que le livre lui-même. D'aucuns s'y plongèrent aussitôt et furent ébahis de constater que le jeune romancier y touillait une vieille histoire d'avant sa naissance – celle de l'installation de l'hypermarché en terre chandoisienne, laquelle avait suscité de vigoureuses empoignades, d'épiques conseils municipaux, quelques sabotages odorants, l'occupation des lieux par un troupeau de hippies passablement dénudés ainsi que plusieurs autres dérapages dont le résultat fut flagrant neuf mois plus tard.

La *Révolte*, donc, c'était la leur.

Sous les pseudonymes clairs comme de l'eau de roche, on reconnaissait parfaitement Jo Picassiette, la vieille Suzanne, Baragouin bien sûr, mais aussi Jean-Pierre et Bernard dont on se souvint à cette occasion qu'ils avaient partagé, dans la fougue de leur jeunesse, bien plus qu'un camion, enfin tous les habitants du bourg sans exception, y compris ceux qui, comme Ari et Saturnin, n'y vivaient pas encore à l'époque. Au Chandoiseau, l'ambiance se détériora. D'authentiques secrets de Polichinelle étaient dévoilés, page 86 surtout, qui donnaient tort à quelques livrets de famille. Des délits furent rappelés, ravivant les inquiétudes de ceux qui les avaient commis. D'anciennes rancœurs que le temps avait apaisées trouvèrent prétexte à renaître. Certains se sentirent insultés par le texte, surtout ceux qui ne l'avaient pas lu. Ceux qui l'avaient lu y trouvèrent également à redire, étant donné que plusieurs détails étaient parfaitement exacts et que d'autres, certes très folkloriques, n'existaient que dans l'imagination de l'auteur. La cadette d'Ari, bien mignonne et bien vive sur son fauteuil roulant, devenait sous la plume de Charly une sorte de Belle au bois dormant alitée jour et nuit que sa mère époussetait au plumeau. À la lecture des portraits les moins flatteurs, les Chandoisiens concernés sortirent de leurs gonds : deux bouquins voltigèrent par la fenêtre, l'un d'eux parcourut même une distance stupéfiante sans qu'aucun arbitre officiel ne fût présent pour enregistrer le record. Un autre exemplaire de *La Révolte* remplaça avantageusement le papier toilette. À ceux qui arrivèrent au bout du livre, la conclusion fit l'effet d'un coup de massue : le combat perdu des Chandoisiens contre la grande distribution résumait leur existence même, médiocre et dominée, à rebours de la modernité, d'échec en échec ; une lente et longue défaite après une petite révolte.

Les habitants devenus personnages se sentirent manipulés comme les marionnettes géantes à la fête du village. Ils s'indignèrent que le gosse Picassiette crachât ainsi sur la terre de ses ancêtres, fertilisée hier et aujourd'hui par son défunt papa. Lui auparavant si gentil, il avait bien mal tourné, à moins que dès le départ il ne fût qu'un salaud habilement hypocrite ? Seule madame

Zambard, professeur agrégée, défendait son ancien élève. Elle s'enorgueillissait de saisir dans cette première œuvre l'influence de Vialatte et de Giono, ainsi que la sienne – après tout, qui avait fait germer dans cette jeune cervelle rurale la graine de la littérature ? Les pages que Charly consacrait aux fresques chandoisiennes confinaient au sublime, Yvonne Zambard les relisait chaque soir en se félicitant.

Jo, elle, avait rangé le bouquin du fils dans le tiroir sans le lire, à côté des papiers importants, verrouillé le tout et jeté la clé au fond du puits avec les pénibles souvenirs de sa journée parisienne, métro, pigeons, purée d'œufs et cheveux hérissons. De ce pique-nique, elle avait décidé de ne retenir que le grand bras chaud du fils sur le sien, le soleil doux, leur promenade le long des rails (que de bêtises ne dit-on pas sur la dégénérescence du cerveau âgé, quand la mémoire sélective devient chaque jour plus puissante !). Toute à ce bonheur émollient, Jo répondit au téléphone lorsque celui-ci sonna, sans se méfier.

Charly lui aussi avait apprécié la balade le long de la petite ceinture. Il remerciait sa mère d'être venue. Il était ravi que le quartier lui ait plu, soulagé aussi car la loge du rez-de-chaussée s'était libérée et, pour remplacer la gardienne, il avait justement pensé que, après tout pourquoi pas, s'occuper des anciens Jo savait faire, nettoyer également, *nettoyer c'est ton truc*, ainsi elle vivrait près de lui et sans trop de dépaysement, finalement : elle pourrait garder son chat, cultiver ses légumes sur le balcon (Léa y plantait tous leurs noyaux d'avocat), les voisins n'y verraient aucun inconvénient, ils étaient très sympas – la plupart s'invitaient régulièrement pour l'apéro, ce n'était pas comme à la campagne où chacun regardait la télé dans son coin. D'ailleurs il y avait aussi une cuisine partagée au rez-de-chaussée, et une éolienne fait-maison sur le toit, personne ne prenait de bain pour économiser la flotte, c'était une oasis cet immeuble, un village vertical, le refuge d'une tribu désireuse de vivre en harmonie avec la nature sans piller la planète, oui, c'était en ville dorénavant que soufflait l'esprit de Geronimo, l'esprit cheyenne qui plaisait tant à la mère, et pour toutes ces raisons, pour elle, pour lui, la loge était la meilleure solution.

— Geronimo n'était pas cheyenne, je te rappelle, il était apache.

— C'est presque pareil, maman.

Deux mains, hélas, deux mains seulement et tant de baffes à donner !

— Tu n'aimes plus la ferme, c'est ça ?

— Ne prends pas tout au drame, s'il te plaît.

Le fils parlait à Jo d'une voix doucereuse et ferme, comme à une très vieille dame ou à un enfant turbulent. Il lui dit : « Réfléchis-y, tu seras mieux à côté de moi. » Il ajouta : « Prends exemple sur Suzanne », quoi Suzanne, eh bien Suzanne, oui, après une vie entière passée au Chandoiseau, vendait ses terres, parfaitement, le directeur de l'hypermarché était sur le coup, la vieille dame achèterait bientôt une caravane pour suivre sa fille dans ses tournées et s'occuper de ses petits-enfants. C'était la seule option raisonnable à cet âge, Charly insista, *raisonnable à son âge*, ainsi la ville en tout point lui semblait plus adaptée, de toute façon les campagnes étaient fichues, rétrécies, déboisées, goudronnées, plombées, la preuve : Jo bientôt serait encerclée par un parking. Elle avait combattu, bravo, et elle avait perdu, il fallait désormais déplacer le champ de bataille au cœur de la cité.

— Tu ne veux pas que je vende la ferme, tout de même ?

— C'est juste un lieu, maman…

— Qu'est-ce que tu es devenu, Charly ?

À cet instant le jeune Picassiette aurait voulu avoir la mère de Maupassant, à moitié folle, certes, mais tellement admirative, une groupie prête à suivre au bout du monde son fils prodigue, il se serait même contenté de la mère de Camus, pauvre et têtue comme la sienne mais également sourde et muette – ça lui aurait fait des vacances. Jo Picassiette avait toutes ses facultés et la tête très dure, il faudrait donc faire son bonheur malgré elle. La voix de Charly s'adoucit encore : l'aide d'Ari, dit-il, n'aurait qu'un temps. Seule, Jo ne pourrait pas tenir le coup avec les animaux, le potager, le verger, en tout cas pas longtemps, et à quel prix ? Charly ne laisserait pas sa mère se tuer à la tâche comme son père, d'ailleurs depuis son décès, cette ferme était en partie la sienne, il en avait hérité. On ne pouvait plus balayer son avis d'un revers de main, ajouta-t-il d'un ton que la Bogue n'avait jamais entendu, il n'était plus un enfant.

Son vrai fils était mort et le soleil se levait encore. Avant, quand Jo imaginait ce qu'il adviendrait si son Charly mourait – parce qu'elle y avait déjà pensé, bien sûr, les mères y pensent toujours –, quand elle y pensait, donc, Jo voyait sur elle descendre une nuit éternelle. Le pire était arrivé : Charly n'existait plus. Il n'était pas mort comme le bébé-oiseau, en un battement de cils, sans prévenir personne. Il avait disparu lentement, geste après geste, un mot après l'autre, sous lui un inconnu aux cheveux pointus avait poussé, qui prenait des taxis et mangeait des pancakes, et n'aimait plus la campagne, et l'avait dévoré. À sa place maintenant le faux jeton gesticulait, un fils en toc qui voulait arracher Jo à sa ferme, au seul endroit où elle s'était jamais sentie bien, pour la jeter en ville dans une cage à lapins baignée de gaz d'échappement. Une loge ! Comme si la Bogue n'avait pas assez servi, par le passé ! Le vrai Charly n'aurait jamais proposé cela. Le vrai Charly prenait soin. Il n'aurait jamais dit toutes ces choses menaçantes qui lui faisaient mal, si mal qu'elle était allée cogner sa tête contre le vieux saule, serrer son tronc, se coucher entre ses racines comme lorsqu'elle était enfant et qu'elle souffrait sans personne pour la consoler, alors Jo s'était rendue à l'évidence : de nouveau, elle n'avait plus personne. Elle n'avait plus personne, sauf ses arbres, sa terre, sauf ses animaux et puis son petit bonhomme dans les bottes jaunes. Son vrai fils était mort mais le soleil se levait encore.

Les journalistes arrivèrent au village le jour de la première averse. Ils cherchaient à savoir d'où sortait le jeune génie des lettres qui, avec son histoire de paysans remontés à bloc contre l'hypermarché local, s'était inopinément invité au banquet de la rentrée littéraire, et avait tout mangé. Ils souhaitaient découvrir quelle forêt sombre, quelles douces collines, quel somptueux nid avaient fait éclore son *chant époustouflant, ce cri d'amour à la fois déchirant et drôle devant la beauté d'un monde rural en lutte désespérée pour sa survie*, fermez les guillemets. Surtout, ils voulaient voir en vrai la tête des culs-terreux dont la révolte ressuscitait à elle seule ou presque un marché du livre moribond, et la jeter au public. Ils enquêtèrent, donc. On vit leurs parapluies partout, dans la rue, dans les champs, à la médiathèque et même à l'intérieur du collège où ledit génie avait usé ses fonds de culotte, ce qui eut pour effet de déranger tout le monde, en particulier madame Zambard qui avait prévu interro de grammaire et détestait qu'on perturbe le cours. Les parapluies battirent en retraite et attendirent l'enseignante à la sortie de l'établissement, puis devant chez elle, enfin ils firent sonner son portable jusqu'à ce que, rageusement, elle le coupât. Pour se relaxer, une petite méditation ne serait pas du luxe.

La pluie maintenant avait cessé. Les toits reluisaient. Yvonne Zambard ouvrit la baie vitrée, disposa les bols tibétains devant elle et exécuta une gracieuse salutation au soleil pile au moment où les voitures des journalistes démarrèrent dans un bruit exécrable.

— Bon vent, murmura-t-elle en s'asseyant façon lotus sur son tapis.

Elle qui avait choisi le Chandoiseau pour son calme repensa soudain au village de Flaubert, en bord de Seine, visité avec les élèves l'an passé. Trois classes de boutonneux plus les cars de touristes, on n'entendait même plus les oiseaux chanter. Yvonne Zambard chassa ce triste souvenir, mais Nohant surgit alors dans son esprit. Nohant ! Le patelin de George Sand, 456 habitants, 35 000 visiteurs chaque année ! Et Saint-Sauveur, et Combo-les-Bains, chez Colette, chez Rostand, tous ces havres de paix désormais arpentés par des hordes bruyantes et court-vêtues, seulement différenciées des touristes lambda par la présence de lunettes à triple foyer et du Guide Vert calé sous l'aisselle ! Oh, tous ces hameaux bouleversés par la notoriété d'un des leurs ! Cet affreux saccage du silence si propice aux œuvres magistrales et aux postures yogiques ! Le Chandoiseau ne méritait pas ça, déplora la Zambard quand une odeur de merguez grillée finit de parasiter sa pleine conscience. Elle replia son tapis de méditation et jeta un coup d'œil par la fenêtre : trois inconnus campaient devant chez Jo.

Il y en eut bientôt six, puis dix, douze, vingt, on arrêta de compter. Des curieux, des gens du cru, d'autres qui n'étaient même pas de la région. Des lecteurs. Des tas de lecteurs. Tout le monde voulait voir en vrai l'étrange ferme et sa propriétaire, l'héroïne du bouquin, la mère de l'auteur, l'amie des bêtes et des fleurs, l'Apache qui causait aux arbres et connaissait toutes les plantes, la récalcitrante en chef qui tenait tête à la grande distribution, au monde comme il allait, celle qui refusait de vendre, celle qui ne pliait pas, la guerrière minuscule mais tenace prête à tout pour continuer à vivre de presque rien sans dépendre de personne, cette fameuse *Bogue* en qui le peuple de France se reconnaissait au point qu'on avait vu fleurir ici et là, lors des rituelles manifestations et grèves de l'automne, des banderoles floquées d'une châtaigne – tout le monde voulait la voir, mais nul ne la voyait. Rideaux tirés. Jo se barricadait depuis le dernier coup pendable de son fils.

Il était revenu à l'assaut avec son histoire de loge. Pire : il avait demandé au notaire d'évaluer le prix de la ferme, au cas où on déciderait de s'en séparer. Quelle activité humaine autre que la parentalité offrait à ceux qui l'exerçaient l'opportunité de ressentir avec cette pureté, avec cette intensité, le sentiment absolu de l'échec ? Aucune, et Jo en faisait l'amère expérience. Elle le sentait, son fils n'aurait aucune pitié. Il la déménagerait de force, oui, comme il lui avait volé *Sagesses Indiennes* il lui volerait tout le reste, sa ferme, ses arbres, ses animaux. Ses terres finiraient comme celles de Suzanne, et comme celles des plus anciens encore : divisées, pillées, meurtries, bétonnées pour faire des routes et des magasins.

Les nuits de la Bogue étaient mitées par l'angoisse. Ses jours n'étaient pas plus sereins : dès le matin, des gens zonaient devant chez elle, ils fixaient sa maison, certains prenaient des photos. Cette incompréhensible foule lui collait des sueurs froides. Sûr qu'il y avait là-dedans des sbires à la solde du notaire, ou des acheteurs avides de faire main basse sur sa ferme. À qui pouvait-on se fier ? Elle décida de ne plus ouvrir sa porte à personne, coupa le fil du téléphone. Par la chatière, Mademoiselle Sophie tenta de la convaincre que son rejeton était devenu une vedette et elle-même une sorte de phénomène de société. Sur la fiche que la bibliothécaire lui fit passer, *Notoriété des Picassiette*, Jo put lire qu'elle inspirait les écologistes, les véganes, les animalistes, les décroissants, les néo-ruraux, les partisans des transports doux, les adeptes de la permaculture et du retour à la terre, les autonomes, les insoumis de tous bords, les défenseurs de la relocalisation économique, ceux des terres arables et de l'herboristerie libre, les planteurs de semences anciennes, les casseurs de pub et tout un tas d'autres olibrius dont elle ignorait l'existence. Son tablier à fleurs avait fait la une du *Elle*. La Bogue n'en crut pas un traître mot et réclama sa carabine, en vain. Après quoi elle ne sortit plus que pour nourrir les bêtes, et encore, en quatrième vitesse, le foin poussé vite fait sous le museau de Marguerite, les grains balancés aux poules et retour au bercail en courant, néanmoins jamais assez vite, on tentait systématiquement de l'interviewer, pour décourager elle envoyait quelques pierres. La Perchée jetait par-dessus la barrière des regards désespérés mais sa maîtresse ne venait plus bavarder. Jo se terrait. À peine sut-elle que *La Révolte*, de Charles Picassiette aux Éditions Saint-Morize, s'était hissée dans les premières sélections de tous les grands prix littéraires. Quand, après une chronique télévisuelle particulièrement élogieuse, les curieux plus nombreux encore envahirent son pré, la Bogue s'enfuit de la ferme par la porte de derrière et se réfugia dans le bois.

Elle avait besoin des arbres, des racines et du lac qui, soit dit en passant, remuait comme jamais. Elle avait l'impression d'être traquée, et en plus il pleuvait. Jo ramassa quelques pommes de pin et s'installa au pied du grand noyer ; le feu prit tout de suite. Seule la nature, finalement, te gratifiait pour ta peine. Les arbres, le vent, les poules jamais ne trahissaient, surtout les poules, ce n'était pas comme les voisines, comme les enfants, elles ne déménageaient jamais, les poules, elles ne vendaient pas, il n'y avait pas plus fidèles, plus loyales que ces bêtes-là. Que deviendraient-elles, d'ailleurs, dans une loge de concierge ? Jo s'imagina engeôlée entre quatre murs, crevant d'ennui, la Perchée en clandestine cachée dans l'armoire normande, les virées au supermarché pour l'approvisionner en blé… Oui, au supermarché, parce qu'on les trouve où, les grains, en ville, où donc ? La Bogue ferma les yeux. Elle vit les caddies grinçants sous les néons, les rayons dégueulant de produits colorés, les gondoles grimpant vers le ciel comme des fleurs vénéneuses. L'existence s'ingéniait souvent, et sans autre raison connue qu'une stupéfiante perversité, à mener ses troupes pile là où elles refusaient d'aller.

Le lac argumentait : des bulles se formaient à la surface. Jo s'approcha pour mieux l'entendre. Il entra en elle à ce moment précis, le parfum merveilleux, sève, air, feuilles, pourriture et humus réveillés par l'averse, l'effluve magique d'après la pluie, l'odeur du sang de la terre, alors elle respira profondément, et encore, et encore, tout l'univers dans ses narines – le souffle du Grand Esprit dont causaient les Apaches, elle le sentait à son tour. Les choses, pensa-t-elle soudain, ne se passeraient pas comme il était écrit. Elle n'irait pas s'enfermer en ville dans une cage à lapins, non, jamais de la vie, elle ne laisserait personne l'assassiner à feu doux. Elle resterait ici, sur sa terre, dans sa terre même, ensevelie une bonne fois pour toutes sous le noyer, sans cercueil ni rien du tout, à la rigueur emballée dans la nappe et on n'en parlerait plus. Pour lui faire plaisir, on n'aurait qu'à mettre les bottes du petit avec elle dans le trou.

Ragaillardie, la Bogue se leva d'un bond, caressa le tronc du noyer, salua le lac et rentra fissa à la ferme pour se pendre – preuve s'il en fallait encore que l'immersion dans la nature, mieux que n'importe quelle pilule chimique, sait dessiner dans les âmes les plus moroses des perspectives inédites, sans aucunement grever les finances de la Sécurité sociale.

Quand Jo déboula dans sa cuisine, le petit bonhomme jouait au tambourin avec une casserole et semblait considérer cette activité, somme toute assez basique, comme la plus amusante jamais testée. La Bogue lui caressa la joue, ouvrit les placards, fila dans la grange, puis dans l'étable, revint, tourna en rond – où avait-elle rangé cette fichue corde ? Une heure plus tard, enfin, tout était prêt : les rênes de feu la mule Anatole pendaient à la grosse poutre, la chaise attendait bravement juste en dessous et la vaisselle était rangée. Le gosse ne riait plus du tout. Était-ce sa moue boudeuse, son menton mignon rentré dans le cou tout chaud ? La détermination de Jo en fut quelque peu entamée, après tout on pouvait bien attendre pour mourir de boire une dernière infusion, peut-être même deux, allons donc Jo, trêve d'attendrissement, du cran, de la volonté, bientôt on ne ferait plus qu'un avec la bonne terre du Chandoiseau, elle envoya le gosse jouer dans sa chambre, grimpa sur la chaise, se passa la corde au cou et, de ce promontoire, remarqua alors le livre glissé par la chatière.

Orange, épais, avec la belle tête empanachée de Geronimo sur la couverture, c'était lui, c'était bien lui, *Sagesses Indiennes* ! Le même bouquin que celui qu'elle avait tant lu jadis, à peu de chose près, le papier plus rigide sous les doigts, bien moins usé aussi, mais le texte, les phrases comme des formules magiques, la vérité vraie, chaque mot planté au bon endroit, avait-il changé, le texte ?

Les arbres parlent, croyez-le. Ils se parlent entre eux et ils vous parleront si vous écoutez, comme le ciel, l'obscurité, les bêtes et les vents.

Le texte n'avait pas bougé d'un iota ! Jo se versa une tasse de thé et finit la première page avec ravissement.

Quand, vers la toute fin de l'après-midi, le dieu Soleil darda ses rayons bienveillants quoique obliques sur la campagne, Mademoiselle Sophie quitta la médiathèque, rejoignit le village d'un bon pas, remarqua deux caméras plantées dans le verger de Jo, traversa son potager et frappa à sa porte, bien décidée à constater sur pièce l'effet bénéfique du livre déniché de haute lutte chez un bouquiniste bien achalandé. La Bogue mâchait un bâton de réglisse, assise par terre face à la cheminée qui crachait un feu d'enfer. Pendus au portemanteau, les voilages décrochés de leur tringle formaient au-dessus d'elle une sorte de bienveillante moustiquaire. Elle avait relu *Sagesses Indiennes* en entier.

— On dirait que ça va mieux, madame Picassiette ! Vous vous êtes maquillée ?

— *L'homme qui s'est assis par terre dans son tipi pour méditer sur le sens de la vie et a su reconnaître une filiation commune à toutes les créatures de l'univers, cet homme-là a infusé à son être l'essence même de l'humanité*, répondit Jo, avant d'ajouter : Pépite ! Où est ma carabine ?

Sophie se demanda si la Bogue allait mieux, finalement. Elle-même n'était pas au meilleur de sa forme : la direction de l'action culturelle venait de lui renvoyer à la figure son programme prévisionnel d'animations littéraires au prétexte que les primo-romanciers qu'elle appelait de ses vœux ne draineraient pas, c'était couru d'avance, un public suffisant pour justifier la dépense.

— La carabine est rangée à sa place, Jo, comme je vous l'ai déjà dit dix fois, répondit Sophie en sortant la pétoire de la huche à pain.

Jo leva les bras au ciel : que les papooses, de nos jours, étaient ignorants ! Sophie, comme tant d'autres, avait tout appris dans les bouquins, ceux de l'école, ceux des bibliothèques, ceux des librairies, papier, papier, papier, et voilà le résultat : infoutue de différencier une cache d'arme d'une huche à pain ! On pouvait le parier, cette fille-là n'était pas fichue non plus d'allumer un feu sous l'averse, de reconnaître une fausse morille d'une vraie ou même de pêcher sa nourriture – immense vacuité des livres, on ne trouvait rien d'utile dedans. D'ailleurs, quelle était leur espérance de vie en conditions réelles ? Prenons, je ne sais pas, au hasard, *Critique de la raison pure*, ou même le *Manuel des castors juniors*, arrachons-le de la douillette bibliothèque où ce feignant se prélasse et jetons-le en pleine nature. Insectes, vent, pluie, neige, que restera-t-il de lui après, allez, cinq toutes petites semaines ? Rien, nada, peau de bique. CQFD.

— Pourquoi le canon du fusil est-il aussi long ? demanda Sophie.

— Pour y ranger son parapluie. Rendez-moi ça, ce n'est pas un jouet.

— Très drôle. Vous pourriez me dire merci, pour *Sagesses Indiennes*.

— On dira que c'est le tarif de ma déchiqueteuse.

— Vous êtes vraiment un ours, parfois. Et mal léché, en plus vous avez une grosse trace de rouge à lèvres sur la joue.

Son fils, Jo avait tenté de l'éduquer à l'université des collines et des ruisseaux, mais l'imprimé avait gagné. Charly se fichait de la ferme, il préférait cent fois l'écrire plutôt que l'habiter.

— Ma carabine, donnez-la-moi plus vite que ça. Vous ne sauriez pas l'utiliser, de toute façon. Vous n'êtes qu'une intellec…

— Ne prononcez pas ce mot, vieille bique.

Sophie s'avançait vers Jo de manière assez menaçante, carabine à la main :

— Ne répétez plus jamais ça, vous ignorez totalement de quoi vous parlez.

— Baissez cette…

— Tssss ! Ouvrez grand vos oreilles, Picassiette. Vous croyez sans doute que les bibliothécaires passent leur temps à bouquiner, n'est-ce pas ? Qu'elles feuillettent à longueur de journée, bien calées dans leur fauteuil ? Eh bien pas du tout ! Sachez que notre quotidien est fait d'une multiplicité de travaux manuels nécessitant une minutie, une ingéniosité et une dextérité dont vous n'avez même pas idée.

— Pff…

— Laissez-moi parler, sale carne. Savez-vous seulement massicoter du papier bible sans déchirer une seule feuille ni grincer des dents ? Et rénover un dictionnaire franco-espagnol tombé dans les cactus, à la pince à épiler ? Non ? Eh bien ça ne m'étonne pas.

— Je suis capable de vider une truite de quatre kilos les yeux fermés, espèce de godiche prétentieuse.

— Taisez-vous ! hurla la bibliothécaire qui roulait des yeux déments. Vous pensez certainement qu'on attire le jeune public en bibliothèque juste avec des livres ? Vous vous trompez, et pas qu'un peu ! Il faut de l'esbroufe, parfaitement, de la déco, des banderoles, des marque-pages manga, des marionnettes à doigts pour les bébés lecteurs, des affiches en relief pour les nouveautés, et qui les fabrique avec un budget ridicule, à votre avis ? C'est bibi, parfaitement ! Vous est-il déjà arrivé dans votre vie de bouseuse de monter une exposition sur *Harry Potter*, Jo ? Avec vos gros doigts gourds, avez-vous déjà bricolé une baguette magique rien qu'avec du papier crépon et un rouleau de scotch ?

— Je… Enfin… Non, ça non.

— Alors bouclez-la et venez plutôt regarder dehors, ordonna Sophie en pivotant brusquement vers la fenêtre. Le grand gourou de la littérature cathodique se fait filmer devant chez vous.

— Qui ça ? Connais pas.

— Mais si, enfin, faites un effort, tempêta la bibliothécaire dont l'arme pointée vers le portail tanguait dangereusement. Chaque jeudi, une émission de télé, très suivie… Trop suivie. Vous avez vu la tête du présentateur ?

Jo distinguait une cascade de cheveux blonds tombant sur de larges épaules.

— On croirait une perruque tellement ils brillent, n'est-ce pas ? Et vous n'avez pas vu ses yeux, verts, mais verts ! Si ce type-là conseille un bouquin face caméra, dès le lendemain ses ventes explosent, à la médiathèque nos abonnés ne demandent plus que lui, même les hommes ! Plus personne ne veut lire mes favoris à moi, mes pépites, mes pauvres trésors… À cause de ce type… Mériterait qu'on lui arrange le portrait…

Jo remonta un peu le canon de la carabine :

— Si vous voulez l'effrayer, visez juste au-dessus du scalp.

— Des lapins ! Ils ont détalé comme des lapins !

Mademoiselle Sophie n'avait pas ri comme ça depuis un bail. Jo lui arracha la carabine des mains (il fallait se méfier de l'addiction, surtout chez les débutants) et fila voir ses poules.

Elle les avait beaucoup délaissées, ces derniers temps. Devant l'enclos, la culpabilité l'assaillit. Il régnait derrière le grillage une atmosphère de fin du monde. Les gallinacées se terraient dans les coins, leurs poussins cachés sous les ailes. Certaines erraient sans but, l'œil vague et le cul pelé. Leurs plumes tombaient par dizaines depuis que de terribles rumeurs étaient arrivées jusqu'à elles : la vieille Suzanne vendait, d'abord ; qu'allaient devenir ses chats ? Ce n'est pas qu'on s'inquiétait pour eux, pas du tout, entre le peuple des poules et celui des poilus une inimitié tenace avait traversé les siècles, mais une fois rendus à la vie sauvage, comment se nourriraient les félins ? Déjà ils rôdaient, on craignait une attaque. Pis : le petit Charly, que chaque bête ici avait vu grandir, pour le régal duquel les meilleures pondeuses avaient sacrifié leurs plus beaux œufs, cet ingrat poussait sa mère à déménager en ville. La Perchée ne se faisait aucune illusion, ça sentait le roussi. Aussi fut-elle heureusement surprise lorsqu'elle vit Jo entrer dans le poulailler et en étreindre chaque membre longuement, comme jadis le grand chef Opchanacanough avant le siège de Fort James, à peu de chose près.

La Bogue avait déterré la hache de guerre.

Une fois encore, la pensée apache l'avait dessillée : si elle devait perdre la vie, ce serait en luttant, oui, en luttant pour sa ferme, pour son bout de terre sauvage ! Contre les hypermarchés tentaculaires, contre les monstrueux ronds-points et l'armée de panneaux publicitaires, contre les envahissants parkings et les fils ingrats, mère nature avait plus que jamais besoin de combattants et Jo ne la laisserait pas tomber, oh que non ! Elle défendrait sa position coûte que coûte, quoi qu'en pensait cet inconnu qui se faisait appeler Charles. C'est qu'elle avait d'autres enfants à protéger, des rejetons qu'elle avait soignés de ses propres mains, enlevant ici une chenille, là une tique, rajoutant de l'engrais aux uns et du grain aux autres, une vraie famille nombreuse dont elle connaissait chaque membre par son nom et qui avait besoin d'elle.

— Comme disait Geronimo, un guerrier n'est pas ce que l'on croit trop souvent, quelqu'un qui bataille pour prendre la vie des autres, non, c'est quelqu'un… c'est quelqu'un…

Était-ce vraiment le moment d'avoir un trou de mémoire ? La Bogue extrait *Sagesses Indiennes* de la poche de son tablier et reprit à voix haute :

— *Un guerrier est quelqu'un qui se sacrifie pour le bien-être d'autrui. Sa mission sur terre est de protéger ceux qui ne peuvent prendre soin d'eux-mêmes, ceux qui sont vulnérables et en danger…*

Les poules fixaient Jo, hébétées. Elle referma le bouquin :

— Vous, quoi ! C'est pourtant clair ! C'est vous que je vais défendre ! Les animaux, les fleurs aussi, les arbres, les insectes, tous les habitants de la ferme, même la chenille processionnaire et la femelle moustique, on fait tous partie de la même famille, alors pas de panique, les poulettes : maman est là, et elle ne laissera personne s'en prendre à ses petits.

Sur ce, Jo ramassa trois plumes et les planta dans son chignon.

En deux coups de feu, la ferme Picassiette avait retrouvé son calme habituel. Les curieux l'admiraient désormais de plus loin, certains lecteurs s'égayaient dans le village et aux alentours, à la recherche des autres hauts lieux de *La Révolte* : le fameux hypermarché qui vingt ans plus tôt avait mis le feu aux poudres, la si jolie rivière qui, à l'époque, sinuait à sa place, le champ de bataille où les uns et les autres s'empoignèrent, la maison du fameux Baragouin qui, en patois local, galvanisa son armée bovine et fit la nique aux forces de l'ordre etc., etc. Le week-end, il y avait un monde fou. Sophie revint chez Jo désherber. C'était l'été indien. Doucement, la grange se rétablissait. L'effondrement jugulé, des lambourdes neuves furent posées. Ari s'attelait à la tâche plusieurs fois par semaine, une heure ou deux, après quoi il disparaissait dans le pigeonnier, fuyant dans les vapeurs du chalumeau ses ennuis d'agent polyvalent père de famille nombreuse. Au monceau de désagréments quotidiens (essence trop chère, épouse belliqueuse, camion à l'embrayage capricieux, enfants nombreux et agités ignorant totalement le point mort, fauteuil roulant de la benjamine à changer, 2 000 euros remboursés 900), à l'ordinaire grisaille de la vie, donc, venait s'ajouter l'odieux pamphlet du jeune Picassiette qui le ridiculisait dans la France entière en le comparant fielleusement à un insecte coprophage. Au boulot, on l'appelait Ari Lebousier. L'homme blessé se réfugiait à l'ombre de ses fleurs démesurées, martelait, ponçait, soudait ; les pétales de métal s'assemblaient sous ses doigts et ses idées noires fondaient comme l'acier chaud. Ses enfants, parfois, lui tenaient compagnie au pigeonnier. Les aînés se castagnaient au milieu des boulons, la petite chantait à tue-tête d'épouvantables rengaines à la mode dans les cours de récréation, tournoyait dans son fauteuil grinçant tel un joyeux petit derviche et puis pilait – vingt minutes de silence religieux à enfiler des rondelles plates sur un tournevis, tête baissée, très concentrée, le bout de la langue entre les lèvres, sans transition elle en avait sa claque, envoyait tout valser. C'était une île, cette gamine, une île tropicale : le grand bleu et puis l'orage, en un clin d'œil toutes les saisons. Du masque de soudeur dépassait son menton rond de bébé. Elle tentait parfois de natter la barbe du père pendant qu'il bricolait. Ari aurait pu passer sa vie entière à la regarder. Il la dessinait, de temps en temps, et puis il allait glisser le croquis sur le pare-brise du toubib criminel qui avait saccagé sa merveille.

De temps en temps, du haut de son échelle, Ari apercevait Jo par la fenêtre. La Picassiette arpentait son verger en long et en large, passant de l'étable au poulailler d'un pas martial, sabrant dans l'air d'invisibles adversaires. Elle agitait parfois une sorte de bâton qui, de loin, ressemblait à un arc. Elle parlait toute seule et semblait tenir la main d'une ombre. Elle n'avait plus d'enfant, elle. Si elle n'avait pas été cette odieuse raclure de bidet, cette affreuse mégère acariâtre qui lui pourrissait la vie depuis des années, Jo aurait fait un peu de peine à Ari. Mais l'empathie désertait le pigeonnier dès que la Bogue y passait une tête.

— Où est-ce que tu trouves toutes tes ferrailles, babouin ?

— De quoi je me mêle ?

— Et ça là, le petit truc, c'est quoi encore c't'horreur ?

— T'es de la police ?

Jo plissa les yeux. Le « petit truc » était une sorte d'oisillon fantastique pas plus haut qu'un doigt, un ravissant colibri qu'on n'aurait pas été surpris de voir s'envoler s'il n'avait pas été, à bien y regarder, qu'un assemblage délicat de minuscules chutes de métal brillant de mille feux.

— Tu te prends pour un bijoutier, abruti ?

— Maintenant que tu l'as touché avec tes grosses pattes de panda, t'as qu'à le garder, ça décorera un peu ta grotte.

— Remballe tes insultes, postillonna la Bogue en empochant l'oiseau. Ou tu vas tâter de ma carabine, toi aussi…

En bref

Sport cynégétique

Comme nous l'annonçions dans notre édition de la semaine dernière, la saison de la chasse est ouverte. La Préfecture rappelle néanmoins que le tir, à une distance inférieure à la portée de fusil, en direction des routes, habitations, lieux de vie et de passage, est strictement interdit.

Tourisme

« Le village du Chandoiseau dans les arts et les lettres » : c'est le thème de la nouvelle visite guidée de plein air proposée chaque samedi par l'Office de Tourisme du Pays Préfleurien.

RDV à 10 heures place de la Mairie (prévoir un gilet de sécurité fluorescent).

Charly eut vent des coups de carabine portés contre la noble confrérie des journalistes, qui ne faisait que son travail et encensait son livre depuis des semaines. Était-ce ainsi qu'on les remerciait ? demanda-t-il, dépité, à son ensorcelante attachée de presse, laquelle savait si bien le requinquer et, il en eut le cœur net ce jour-là, portait rarement de culotte. Pour évaluer l'état de santé mental de sa vieille mère, il mandata le médecin qui fut très mal reçu, constata que la patiente Picassiette parlait aux bêtes, forçait sur le fard à joues, dormait avec sa carabine et mangeait n'importe comment – rien de nouveau ni même d'affolant, à ce compte-là il faudrait enfermer tout le village, mais bon, si on y tenait, peut-être une certaine paranoïa… Ne pouvant joindre sa mère par les moyens que la modernité mettait à sa disposition (pas d'Internet, plus de téléphone, le Moyen Âge), Charly lui écrivit. La vérité, c'est ainsi que commençait sa missive après les salutations filiales d'usage, la vérité, donc, c'est que Jo n'était plus capable de vivre seule. Pire : la solitude l'avait rendue dingue, comme elle avait failli le rendre dingue, lui, durant son enfance, heureusement l'école l'avait sauvé, l'école et les livres bien sûr et gna-gna-gna, s'ensuivait l'exhumation de dossiers totalement obsolètes, de reproches aiguisés par les ans et d'accusations inédites (désocialisation, carence grave en protéines animales, couverture vaccinale désastreuse, misère intellectuelle, chantage affectif), tout un tas de piques aberrantes venues du fond des âges qui transpercèrent Jo comme des… L'évidence soudain lui sauta aux yeux : Charly était *devenu* le hérisson de son affiche publicitaire ! Il n'y avait pas que sa coupe de cheveux qui avait muté, non, l'intérieur du cerveau était également touché.

La vieille Suzanne l'avait prévenue : quand les cheveux de l'enfant commencent à se dresser, c'est signe que la tempête se lève.

Chaque mot de la lettre poignarda Jo. Elle qui avait tenu à élever son enfant dans la plus pure authenticité indienne, loin des faux-semblants des hommes et des mirages de la société de consommation, trouva ce déferlement de griefs un peu fort de café. Le passage sur la solitude l'indigna tout à fait. Comment Charly pouvait-il s'en plaindre quand il avait grandi entouré des bêtes et des plantes, en osmose totale avec le petit peuple de la ferme ?

Jo médita longtemps sur la meule, au clair de lune, enfin la lumière se fit dans son esprit : comme disait le grand chef apache, une offense toujours devait être réparée, et bien comme il faut.

— Dites donc le rat de bibliothèque, vous sauriez écrire, aussi ? Une vraie lettre, hein, bien tournée, sinon je ferai ça très bien toute seule.

Sophie stoppa la broyeuse, intriguée.

— Vous auriez *besoin* de moi, madame Picassiette ?

Ainsi la jeune médiathécaire, délaissant sa déchiqueteuse pour un stylo plus conventionnel, rédigea-t-elle la réponse au fils, réponse qui fut aussitôt envoyée au journal du soir dont le reporter avait courageusement déposé sa carte de visite sur le paillasson. L'article fut titré : « Ma vérité, par la Bogue », et abondamment partagé sur les réseaux sociaux. Il en ressortait que Charly-Gérald-Louis Picassiette était depuis toujours un enfant affabulateur et assez constipé dont seules les plantes avaient soulagé le transit, qu'il tentait actuellement d'exproprier sa propre mère et que par ailleurs – c'était digne d'être rappelé – la vigne vierge possédait un feuillage caduc qui jamais sur la planète Terre ne survit jusqu'à Noël. Très inspirée, Sophie ajouta un post-scriptum prompt à scandaliser les lecteurs de *La Révolte* : l'hypermarché désormais haï par la France entière étendrait bientôt son parking au détriment des champs, bétonnant des terres certainement mal acquises par la ruse auprès d'une personne âgée vulnérable. Le conseil régional, qui préparait une vaste campagne de communication sur le tourisme vert, s'émut de ces révélations et pria Ernesto Maillard, directeur, de juguler sa folie des grandeurs. Afin de s'assurer que le message était bien passé, quelques activistes écolos plantèrent leur tente sur la colline du Chandoiseau et la déclarèrent Zone à Défendre. Pour fêter leur installation, ils firent cuire des saucisses au feu de bois, et aussi quelques pneus. Les zadistes, constata Jo, ressemblaient assez aux hippies d'antan, en plus poilus encore, et plus habillés.

La Bogue pensait donc être tranquille pour un bon bout de temps quand monsieur le maire passa une tête de l'autre côté du mur, et ce n'était pas celle des bons jours.

— Ah. Jo. Vous. Voilà.

La fluidité n'y était pas encore, mais il fallait reconnaître que les leçons du perroquet portaient leurs fruits : après des années sans émettre un seul son, Saturnin Fabre parlait. Les mots sortaient de sa bouche en lente file saccadée, on devinait que le grand homme aurait volontiers accéléré la cadence, il arborait cet air hautain des myopes quand ils sont contrariés.

— J'ai une. Très. Mauvaise nouvelle.

C'est Saint-Morize, heureux éditeur d'un best-seller inattendu, qui finalement se portait acquéreur des terres de la Suzanne. Il comptait y bâtir une résidence d'auteurs, une sorte de Villa Médicis aux champs, un complexe mégalomaniaque de haute qualité environnementale qui accueillerait en ses murs, pour une durée de quatre mois renouvelable, des gratte-papier venus de tous les coins de l'Hexagone écrire leurs livres au calme avec vue sur la campagne. Pour construire la chose il faudrait, bien sûr, remblayer une partie du lac qui incommodait tout le monde avec ses fumées intempestives, la région avait donné sa bénédiction et promis des subventions.

— Ce Morize. Est un. Véritable. Criminel. Il a. Toujours. Détesté. Le lac.

Saturnin Fabre, qui tenait le bassin du Préfleuri pour une merveille de la nature et tutoyait chaque caillou de ses rives, écumait de fureur.

— Il est dangereux, le lac, marmonna le jeune Nelson, à qui on n'avait rien demandé.

— Qu'est-ce que tu trafiques encore là, morpion ?

— Monsieur Fabre m'héberge. En échange, je lui fais travailler sa prononciation, et un peu de ménage.

Jo fit taire le gamin, l'heure était grave. Les lacs étaient les yeux du monde, tout Indien digne de ce nom le savait, et les abîmer, une offense majeure à la Terre-Mère ; il vint à l'esprit de la Bogue tout un tas d'idées propres à faire échouer ce projet dément de résidence littéraire, la première d'entre elles consistant à pendre l'éditeur avec ses tripes, cependant monsieur le maire prit une tout autre direction :

— Convoquons. Un conseil municipal. Extraordinaire. Ce soir. Vingt. Heures. Salle des fêtes.

Jo n'avait pas mis les pieds dans cet endroit depuis son mariage il y a un siècle, d'ailleurs personne ou presque ne fréquentait les conseils municipaux chandoisiens dont on avait oublié depuis belle lurette à quoi ils servaient, mais elle convint que pour toute entreprise d'envergure, surtout en cas de danger imminent, un guerrier apache ne pouvait pas compter que sur lui-même, alors elle accrocha sa carabine en bandoulière, glissa la Perchée dans la poche de son tablier et, à vingt heures moins deux minutes, poussa la porte de la salle communale. Il n'y avait plus un seul siège de libre.

Ce n'était pas le calme joyeux des baptêmes, ni la torpeur des enterrements de vieux. Un silence nerveux pesait sur l'assemblée. Quelle comète allait encore tomber sur le village ?

Grimpé sur l'estrade, le maire exposa lentement le drame : l'Homme avec sa grande hache s'apprêtait une fois encore à défigurer la nature. Au terme d'un siècle d'efforts remarquables, il avait déjà réussi à éradiquer la majorité des abeilles, des papillons mélibées, des dorcadions longicornes et des coléoptères pique-prune – Saturnin Fabre connaissait terriblement bien son sujet et sa diction, nom d'un chien !, sa diction fonctionnait au ralenti, les réunions passaient plus vite quand il était muet, en plus son histoire d'insectes en voie de disparition, dans l'assemblée on n'y croyait guère, chaque été les mouches venaient mourir en masse sur les spirales gluantes pendues au plafond des cuisines chandoisiennes, et puis quel était le rapport avec le lac, franchement, la salle des fêtes commençait à s'agiter, bruits de chaise, quintes de toux, monsieur le maire fusilla son public du regard et continua. Entre les pesticides et le dérèglement climatique, donc, les campagnes étaient menacées d'infertilité ; fruits et légumes souffraient, les bolets et les asperges sauvages, jadis abondants au creux de nos collines, se faisaient rares…

— Heureusement qu'il reste la mirabelle, remarqua Ari, assis au premier rang.

Tout le monde acquiesça bruyamment.

Oui bon mais quand même, reprit le maire dont les yeux lancèrent des éclairs, regardez l'Afrique, l'agonie des baobabs à cause de la sécheresse, on s'éloignait diablement du Chandoiseau mais pour mieux y revenir car voilà, chez nous c'était pareil, l'eau était indispensable aux arbres, aux insectes, aux hommes, à la vie enfin, autour de notre beau lac un biotope précieux grouillait, tout un monde, l'abeille charbonnière et la cordulie splendide, pour ainsi dire nos cousines, et puis sans le lac qui faisait office d'éponge, les pluies dévaleraient jusqu'au village et provoqueraient de terribles inondations, il fallait par conséquent le préserver à tout prix, faire fi de nos égoïsmes et, comme les mésanges se regroupent en hiver pour se protéger des prédateurs, clamer à l'unisson notre opposition à son bétonnage. Rendez-vous serait pris avec Saint-Morize, avec les élus du département et ceux de l'agglo, on escaladerait jusqu'au préfet si besoin, en attendant une bonne vieille manifestation devant le conseil régional ne ferait pas de mal.

— Qui. Est d'accord. Pour défiler ? demanda monsieur le maire à l'assemblée de ses concitoyens.

La salle des fêtes semblait plongée dans le coma.

— Moi, dit Jo en levant la main. Le faucon doit fondre sur l'ennemi du lac.

— Oh ça va, vous, brailla la femme d'Ari. Tout ça, c'est de votre faute ! À cause de votre fils, ma famille est traînée dans la boue ! Ma fille est traitée de meuble !

Comme si j'avais le temps d'épousseter qui que ce soit, en plus du reste !

— Depuis la publication de ce livre, le village est sens dessus dessous, ajouta la secrétaire de mairie, offusquée. L'autre jour il y avait encore deux journalistes derrière ma porte, et je ne parle pas de toutes les saletés par terre.

Baragouin enchérit et l'on finit par comprendre qu'il avait ce matin même trouvé un beatnik barbichu sentant le pneu cramé endormi dans son jardin.

Cette « Maison de la littérature » ne ferait qu'empirer les choses, monsieur le maire en était sûr comme 2 et 2 font 4, en somme c'était mathématique : au lieu d'un seul auteur local, on en aurait cinq ou six en résidence chaque année, ce qui multiplierait les ennuis d'autant. L'équation terrifia tous les villageois, sauf Ernesto Maillard, directeur de l'hyper et par là même expert en économie prospective.

— Ces écrivains, là, ils donneront des conférences sur leurs bouquins, il y aura des articles dans la presse, ça va booster le commerce et le tourisme, prophétisa le représentant local des forces vives de la nation. Qu'en dites-vous, madame Zambard, vous qui portez la littérature au pinacle ?

L'enseignante imagina des nuées de lecteurs tombant sur le village comme des sauterelles affamées, garés en double file dans la rue, sous ses fenêtres à l'heure du yoga, dans les chemins tranquilles et les prairies désertes où elle aimait poser son tapis de méditation, alors usa-t-elle de ce sens de la diplomatie aiguisé trente ans durant au fil d'interminables conseils de classe et de houleuses réunions parents-profs : l'idée d'inaugurer une

Maison de la littérature, dit-elle en allumant une cigarette, était excellente, mieux que cela même, épatante, jubilatoire, d'ailleurs ce beau projet s'inscrirait à merveille dans le village voisin, qui avait des champs inusités à ne plus savoir qu'en faire et, sauf erreur du GPS, strictement aucun touriste, oui le Chandoiseau était ainsi, généreux ; il partageait sans aucun regret la lumière subitement tombée sur lui.

La suggestion de l'enseignante fut accueillie par une forêt de mains levées : oui à la littérature, mais plus loin, et tandis que Grenouillet (23 âmes, 6 chèvres, de l'autre côté de la colline) bénéficierait à son tour des retombées du vedettariat, le Chandoiseau retrouverait l'anonymat avec soulagement. La veille encore, Charly Picassiette était passé à la télé, le journaliste aux cheveux d'or avait loué sa « magnifique ode aux losers » et cité le passage de la belle paraplégique au bois dormant. Les losers en question avaient drôlement apprécié.

— On aurait dû le lui faire bouffer, son livre, marmonna Baragouin.

— Il est truffé de mensonges, traduisit Jean-Pierre.

— Autobiographie mon cul ! se récria Bernard.

— Le présentateur a tout gobé, en plus il a des implants capillaires, remarqua la mère de la petite handicapée, qui était coiffeuse avant son congé parental.

— Manquerait plus qu'on nous retire la gamine avec ses conneries ! brama Ari.

— Ou qu'à force d'héberger des écrivains, on se retrouve encore dans un bouquin, susurra la professeure de lettres dans un inquiétant nuage de nicotine.

Une vague d'indignation souleva l'assemblée et les derniers récalcitrants levèrent la main. Le lendemain, dès l'aube, à l'heure où blanchit la campagne, le Chandoiseau partirait comme un seul homme à l'assaut du conseil régional pour réclamer la délocalisation de la future Maison de la littérature et qu'on lui fiche la paix une bonne fois pour toutes.

— Vous allez passer pour des ploucs opposés à la culture et à l'emploi, prévint une voix au fond de la salle au moment où chacun se levait pour partir.

Elle ajouta :

— Personne ne vous écoutera et le machin sera construit quand même, comme l'hypermarché il y a vingt-cinq ans. Ce n'est pas une pauvre manif' au conseil régional qu'il faut faire, c'est un coup d'éclat.

Et la voix s'y connaissait, en éclat : c'était celle d'Émail Diamant, la petite amie de Charly, lequel s'était suffisamment rapproché de son attachée de presse pour provoquer son départ brutal et son éternel ressentiment.

La jeune femme exposa son plan dans un silence absolu.

— Bonne idée ! beugla Ari en conclusion. À bas les chieurs d'encre ! Ils vont voir ce qu'il va leur servir, le bousier !

Un brouhaha d'enfer monta, le maire leva la séance. Les Chandoisiens maintenant étaient remontés comme des coucous, ils seraient peut-être même allés sur-le-champ cracher leur hargne à la figure de ceux par qui le malheur était arrivé si Jo ne s'était pas mise en travers de la porte, sa carabine chargée à l'épaule :

— Le premier qui s'avise d'enquiquiner mon fils… Celui-là aura affaire à moi.

L'assemblée se figea. Chacun repensait au bouquin de Charly, à toutes les pages consacrées à sa mère, ces chapitres entiers pleins d'elle et d'ironie, ces adjectifs traîtres, ces phrases à double fond, ses manies décrites dans le détail, tous ses défauts brossés à la peau de vache, et Ari dit à haute voix ce que tous pensaient très fort :

— T'es vraiment pas rancunière, la Bogue.

Jo referma le livre et s'allongea sur le sol. Elle voulait sentir la chaleur amicale du feu, entendre les bûches craquer et chanter le parquet sous son poids, le bavardage habituel de la ferme. Mais le plancher resta muet et elle eut froid. La maison ne répondait plus. Elle était vexée, blessée surtout, stupéfiée par les mots du fils, et à juste raison. De retour du conseil municipal, Jo avait ouvert le bouquin et les avait découverts, serrés, terribles, secs comme des feuilles mortes, les mots sciemment choisis par le gamin pour raconter la ferme. Ils décrivaient, ça oui, la cuisine, la grande table, la cheminée, les murs et leurs fresques, on voyait tout dans le détail, tout sauf l'essentiel : le caractère des uns et des autres, leur sensibilité. Leur vaillance. La chaise fidèle et bonne, la table accueillante, l'âtre rassurant, disparus ! Il n'y avait plus que des objets. Après tant d'années passées ensemble, le petit aurait pu – il aurait dû – écrire ce lien spécial entre la maison et ses habitants, les services rendus et l'usure mutuelle, cette vieille conversation silencieuse que d'autres auraient appelée amour et que Charly n'avait pas appelée du tout. Un herbier, voilà ce que le fils avait fait de la ferme et de son peuple : il les avait vidés de leur sève, accrochés côte à côte et décrits, idem pour le grand noyer, et les poules, et le lac, il avait tout asséché, Charly, y compris et surtout sa mère.

Un rocher, la mère. Solide et froide, ben voyons, et puis *âpre, fauve, pas commode, violente parfois*, il y en avait comme ça des chapitres entiers, des adjectifs en veux-tu en voilà, mais pas un seul mot sur cette douceur que Jo gardait serrée au fond d'elle et ne sortait que pour les oiseaux, les arbres et son fils, rien ou presque sur leur joie commune à boire le vent et à sauter les ruisseaux, sur le feu dans leurs veines quand ils dévalaient ensemble les collines, rien sur les sentiers noirs et les bottes jaunes, rien sur sa main à lui dans sa main à elle. *Une sauvage*, carrément. C'était faux mais c'était écrit et voilà Jo encagée, livrée aux réducteurs de tête ! Charly avait tranché dans le vif à la Jivaro, il avait désossé sa mère, jeté son âme aux serpents avec ses dents, sur cette carcasse aplati ses idées à lui, présenté au monde un pantin vêtu d'oripeaux qui lui ressemblait vaguement et c'est ce mensonge-là que gobaient les gens, c'est cette caricature qui survivrait, indélébile. *Déjà 100 000 lecteurs conquis*, lisait-on dans le journal. Bientôt la vraie Jo disparaîtrait, n'en resterait plus que la bogue dure et vide – alors son fils lui aurait vraiment tout pris.

Soirée exceptionnelle à la librairie « Page 1 »

Ce samedi dès 19 heures, en présence des élus, la librairie-presse-salon de thé-relais colis du Préfleuri aura le plaisir d'accueillir un enfant du pays, Charles Picassiette. Le jeune écrivain natif du Chandoiseau et placé, en ce moment, sous le feu nourri des projecteurs, dédicacera son ouvrage La Révolte *et répondra à toutes les questions du public lors d'une rencontre clôturée par un pot de l'amitié. Venez nombreux !*

On essaya d'abord de les refouler, en vain. Ils s'agglutinèrent à la porte d'entrée qui céda sous leur poids, alors il régna dans la librairie bondée une certaine confusion – cela fait cet effet quand les personnages d'un livre s'arrachent des pages qui les ont vus naître et s'invitent à la fête donnée en leur honneur, ce qui, Dieu merci, arrive assez rarement.

Sur un tapis de fougères censées évoquer la forêt chère à l'auteur, la députée venait à l'instant d'invoquer les mânes de Mallarmé et de Baudelaire, hélas en lieu et place de celles-ci tout le Chandoiseau débarquait sous les yeux médusés des officiels, des invités et du libraire qui en avait vu beaucoup d'autres, mais jamais celle-là. Le maire en écharpe tricolore menait le cortège, suivaient ses administrés sous une banderole *Touche pas à mon lac* portée, d'un côté, par un escogriffe tonitruant qui n'avait pas bu que de l'eau, de l'autre par une brune très nicotinée – les lecteurs de *La Révolte* reconnurent sans trop de peine Ari Lemercier et Yvonne Zambard. Il y avait aussi une pancarte *Mon village vaut mieux que tes ragots,* dessous un jeune Noir accompagné d'un perroquet et puis, coiffée d'un chignon tout emplumé, la mère de l'auteur, dont l'entrée finit de réfrigérer l'ambiance, à moins que ce ne fût la pétoire qu'elle portait en bandoulière.

Avant même que Saturnin Fabre ait eu le temps de dégainer une phrase complète, Jo avait rappelé l'essentiel : le lac du Chandoiseau n'appartenait pas à l'homme, c'était exactement le contraire. Par ailleurs, le Grand Esprit voyait et parlait à travers ce rond parfait ; maudit serait l'inconscient qui assécherait une seule goutte de son eau bavarde.

— Nous en discuterons plus tard, maman, articula Charly dont le plexus faisait des bonds entre ses côtes.

Mais Jo ne se laisserait pas réduire au silence. Son fils ne lui coudrait pas la bouche comme à un vulgaire chimpanzé. Il n'était qu'un réducteur de tête, un traître des villes dont l'âme s'était perdue au 37e étage d'une tour parisienne et dont le cœur déraciné s'était racorni loin de la nature. Quant à son livre, ce ramassis de feuilles sèches, il aurait gagné à être écrit à même le sol, ainsi, comme le disait fort justement Geronimo, étions-nous plus proches des forces vivantes de la Terre-Mère.

— Faites taire la cinglée ! cria quelqu'un dans le public, et on jeta des fougères en direction de Jo ainsi que quelques branchages que le libraire avait placés dans les coins pour faire joli.

La Bogue s'avança vers son fils et posa ses mains sur la pile de livres qui trônait devant lui. Grand Hérisson Perfide ferait bien d'arrêter de noircir toutes ces pages aussi inutiles que méchantes, lui dit-elle en substance, cela obscurcissait son âme. Mieux vaudrait pour tout le monde qu'il replonge sur-le-champ dans le seul livre qui vaille, celui de Wakan Tanka : l'ensemble de la création.

Plus personne dans l'assemblée ne comprenait ce que Jo racontait. Les rires, d'abord cachés derrière les bristols, éclatèrent à découvert. Le visage de Charles Picassiette était maintenant trois tons plus clairs que la couverture de son bouquin. L'éditeur se pencha vers l'oreille de l'attachée de presse, qui tenta de faire sortir la mère de l'auteur, qui chercha sa carabine qu'un assistant junior mais prometteur avait habilement subtilisée, à ce moment-là des insultes fusèrent :

— Voleurs ! Niglocéphale ! Expropriateur ! Jivaros !

Le capitaine Haddock se réincarnait dans le corps d'une Pocahontas bien tapée sous les yeux humides de rigolade des journalistes, des huiles et surtout de la députée, oh et puis ça va bien, un peu de sérieux – on ficha dehors la vieille folle tandis que Charly était pris à partie par ses autres personnages, lesquels n'avaient pas, mais pas du tout, envie de plaisanter.

— Pourquoi tu nous fais ça, Charly ? demanda la femme d'Ari en tremblant de rage. Tu sais très bien que je n'ai jamais dépoussiéré qui que ce soit....

— Alors je ressemble à un bousier ? Répète un peu devant moi si tu l'oses, ordonna son mari.

— C'est de la pure calomnie, s'indigna Bernard, et Jean-Pierre, résolument, approuva.

Il ne fallait pas tout prendre au pied de la lettre, suggéra Saint-Morize, qu'on n'avait pas sonné. Ce livre, c'était un hommage au village, bredouilla Charly, une sorte de fable mythologique ; une vibrante déclaration d'amour pour nos campagnes, enchérit son attachée de presse, un hymne compassionnel à la grandeur des petites gens, ajouta le libraire qui avait dépassé en deux mois son chiffre d'affaires de l'année, et puis un roman, merde à la fin, un roman, r.o.m.a.n., c'était écrit sur la couverture !

Il n'y avait qu'à savoir lire.

Et bien lire.

Entre les lignes, en biais, sur le côté, au troisième degré, un peu de souplesse que diable, la grande littérature n'avait que faire d'une susceptibilité mal placée et des raideurs de l'ego.

Ce dernier argument peina à convaincre certains Chandoisiens qui enseignèrent au petit Picassiette et à son Pygmalion les bienfaits de l'autocensure – il y eut quelques yeux pochés. On ne sait plus qui jeta la première pierre mais la vitrine tomba en morceaux, puis les bouteilles de champagne s'envolèrent à leur tour. On exfiltra l'auteur, son éditeur, les huiles et surtout la députée. Le libraire, capitaine coutumier des houles profondes, resta le dernier pour éponger le désastre.

Dès le lendemain, l'intrusion d'irréductibles villageois à la librairie Page 1 et la rixe qui s'ensuivit firent les gros titres de la presse locale, puis nationale. Ce fut un festival de reportages plus ou moins condescendants et comiques, avec de belles photos du saccage. Dans plusieurs articles, bien sûr, « la réalité dépassa la fiction » mais à la fin de la course *La Révolte* gagna quand même : ses ventes montèrent plus vigoureusement encore. Dans les milieux bien informés, on murmurait que cette année, le lauréat du Goncourt devrait allier belle gueule et jolies ventes, à la rigueur l'inverse. Charles Picassiette cochait toutes les cases, dans un sens comme dans l'autre.

Auguste Saint-Morize apercevait enfin la lumière au bout du tunnel. « L'homme derrière *La Révolte* » c'était lui, *Paris Match* l'avait affirmé hier en double page avec photo de famille devant la cheminée. L'éditeur avait dû extraire ses deux grands cons de fils d'un océan de coke pour qu'ils posent sous le portrait de leurs aïeux – ce qu'ils avaient fait, il faut le dire, avec un certain style, au final le portrait avait de la gueule. Et les ventes, Seigneur ! Les ventes de *La Révolte* ! Leurs courbes voluptueuses plongeaient Saint-Morize dans un bain de délices dont il ne sortait que pour déjeuner avec des auteurs très câlins ou recevoir les hommages de pernicieux journalistes qui autrefois ricanaient sur son passage. Le monde des lettres se recueillait désormais devant ces courbes, oh, ces courbes ! C'était mystérieux, le succès d'un livre. On avait beau faire tout ce qu'il faut, tout, même palper des pattes de lapin, ça ne fonctionnait pas toujours. Et puis parfois, miracle. Naturellement, l'auteur n'y était pas pour rien. Charles Picassiette, en l'occurrence, avait hypnotisé la caméra lors de son premier passage télé. Il avait en lui cette naïveté et cette assurance, cet individualisme ingénu qui caractérisaient les enfants de notre XXIe siècle débutant. Les mômes de Saint-Morize étaient du même tonneau : à jeun ils avaient l'esprit affreusement vif et aucun scrupule, le charme des assassins ; bref la France entière s'était entichée du petit Picassiette, de ses mèches folles et de sa chemise qui rebiquait. Il faut dire que la conjoncture s'y prêtait : les lecteurs, les libraires, tout le monde en avait ras-le-casque des auteurs blanchis sous le harnais, des vieux canassons bouffant aux râteliers des prix littéraires, une fois encore la deuxième sélection du Goncourt ressemblait à la liste d'attente d'un Ehpad chevalin très distingué – au beau milieu piaffait *La Révolte,* dont rien ni personne ne semblait capable d'empêcher le sacre chez Drouant, le 4 novembre prochain. Auguste le sentait, son poulain avait rompu la malédiction. Depuis leur rencontre, les astres au-dessus de sa tête s'harmonisaient, les ennuis reculaient devant lui comme un troupeau de brebis effrayées. La chance marchait enfin à ses côtés, oui, l'Académie Goncourt renouerait cette année avec son dessein originel en élisant un écrivain authentiquement jeune et pauvre, alors sa maison serait sauvée et avec elle la dynastie Morize, éditeur de père en fils depuis 1907.

Le brouillard avait envahi les jours. Les nuits étaient toutes semblables, cocktails dans des restaurants, des librairies, serrage de mains, dédicaces, couché tard, parfois avec une lectrice à la taille fine et aux coudes pointus. Charly était fatigué. Le bouquin suivant n'avançait pas. Les carnets de cuir restaient blêmes, les rares feuilles noircies finissaient à la poubelle. Léa l'avait quitté, et son inspiration aussi. Même accompagné, il se sentait seul. Il avait beaucoup d'admirateurs depuis la publication de *La Révolte*. Des gens l'aimaient démesurément sans le connaître, souvent pour de mauvaises raisons. Certains, ils étaient nombreux, lui racontaient leur vie dans le détail, l'encombrant de confidences gênantes. D'autres se trompaient sur le sens du texte et rien ne pouvait les faire changer d'avis. La vérité avait déserté. Au Chandoiseau, désormais, des gens le haïssaient. Sa vraie mère s'était volatilisée, à la place une harpie empanachée avait surgi. Son livre vivait sa propre vie, comme un caillou dans la pente, de plus en plus rapide, de plus en plus lourd. Les éloges procuraient au jeune Picassiette une joie douloureuse. Chaque jour ils l'enfonçaient plus profondément dans une zone inconnue, imprévisible. Il commençait à avoir peur.

En plus il y avait ce Goncourt. Auguste le voulait tellement ! Tous ses espoirs reposaient sur Charly, dont le plexus ne donnait plus signe de vie depuis des semaines. S'il ne gagnait pas, alors... Et s'il gagnait ? C'était envisageable. Les concurrents n'étaient pas très impressionnants – en les lisant, le môme Picassiette fut même un peu déçu. Dans la foulée, il éplucha la biographie des cinquante derniers récipiendaires du prix, c'était malin, maintenant il n'arrêtait pas de penser à Jean Carrière, lauréat 1972. Personne n'avait misé une cacahuète sur sa victoire et pourtant : banco. Sa femme en avait fait un infarctus et son père, venu le féliciter, était mort écrasé par un chauffard. Malédiction du Goncourt. Jean Carrière, 2 millions d'exemplaires vendus. 80 000 lettres de fans, des années à dédicacer dans des sous-préfectures. La nuit, Charly voyait le fantôme de Carrière étouffé sous son courrier, et à côté de lui la jolie lectrice aux os saillants ronflait. Il se serait volontiers blotti dans des bras accueillants, des bras moelleux toujours ouverts, des bons gros bras de mère – quand même on n'en avait qu'une, on n'en avait qu'une, hélas !

— Tiens, mon Charly, lis-moi la carte des macarons. Tu es tout maigre, ça va te faire du bien.

— Framboise, noisette, chocolat, caramel à la fleur de sel, litchi, barbe à papa, mangue-jasmin, la liste est exténuante, je continue ?

Suzanne réfléchit, la tasse de thé en l'air :

— On n'a qu'à prendre un de chaque, c'est moi qui régale. Quoique… tu dois gagner des fortunes, maintenant que tu es une vedette, non ?

— Bof.

— Tu as du succès avec les filles, au moins ?

— Mais…

— Allez, ne fais pas ton timidou…

— Enfin, Suzanne !

— Moi aussi, j'ai eu beaucoup d'aventures, tu sais, chuchota la vieille dame en croquant dans un macaron vert pomme. Je n'étais pas mal quand j'étais jeune.

— Aujourd'hui encore, Suzanne.

— Tu as un goût très sûr, mon chaton. À ce propos, je préfère cent fois mes biscuits à ces trucs, pas toi ?

Charly avait toujours trouvé auprès de sa voisine ce dont un enfant avait besoin en cas de coup dur, à savoir du réconfort et des sucreries. Suzanne avait cette façon de se mêler de tout et de dispenser des conseils que nul ne lui avait demandés, comme une mère exactement mais en beaucoup plus moelleux. C'était souvent au moment précis où Charly se roulait mentalement dans la tendresse de Suzanne que la vieille lui demandait un service inavouable ou un très gros effort.

— Tu veux faire plaisir à Suzanne, mon poussin ?

— Faut-il vraiment que je réponde à ça ?

— Pas la peine, mon lapin, écoute-moi seulement. Et viens plus près, que je te voie bien. Ta mère, elle souffre. Je le sais, on me l'a dit. Il paraît qu'elle parle toute seule pire qu'avant. Qu'elle erre dans son verger comme une âme en peine. C'est ton départ qui l'a brisée, certaines mères en meurent, tu sais, chez les pieuvres. Arrête de rire s'il te plaît. Je l'ai vu dans un reportage sur Octopolis, la ville des pieuvres, oui ça existe, eh bien les mères-pieuvres ne survivent pas toutes à l'absence de leur enfant, figure-toi. Leurs tentacules se décolorent, elles en crèvent. On est des animaux, Charly, des animaux. Appelle ta mère, je te prie.

— Jamais. Elle a bousillé ma soirée-dédicaces chez Page 1. Elle m'a humilié en public. Et elle n'a pas empêché ces fous furieux de me taper dessus, je te ferais remarquer.

— Tout peut s'arranger. Regarde Isabelle, ma fille : trente ans sans se voir, aujourd'hui je vis chez elle ou presque. Pas un concert sans moi, pas un, j'ai fait Strasbourg, Leipzig, Budapest et même…

Suzanne ouvrit son gilet : un tee-shirt à l'effigie de métalleux ébouriffés affichait vingt-six dates de tournée.

— … Moscou ? Sérieusement ?

— Je suis ma fille partout, je te dis. Grâce à sa crise de la quarantaine. Les gens s'arrondissent, après 40, 45 ans, le cerveau se reformate, je l'ai entendu à la télé, c'est vrai. Et puis je fais des efforts, imagine-toi. Parce qu'elle n'est pas commode, Isabelle. Mais se réconcilier, c'est bon pour la santé, l'ophtalmo de l'hôpital me l'a écrit sur l'ordonnance et il a raison. Tu ferais bien de t'en inspirer, Charly.

Les doigts de Suzanne glissèrent sur la nappe et s'aventurèrent dangereusement entre le verre et la carafe d'eau à la recherche du sachet de sucre, puis rebroussèrent chemin en direction du petit sac à main, dont une photo fut extraite.

— Sont mignons, n'est-ce pas ?

— Poilus, surtout. Tu as repris des chats, chez ta fille ?

— Non. Elle ne veut pas, une vraie tête de mule. Ce n'est pas cette photo-là que je cherchais, attends voir, je vais te trouver la bonne.

Toujours en tâtonnant, Suzanne tira de son sac un portrait d'elle entourée de trois ados souriant de toutes leurs dents.

— Mes petits-enfants sont beaucoup moins caractériels que leur mère. Maintenant écoute-moi, mon Charly, écoute-moi bien : à quoi ça sert d'attendre des décennies pour se rabibocher ? En plus Jo sera gâteuse quand tu feras ta crise de la quarantaine, elle t'a eu trop tard, je l'ai toujours dit. Alors va chez ta mère, va vite la voir.

— Pour qu'Ari me jette des pierres ? Pas envie de me faire lyncher, merci.

— Viens la nuit, débrouille-toi. Rabiboche-toi avec Jo tant qu'il est encore temps.

— Elle fait croire que je suis mort, Suzanne. Chaque interlocuteur a droit à une version différente de mon décès : AVC, crise cardiaque, hydrocéphalie, allergie à une piqûre de hérisson, elle a même osé dire qu'on m'avait retrouvé bouffé par un loup, comme la chèvre de monsieur Seguin, les gens me le répètent, c'est atroce. Elle est allée raconter à madame Zambard que la syphilis m'avait achevé. La syphilis !

— C'est à ta mère que tu dois ton imagination débordante, mon canard.

— Elle devient dingue. Réellement. Elle porte un plumeau dans ses cheveux. Elle se maquille comme…

— Comme Geronimo, je sais. C'est le chagrin ça, tu lui manques. Sois gentil mon loup, assieds-toi sur tes principes, fais quelque chose pour elle.

— Pffff…

— Elle a besoin de toi. Occupe-toi d'elle. Promets-le-moi.

— Mouif, bon…

— Mieux que ça.

— Promis, Suzanne. Tu crois qu'elle pourrait vraiment se laisser aller ?

— Pense aux pieuvres, mon bichon, les pieuvres ! Décoloration et puis bam, décès. Maintenant donne-moi ma canne et raccompagne-moi jusqu'au bus, s'il te plaît, il commence à faire sombre et…

Elle baissa la voix, comme pour dévoiler le secret le mieux gardé d'Octopolis :

— Tu ne l'as sans doute pas remarqué, mais je vois légèrement moins bien qu'avant.

Cela dit, Suzanne se pencha à l'aveuglette vers Charly, tâtonna jusqu'à trouver sa joue, y déposa un baiser et, ni vu ni connu, lui glissa un caramel dans la poche. Dans ce monde où tout s'obscurcissait, une seule évidence apparaissait à la vieille dame plus clairement que jamais : il était souvent plus facile d'être la mère des enfants des autres que des siens.

Jo n'assista pas à la rixe qui ravagea la librairie Page 1 ; on la ficha dehors bien avant. La dernière chose qu'elle aperçut avant de reprendre le chemin de la ferme fut, à travers la vitrine, son fils entouré de branchages mousseux et de gens attentionnés, couvé comme un poussin ébouriffé dans un nid où elle n'était plus la bienvenue. De ce jour, à toute question relative à Charly Picassiette, Jo répondit qu'il était hélas décédé. Néanmoins, elle prit conscience assez vite de l'impossible deuil d'un enfant vivant. Le souvenir du grand fils remuait dans sa mémoire comme un membre amputé, dans ces moments-là le petit bonhomme sautait dans ses bras, et la Perchée aussi, pour faire diversion. La bestiole vivait désormais dans la maison, entrant et sortant comme bon lui semblait. Elle volait entre les meubles, picorait les tomettes et déjeunait à table.

Après les mémères à chien-chien, les filles à chat et les collectionneurs de cochons d'Inde, la Bogue découvrait à son tour cette vérité objective : dans les failles de l'amour filial une douleur intolérable pouvait s'immiscer quand l'animal, lui, procurait à l'homme un amour régulier, plein comme l'œuf que la Perchée offrait chaque matin sans rien demander en échange qu'un peu de grain.

Poule 1 – enfant 0.

— Vous avez du courrier, madame Picassiette ! Deux lettres, une facture, de la pub pour…

— Vous faites factrice, maintenant ? Bibliothécaire, ça suffit pas ?

Sophie posa le courrier sur le rebord de la fenêtre et mit la broyeuse en marche, force 5. Le désherbage touchait à sa fin. Elle en était à la lettre V comme Verne Jules, Valéry Paul et Vian Boris, zone dans laquelle il n'y avait guère à élaguer, elle avait eu beaucoup plus de travail au début de l'alphabet, à croire que la qualité littéraire augmentait au fur et à mesure de l'avancée dans l'index, à moins que ce fût le nombre d'auteurs qui décrût, ou les deux, en tout cas à Z comme Zola ce serait les grandes vacances.

— Tant mieux, marmonna la Bogue. Vivement que vous me débarrassiez le plancher. À cause de votre désherbage on n'entend même plus les arbres.

— Vous ne l'avouerez jamais, Jo, mais je vais vous manquer. Tenez, je vous ai apporté de la lecture, c'est tout à fait votre genre de beauté.

La Bogue haussa les épaules, marmonna un « je vous ai rien demandé » et s'assit sur le seuil.

— Et c'est quoi encore, votre truc ?

— Ah, ah, vous voilà bien curieuse…

— Ne faites pas la maline et crachez le morceau.

— *Moi, Geronimo. Autobiographie du plus fameux chef indien de l'histoire.*

Jo sortit un bâton de réglisse et le dégusta lentement.

— Vous vous y prenez comme un branquignol avec la broyeuse, décréta-t-elle une fois qu'elle eut fini de mâcher.

— Merci de vos encouragements, ça me touche beaucoup.

— Poussez-vous, je ferai ça beaucoup mieux.

La Bogue saisit le *Geronimo* et l'envoya entre les mains de Sophie :

— Pendant que je travaille vous n'avez qu'à lire, puisque vous n'êtes bonne qu'à ça.

Jo remit la déchiqueteuse en marche tout doucettement.

— Et fort, la lecture, que j'entende bien.

Elle pilonnait la seconde pile de bouquins lorsqu'un cri mauvais lui fit lever la tête.

— Chuut, chuuuut, arrêtez cette maudite machine et fermez vos gueules, bordel de merde !

C'était Ari, ou son ombre émaciée. L'homme poussait avec peine le vieux fauteuil roulant de sa fille, le dos voûté comme Atlas sous une charge invisible, le crâne meurtri par le balai de son épouse, les jambes lestées de nouveaux soucis et des kilomètres qu'il avait parcourus à pied depuis que son permis de conduire lui avait été retiré par un gendarme sournoisement posté à vingt mètres du bar où les Chandoisiens avaient fêté leur manifestation à la librairie Page 1 – manifestation par ailleurs parfaitement vaine, les plans de la future Maison de la littérature venant d'être validés. En ce jour maudit, donc, Ari aspirait puissamment à la paix du corps et de l'âme, au calme, par pitié, plus de cris, plus de réclamation, plus de bagarres entre frères et sœur, plus de factures, plus d'emmerdes et surtout, surtout, plus aucun bruit strident.

— Joue doucement, ma souricette, dit-il à sa fille en s'éloignant d'un pas éléphantesque vers le pigeonnier.

— Et retire ton chewing-gum, ajouta Jo en balançant sur la main de la petite handicapée un coup de tapette à mouche. Tu les as achetés à l'hyper, tes bonbons, je parie ? Tu sais pas qu'ils mettent du benzène dedans ?

— C'est quoi le benzène ?

La gamine cracha prudemment, puis avisa Jo mâchant une sorte de racine qui, pour être étrange, n'en semblait pas moins goûteuse.

— Prête-moi ton truc, là.

— Ça s'appelle de la réglisse, tu le saurais si tu allais plus souvent à l'école au lieu de t'abrutir devant la télévision.

— N'importe quoi ! Je suis la première de ma classe en tout.

— Impossible, vu ton hérédité.

— C'est quoi hérédité ? Donne-moi un bout de réglisse.

— On dit « s'il vous plaît madame Picassiette ».

— S'il vous plaît madame Picassiette, fais-moi goûter.

— Pas question.

— Juste un peu…

— Non.

— Je te la rends après, promis.

— J'ai dit non.

D'un coup de reins énergique, Jo éjecta le fauteuil roulant qui dévala le sentier jusqu'au verger.

— Et va pas écraser le chat avec ton char, Ben Hur ! Sinon je te crève les pneus.

De loin, Mademoiselle Sophie observait la scène avec un brin d'émotion. Comme c'était touchant, la Bogue et cette fillette ! La jeune femme tapota tendrement l'épaule d'Ari : voyez donc notre Jo, peau de vache assermentée, pousser la blondinette dans la pente comme sur un toboggan pour la faire rire, oh !, et lui envoyer des pommes de pin dans un tennis endiablé ! Ce tableau champêtre apparut à Sophie riche d'enseignements existentiels : au fond de la bogue la plus épineuse palpitait un cœur gai que seuls les enfants, magiciens de la vie, joviaux pourvoyeurs de bonheur, savaient révéler. Quel plus bel objectif que d'accompagner ces bouts de chou sur le chemin de l'existence ? Puis la bibliothécaire se souvint de toutes ses heures du conte sauvagement interrompues par d'intempestifs lancers de doudous, des vessies ridiculement sous-dimensionnées, des peurs inexplicables, d'imprévisibles cris aigus sortant de la bouche toujours trop ouverte des lecteurs de moins de 8 ans, alors sa tendresse émue s'évanouit dans l'atmosphère comme un nuage de benzène.

— En un sens je vous admire, Ari. Il faut beaucoup d'abnégation pour élever des enfants. C'est pour cela que je n'en ai pas, je suis lucide : je préférerai toujours faire ce que je veux et me lever tard.

— Tout le monde en est là, figurez-vous.

Ari saisit sa ceinture à deux mains et la secoua vigoureusement de gauche à droite. Elle bâillait autour de sa taille, tressautant comme un cerceau de hula hoop manipulé par un vieux gymnaste louche.

— Trois centimètres, voilà ! Et à chaque naissance ! Trois centimètres de tour de taille en moins ! Plus le temps de bouffer, et plus le temps de dormir, bien sûr. Tout le monde vous dit : « Patience, vous vous reposerez quand les petits seront plus grands », mais c'est faux, vous entendez ? Archi-faux.

Il s'approcha de la bibliothécaire, les yeux exorbités :

— C'est même la plus belle connerie que j'aie jamais entendue.

En tant que père de cinq rejetons, Ari pouvait en témoigner : dans le cadre intrafamilial, le repos n'était qu'une chimère, un mythe inventé par des statisticiens farceurs et perpétué par de machiavéliques natalistes afin que l'humanité ne s'éteigne pas, ainsi des hordes de trentenaires mystifiés par l'espoir fou de s'en remettre un jour continuaient de se reproduire. La vérité, c'est que Morphée finissait toujours par battre en retraite face à une question turlupinant le cerveau parental, au hasard, celle-ci : au pied de quel arc-en-ciel magique trouver les 1 000 euros nécessaires à l'achat d'un fauteuil roulant digne de ce nom ? L'hypothèse d'une sieste, elle, était quotidiennement balayée par l'un ou l'autre des enfants. L'aîné d'Ari, par exemple, avait fait batterie première langue, le numéro 2 profitait toujours de la somnolence parentale pour fuguer, le 3 chouinait à longueur de journée parce qu'il était jaloux du 2, quant au 4, il voulait encore qu'on lui retire les pépins de raisin et qu'on lui coupe sa viande, à 10 ans – terriblement agaçant, va dormir après ça.

— Et la 5 ? demanda Jo en se laissant tomber sur le seuil du pigeonnier. Elle est pas un peu casse-bonbons, la 5 ?

— La 5 serait parfaite si elle n'était pas paraplégique, répondit la blondinette en question. C'est ce genre de trucs qu'on dit derrière mon dos. Au village y en a même qui m'appellent Dommage. J'entends, hein. Chuis pas sourde.

Il y eut un silence assez pénible. Si la nature humaine était bien faite, pensa Jo, les enfants naîtraient déjà pourvus d'un solide bouclier intérieur, un système d'autodéfense mental qui leur permettrait de résister aux attaques sournoises de leurs comparses, à leurs jugements toxiques et à la bave également poisseuse de leurs commentaires et de leurs flatteries. Hélas, les petits d'homme étaient lamentablement vulnérables, c'était aux parents de leur façonner cette carapace psychique solide et imperméable. Sur ce point, Jo avait échoué dans les grandes largeurs. Non seulement Charly était toujours resté sensible aux reproches comme aux compliments, mais il s'était lui-même jeté dans la gueule de l'opinion avec son livre. *Les Nouvelles du Préfleuri* venait de publier un florilège des critiques, il y en avait quatre pages, et des féroces – certains journalistes avaient la dent dure.

La chèvre finit toujours par se faire bouffer, pensa Jo. Charly aurait dû le savoir, pourtant, avec tous les bouquins qu'il avait lus…

Elle fouilla dans la poche de son tablier et en sortit un bout de réglisse tout neuf qu'elle envoya à la blondinette.

— La prochaine fois qu'« on » t'appelle Dommage, tu lui fourres le bâton dans l'œil, compris Ben Hur ?

— Et la prochaine fois que tu m'appelles Ben Hur, je roule sur tes bégonias, rétorqua la gamine.

De toute évidence, certains enfants étaient mieux armés que d'autres pour résister à l'adversité.

La môme s'élança à la poursuite du chat le plus rapidement qu'elle put étant donné l'état de délabrement grinçant de son fauteuil, et Ari décida de se verser une petite mirabelle pour oublier l'abyssale ingratitude de son compte bancaire.

— Certains soirs, je suis tellement crevé que j'ai presque envie de ne pas me réveiller, chuchota-t-il en regardant sa cadette attraper le chat, puis l'emballer dans son pull comme un poupon dissipé qu'il faudrait sévèrement emmailloter.

Il trempa ses lèvres dans la liqueur et fit claquer sa langue.

— Crever ça me fait pas peur. Quand on est mort, on est mort, on s'en rend pas compte. C'est pour les enfants que je me retiens.

— C'est vrai, ça, murmura la bibliothécaire, quand on meurt, c'est surtout pour les autres que c'est difficile…

— Comme quand on est con, finalement, ajouta Jo en vidant son verre, et cette pensée flotta en silence dans l'air doux du soir jusqu'à ce que la Bogue se décide enfin à ouvrir son courrier.

Le plus dur fut de descendre le lit. La cage d'escalier étant assez étroite, Jo dut s'y reprendre à plusieurs fois. Enfin le matelas du fils fut déposé dans la cour de la ferme et elle put sans difficulté entasser dessus ses draps et ses vêtements d'enfant, monticule multicolore qu'elle prit soin d'affaisser légèrement au milieu, comme en cuisine elle formait un puits de farine avant d'y ajouter les œufs. Dans ce moelleux cratère textile, la Bogue empila tous les livres de Charly sans aucune exception, jeta plusieurs allumettes afin qu'ils s'enflamment correctement et lorsque le feu sacré eut bien pris, quand le matelas entier disparut dans un tourbillon orangé avec les draps, les vêtements et les livres, quand il n'y eut plus trace de lui ni d'eux, ni parfum ni souvenir, Jo ajouta au sommet du brasier crépitant la lettre qui la convoquait au tribunal d'instance pour une audition préalable à son placement sous tutelle, sur demande expresse de Charly, Gérald, Louis Picassiette.

Football

Avec zéro victoire en trois rencontres, deux joueurs blessés par l'irruption sur le terrain du bouc paroissial désormais hors d'état de nuire, sans oublier son élimination précoce en Coupe de France, le début de saison du Préfleuri n'a pas été un long fleuve tranquille. La défaite (1-4) concédée dimanche dernier a été celle de trop pour l'entraîneur (non joignable hier), qui a décidé de jeter l'éponge pour convenances personnelles et, osons le dire, le bien de notre club.

Carnet rose

La communauté de communes du Chandoiseau-Préfleuri souhaite la bienvenue aux nouveaux-nés :
Bamby Roulleau
Kaïriss Limousin
Sunshine-Lou…

Le docteur jeta les *Nouvelles du Préfleuri* sur le comptoir et vida son verre. Sa nuit de garde avait été rude : sept accouchements dont trois pathologiques et encore deux Jason, dont un orthographié « Djézone ». Il était temps d'aller dormir. Marc Delanoy salua les habitués du Rendez-vous des Amis, traversa la rue baignée de brouillard et découvrit une fois encore, coincé sous le balai d'un de ses essuie-glaces avant, le portrait de la gamine handicapée qui le regardait fixement. Oh, ces yeux, ces grands yeux tristes ! Gribouillés aux crayons de couleur, photographiés ou dessinés au stylo Bic, mais toujours, toujours les mêmes ! Marc Delanoy les voyait dans ses rêves, désormais. Même avec un bon gros Temesta derrière la cravate, il dormait affreusement mal à cause des terribles yeux bleus qui s'ouvraient sous son crâne dès qu'il fermait les siens. Combien de temps encore allait-on l'emmerder avec ça ? C'était un accident, un maudit accident ! En plus il avait été blanchi, complètement. Sa direction l'avait soutenu à 200 %. Déjà que l'hôpital avait du mal à recruter, aucun toubib digne de ce nom ne voulait s'enterrer à la cambrousse, si en plus l'obstétricien titulaire avait dû se coltiner un procès… De toute façon, le dossier était prescrit. Mais le père de la gosse s'entêtait, un véritable morpion. Marc Delanoy regrettait amèrement d'avoir croisé la route de ce connard analphabète. Ne pouvait-il pas crever de cirrhose ou d'une pancréatite sévère, comme les autres poivrots de son calibre ? Vu les statistiques des pathologies alcooliques, il était rageant de constater que ce tonneau de mirabelle traversait la vie en pleine santé et salopait impunément le pare-brise d'honnêtes médecins avec des tracts diffamatoires. Seul signe encourageant : Ari avait beaucoup maigri, ces dernières années. Le bon docteur Delanoy espérait, sans en avoir la preuve formelle, que ce fût les prémices d'une maladie grave et inéluctable, en tout cas elle ne progressait pas assez vite à son goût.

Marc Delanoy s'adossa à la portière de sa voiture et se massa longuement les tempes. Les dernières semaines avaient été atroces. Il n'y avait pas que les yeux bleus affichés à chaque coin de rue, non. Maintenant il y avait aussi le bouquin du fils Picassiette : deux chapitres larmoyants sur la petite paraplégique victime d'une tragique erreur médicale, un véritable condensé de conneries réchauffées pour racoler le lecteur. Depuis que cette daube avait été publiée, tout le monde lui en parlait. Et ceux qui ne lui en parlaient pas chuchotaient derrière son dos, et ceux qui ne chuchotaient pas y pensaient. Par malheur, les ragots se foutaient royalement du délai de prescription. Porter plainte contre l'auteur… Marc jongla quelques instants avec cette idée avant de renoncer : pas question d'offrir à ce torchon davantage de publicité. Fuir, plutôt, oui, voilà, quitter cette région où il était né et se réinventer, ailleurs, loin… Les rares collègues médecins qui exerçaient dans le coin venaient soit d'Alger, soit d'Oran, peut-être y avait-il quelques postes vacants de l'autre côté de la Méditerranée ? Marc Delanoy s'imagina siroter une caïpirinha sur la plage de Sidi Brahim entre deux césariennes. Et puis non, après tout ! Il détestait avoir du sable entre les orteils et il était chez lui au Préfleuri, bordel de Dieu ! L'heure avait sonné de défendre son honneur. L'obstétricien fourra le dessin des yeux bleus dans sa poche, tira sur son loden pour le défroisser et, après s'être donné un rapide coup de peigne, prit dignement le chemin du commissariat.

Longtemps, Céline Lemercier avait aimé son mari. Ari avait ses défauts, il n'était pas très beau, ni très cultivé d'ailleurs, contrairement à son frère il n'avait pas fait carrière et comme tout un chacun forçait parfois sur la mirabelle, mais il avait bon cœur et de l'or dans les mains. Il était lent, très lent, comptez six mois pour le moindre bricolage, mais honnête. Changeait les couches aussi, sans trop se faire prier, et finissait toujours par réparer le lave-linge, parfois même le remplissait-il de son propre chef. Ce partage de la charge domestique avait permis à la mère de famille de survivre à cinq grossesses, cinquante-deux rentrées scolaires et autant d'affreux mois de juin passés à cuisiner des cakes au thon et à coudre des déguisements pour la fête de l'école. De ce fait, l'injustice de sa condition ne lui était pas apparue tout de suite. Il avait fallu du temps, plusieurs années, pour que la femme d'Ari prenne conscience de cet automatisme retors du destin, de cette constante pénible de la vie conjugale : plus les tâches étaient pénibles, compliquées et/ou inattendues, moins elles étaient partagées.

Exemple : le dimanche soir, à l'heure de préparer les cartables, le père gérait fièrement la situation, en homme moderne qui savait où se trouvait la réserve de feuilles doubles et quels cahiers signer pour convenir à la maîtresse.

Le lendemain matin, lorsque, six minutes avant le départ du car scolaire, le sac de piscine attendait toujours sous la table d'être fait, Papa s'y collait en gueulant comme un putois. C'était un homme moderne, certes, mais sanguin tout de même et déjà à la limite de ses capacités.

Lorsque la situation se complexifiait, et qu'il s'agissait, le bus scolaire venant de partir *sans* les enfants, d'attraper les cartables, les sacs de piscine ainsi que les goûters, d'habiller les écoliers et de jeter les uns et les autres dans la voiture dont on avait égaré les clés, le père de famille enfourchait soudain son vélo et partait au travail, c'était donc à la mère, dotée par la nature d'un radar extrêmement efficace et de plusieurs bras, de retrouver les différentes pièces du puzzle avant que la cloche ne sonnât le début des cours.

Quand, enfin, la clé de la voiture avait été localisée dans l'estomac du chien et que le seul rendez-vous possible chez le vétérinaire tombait à la même heure que la réunion parents-profs, c'était encore à Maman, Shiva ascendant ubique, de trouver la solution pour être à la fois ici et là, distants de vingt kilomètres.

La variable d'ajustement, le coussin douillet contre lequel devaient buter les imprévus, les mauvaises nouvelles et tous les autres pépins ordinaires de la vie, c'était madame Lemercier. Le pompier de service, le logisticien du dernier kilomètre, l'intendant en chef des heurs et malheurs du quotidien, l'acrobatique chef d'orchestre de la vie domestique, le prévisionniste de l'extrême capable de coordonner l'emploi du temps des sept membres de sa famille dont une petiote handicapée à l'agenda de ministre : toujours elle.

Nul ne se doutait que le CV de Céline Lemercier, en congé parental depuis des lustres, fût si bien rempli.

À longueur d'année, cette femme discrète tractait un iceberg d'obligations, de rendez-vous, d'actions à prévoir et à accomplir ; elle tenait entre ses mains un faisceau dense de contraintes parfois divergentes et ne s'en serait pas plainte si un élément perturbateur ne faisait régulièrement trembler l'édifice. Oui, il y avait un grain de sable, un intrus, un ennemi de l'intérieur qui rongeait les fondations de la fragile pyramide patiemment édifiée et c'était son époux lui-même. Avec son impulsivité maladive et sa manie de vouloir faire plaisir à tout le monde, son orgueil mal placé et ses hobbys très chronophages, Ari était un puissant facteur de désorganisation, un grand collectionneur de décisions aléatoires et de changements de dernière minute, souvent motivés par un sens très personnel des priorités allié à une absence totale d'anticipation – les deux mamelles de l'anarchie domestique.

Ari modifiait sans sommation ses dates de congés pour rendre service à son collègue, laissant sa femme se débrouiller avec cinq gosses désœuvrés pendant huit semaines l'été. Ari partait à la chasse le jour des grosses courses et s'attendait à ce qu'on le remercie chaudement du pauvre lapin qu'il rapportait. Ari avait congédié la kiné de la petite « parce qu'elle était vraiment pas sympa » alors qu'on avait mis des années à obtenir ce créneau du mercredi. Ari transformait le jardin en dépotoir à métaux, ah ces ferrailles acérées, ces jantes rouillées, et les enfants qui jouaient là-dedans ! Quand elle avait compris que cet arsenal prétendument indispensable aux activités utiles à la maisonnnée (bricolage-mécanique) servait en réalité les envahissantes pulsions artistiques de son mari, Céline Lemercier avait mis le feu. Mais en elle l'incendie brûlait toujours, et pour cause : Ari avait tant et si bien harcelé le docteur Delanoy avec ses affiches que celui-ci venait de porter plainte. Et quand le justicier du dimanche se retrouverait en taule pour de bon, qui allait devoir s'occuper de cinq enfants seule sans aucun salaire ?

Longtemps, Céline Lemercier avait espéré que la vie de famille rende son mari plus sage. Mais son égoïsme naturel ne s'était pas émoussé avec le temps, ni avec les coups de balai. Elle ne ressentait plus d'affection envers lui, pas même de colère, juste le calme plat de la certitude : l'heure était venue d'exclure de sa vie l'élément perturbateur.

Quand, de retour du travail, Ari Lemercier trouva sa valise posée sur le paillasson, il comprit que ce coup-là n'était pas rattrapable. Pour l'avoir vue accoucher cinq fois dont quatre sans péridurale, il savait que sa moitié n'était pas femme à se laisser attendrir par des excuses. Lui seul connaissait son endurance exceptionnelle et, bien cachée dessous, sa totale intransigeance sur les principes, ce fond dur qui faisait d'elle le vrai chef de famille et qu'hélas il venait de toucher. Il alla donc au garage chercher son duvet de camping, sa réserve secrète de liqueur et son réchaud à gaz, transféra le tout au pigeonnier puis médita longuement sur le naufrage pathétique de son unique vaisseau : sa grande famille.

Au bout d'une bouteille de mirabelle, il allait un peu moins mal, et bien mieux une fois vidée la deuxième flasque. Comme le cochon pugnace qui, sous son tombereau de boue, trouve toujours la force de relever le groin, Ari empoigna son chalumeau et se remit à l'ouvrage.

De ce jour, il souda avec une frénésie inédite. Le bâtiment entier vibrait de coups de marteau furieux et il flottait dans l'air des effluves métalliques. En quelques semaines, deux lys gigantesques furent assemblés, plus un délicat papillon aux ailes déployées. Le rez-de-chaussée du pigeonnier était recouvert d'une couche de boulons, d'écrous de différentes tailles et de vieux clous. Masque sur le visage et disqueuse à la main, Ari projetait contre les murs des éclairs rougeoyants et des escarbilles d'acier dans un bruit de tonnerre. On eût dit Vulcain dans sa forge, éventuellement le grand Satan au travail, si l'un et l'autre avaient eu leur CAP chaudronnerie.

— Où trouvez-vous toutes ces ferrailles, monsieur Lemercier ?

La bibliothécaire, en cas de mauvais temps, installait sa broyeuse au pigeonnier et elle était curieuse. Ari s'essuya le front avec un chiffon, sans répondre.

— Monsieur Lemercier, allez, c'est quoi votre filon ?

— Mon frère m'en donne, voilà.

— Tonton Clint dirige les carrosseries Lemercier, précisa la blondinette. Il dit que Papa rate tout, et Papi pense la même chose. Ils regretteront, quand ils verront le bouquet terminé.

Ari se remit à meuler de plus belle. Une inquiétante pâquerette carnivore prenait forme.

— Dites-le si on vous dérange, cria Mademoiselle Sophie qui avait placé ses mains en porte-voix. Au fait, Ari, vous savez que Picassiette est dans la dernière sélection ?

— Quoi ?

— Pour le Goncourt, il reste quatre candidats. Le fils de Jo est dedans.

— Il va gagner ? demanda la gamine en tournoyant sur elle-même. Oh, hé, il va être premier, Charly ? Il grimpera sur le podium ? Il aura une médaille ? Une coupe en or ?

— Calmos Ben Hur, siffla la bibliothécaire.

Ari ôta son masque à souder.

— C'est vrai ça, calme-toi un peu Mimi, les adultes doivent causer de choses sérieuses. Ça rapporte combien, un Goncourt ?

Sophie plissa les yeux, comme un chercheur d'or tentant dévaluer un filon d'envergure.

— 300 000 ventes minimum, sans doute le double, peut-être plus encore… Sans compter les traductions. Les prix littéraires sont beaucoup lus à l'étranger, j'ai fait une fiche assez précise là-dessus, si ça vous intéresse.

Ari fulminait. De Stockholm à Kuala Lumpur, le monde entier connaîtrait bientôt son habileté à pousser des jantes de tracteur comme un, enfin bref, la perspective de cette notoriété internationale le mettait dans une rage considérable, en plus le gosse allait se faire un bon petit paquet de fric sur son dos.

— Certains lauréats du Goncourt ne supportent pas le succès, tempéra Sophie en essayant deux longs clous tordus comme s'il s'agissait d'une paire de boucles d'oreilles. Le pactole leur monte à la tête, ils claquent tout, se retrouvent à la rue. Ou bien ils attrapent la trouille de décevoir. Du coup page blanche, dépression, ruine. Suicide même. C'est déjà arrivé.

— Voilà pourquoi je ne recherche pas la célébrité, commenta Ari, pensif, en caressant sa monstrueuse pâquerette géante.

La bibliothécaire eut du mal à arrêter de rire.

— Vous étiez plus gentille avant, Mademoiselle Sophie, constata amèrement le sculpteur.

C'était vrai. Peu à peu, la jeune femme se libérait du joug de la cordialité. Était-ce la fréquentation de la

Bogue, dont l'absence totale de savoir-vivre déteignait sur elle, ou cette opération de désherbage qui libérait ses penchants les plus sauvages ? Le fait est que Sophie, comme une plante soudainement débridée, laissait pousser ses branches – certains usagers de la médiathèque en étaient éborgnés, il y avait eu des plaintes.

Après trois plaintes, un blâme.

Au bout de trois blâmes, le licenciement.

Sophie s'en fichait comme de l'an quarante. Le désherbage touchait à sa fin et déjà elle se projetait dans une mission plus importante, un projet d'une envergure considérable qui prouverait une bonne fois pour toutes la puissance thérapeutique de la bonne littérature et aiderait probablement des milliers, peut-être même des millions d'hommes et de femmes en souffrance : une encyclopédie des remèdes livresques. Y seraient recensés, par ordre alphabétique bien sûr, les innombrables maux que la lecture pouvait soulager, assortis du médicament adapté – de la poésie courtoise pour apaiser un chagrin d'amour, haïkus en cas de migraine, n'importe quel chapitre d'Arto Paasilinna contre les déprimes légères et contre l'insomnie, ma foi, on aurait l'embarras du choix. Il faudrait probablement plusieurs tomes. L'ampleur de la tâche n'effrayait pas Sophie car le bénéfice pour la santé publique serait immense, elle en avait administré la preuve in vivo avec son patient alpha : la cure proustienne avait tiré Jo Picassiette de la dépression, et une seule lecture de *Sagesses Indiennes* lui avait rendu sa combativité. Seul *Moi, Geronimo* était peut-être trop dosé : on n'avait jamais vu Jo si calme.

La Bogue passait de longues heures assise sous le saule à osciller doucement, comme si elle berçait un enfant invisible, et c'était le cas : elle cajolait le petit bonhomme. Elle repensait aux siestes vertes sous les feuilles, aux balades main dans la main, au temps d'avant, quand Charly était encore Charly et pas le hérisson barbare. Elle regardait la forêt avec des yeux perdus, les yeux des femmes qui vieillissent et commencent à voir leurs morts parmi les vivants. Le bébé-oiseau lui apparaissait, avec ses poings minuscules, ses pieds parfaits, ses cheveux fins. Son corps reposait sous terre depuis longtemps mais son âme frémissait entre les branches, elle filait sous les souches d'arbres tombés, elle grimpait aux troncs couverts de mousse, son âme, elle tourbillonnait comme une graine d'érable mûre puis dévalait le ruisseau avec le courant, l'esprit des défunts empruntait les chemins secrets du monde et en irriguait la moindre parcelle, tous les Apaches savaient cela, alors au plus léger souffle du vent, Jo pensait à son premier enfant. Elle se demandait ce qu'il serait devenu, s'il avait eu un jour l'âge d'ouvrir grands ses poings, d'enfiler des bottes, de courir sur les chemins ; aurait-il été sage ou turbulent, mauvais joueur, tendre comme un agneau, aurait-il posé son nez joli sur celui de sa mère, l'aurait-il trahie à la fin ?

L'humidité était tombée et déjà il faisait sombre. Jo rentra se mettre au chaud. Son regard croisa celui du jeune Proust qui l'observait depuis la cheminée. Ce gentil garçon ! Ce brave petit poète ! Lui, au moins, avait attendu que sa maman fût morte et enterrée pour commencer à écrire, et de belles pages sur elle, mazette, pas des mots secs qui vitrifiaient tout sur leur passage ! Jo lécha son index et le passa sur le visage empoussiéré de Marcel. Le cher enfant avait poussé la piété filiale jusqu'à rejoindre sa mère dans le grand trou. C'était beau, ce long sommeil commun, fils et mère sous la même dalle dans la même tombe, l'un contre l'autre blottis comme aux premiers temps de l'enfance, avant les chagrins et les disputes, avant les trahisons. Un instant, la Bogue imagina Charly et elle inhumés sous le noyer. Ils y seraient bien au chaud dans les bras de la Terre-Mère, avec le bébé-oiseau, et Louis, et tous les animaux d'hier. Une vraie famille, pensa Jo, et pour la première fois depuis longtemps, un doux sourire éclaira son visage.

Elle lui avait dit d'accord, pour la loge. Elle lui avait promis de faire ses bagages et ses cartons. Il avait été soulagé qu'elle comprenne enfin. Il s'était dit que c'était ça, être un fils, être un homme, prendre des décisions difficiles et les faire respecter. Sa mère avait entendu la voix de la raison, elle le rejoindrait à Paris. De toute façon, avait-elle ajouté, le Chandoiseau ne serait plus le Chandoiseau si on vidait le lac, si les voisins étaient virés de chez eux, oui, virés, parfaitement, l'affaire était en cours. Les pages dithyrambiques que Charly avait écrites sur les fresques avaient réveillé l'intérêt des Monuments historiques. Le projet de classement était de nouveau sur la table. Deux habitants du village avaient d'ores et déjà reçu la visite de l'inspecteur, qui en avait exproprié pour moins que ça.

Après cette phrase-là, sur l'inspecteur des Monuments historiques, Charly n'avait plus écouté sa mère.

Il avait pensé aux fresques, à la salamandre de feu sur la porte du placard, au blanc-bleu du ciel sur les murs, au vert vif des prés sous l'évier. Il avait pensé aux vipères peintes un peu partout et aux gens du village qui vivaient avec elles depuis toujours, à la tête qu'ils feraient si on les faisait partir de force. À ce que serait le Chandoiseau transformé en musée. Il avait aussi pensé aux lecteurs, ceux qui bravaient les kilomètres et la chevrotine juste pour voir la ferme, ceux qui ne le connaissaient pas et se confiaient à lui comme à un frère, ceux qu'il connaissait bien et qui le haïssaient. Il avait songé à la blondinette, enfin, dans son fauteuil roulant, et au toubib qui l'y avait mise, et au juge qui avait subitement convoqué son père à cause des affiches de la môme que tout le monde voyait partout, tout le temps, depuis des années.

Charly s'était demandé comment ses petits mots à lui avaient pu avoir de si grands effets, comment il était possible qu'un simple tas de pages envoie un pauvre type au tribunal, chamboule la vie des lieux et celle des gens, les fâche, les bouleverse, les rende fous sans qu'on puisse rien y faire, pourquoi il ne s'était pas douté de cela avant d'écrire son livre, pourquoi personne ne le lui avait dit, s'il l'aurait publié s'il l'avait su, si elle allait le ronger longtemps, cette culpabilité-là, s'il allait y survivre ou finir dévoré, et au milieu de cette forêt dense de questions, sur ce chemin pénible qu'il empruntait pour la première fois, fugacement, passa la chèvre de Monsieur Seguin.

Elle lui avait dit d'accord, pour la loge. Elle lui avait promis de faire ses bagages, et ses cartons. Elle avait ajouté : il faut bien faire une fin, et le fils avait acquiescé. Elle donnerait les animaux au voisin, sauf le chat et la Perchée. Elle avait tout accepté, à condition que Charly vienne la chercher. Bien sûr il avait dit, on ferait ce chemin-là ensemble.

Depuis le matin, un vent agressif poussait vers le Chandoiseau des bataillons de nuages gris. Ils arrivaient par grappes menaçantes, rasaient le toit des maisons et s'arrêtaient rageurs, bloqués par la forêt. En quelques heures, un immense rouleau de pluie s'était formé au-dessus du village, monstrueuse vague noire suspendue à la verticale du ciel.

La Bogue posa son hachoir et attendit. Le mauvais hérisson avait pris toute la place, mais une fois qu'on s'en serait débarrassé, l'amour d'avant resurgirait intact, il était tapi seulement, l'amour, effrayé, échaudé, pas disparu – Jo en était sûre. Elle aurait bien voulu parler de ça à quelqu'un, de l'amour encagé dans un coin obscur du cœur, des enfants possédés et de tout ce dont les mères sont capables quand il le faut, mais à qui ? Pas au petit bonhomme, non, c'était une affaire d'adultes. Et la

Perchée, aussi intelligente qu'elle fût, n'était qu'une poule, que savait-elle du cœur profond des femmes, de ses replis tortueux et ce qui s'y cachait, parfois ? Rien, peau de bique ! Jo aurait aimé en causer, oui, à une autre mère, une comme elle, une griffée, une rugueuse, pas une snobinarde comme la Jeanne Proust, une vraie mère, Vitalie bien sûr ! Vitalie savait, elle. Elle aurait compris Jo. La mère Rimbaud avait adoré son Arthur une fois qu'il était revenu pour de bon à Charleville. Elle lui avait offert le meilleur : enterrement de première classe, cercueil en chêne poignées en cuivre, chorale. Entre eux deux tout le mal était oublié, les disputes, les insultes, Vitalie était même descendue dans le caveau pour voir son fils. Certains enfants étaient tellement plus faciles à aimer morts que vivants ! Jo aussi veillerait sur Charly, évidemment. En allant aux poules, en allant cueillir, tous les jours elle passerait, et elle ne serait pas seule, il y aurait les arbres et les bêtes, au-dessus de lui et avec lui, dans le chaud silence de la terre, puis un jour elle le rejoindrait et leurs âmes réunies arpenteraient de nouveau les chemins verts de la forêt.

Mais avant, il fallait faire le nécessaire. Ce serait plus difficile que pour Louis. Infiniment plus difficile, Jo le sentait. Le pauvre homme avait glissé dans la cuve à grains, quelle idée de s'y pencher à ce point, il faut dire que c'était son style, les décisions hasardeuses, l'emporte-pièce. Quand la Bogue était arrivée, il était déjà presque trop tard, le silo l'avait avalé tout entier – Jo n'avait fait que rester immobile dans le noir de la grange jusqu'à ce que le bruit cesse. Louis voulait vendre, les bêtes, les champs, les bâtiments, *retrouver sa liberté* qu'il disait, pour flâner, pour écrire, ben voyons, on savait de qui

Charly tenait ses grands mots. La ferme l'avait puni, voilà tout, personne n'avait à se mêler de ces choses, surtout quand le châtiment était mérité. Mais maintenant le hérisson… Tout de même, ce serait très difficile. Impossible, presque. Ou avec le rabot, oui, bien sûr, dans ce genre de cas extrême il faisait bon s'appuyer sur un vieil ami.

Jo fit disparaître le hachoir dans la poche de son tablier et s'apprêtait à épousseter le rabot quand soudain :

— Maman, c'est moi !

Son courage fondit comme brillantine au soleil. La tête du fils venait d'apparaître dans l'encadrement de la porte et ses boucles ondulaient gentiment à leur place, derrière les oreilles.

— C'est bien tes cheveux comme ça.

La voix de Jo était blanche. Elle n'avait pas préparé ses valises, ni ses cartons. Elle était assise sur le canapé, l'affreux rabot à ses côtés. Charly sentit frissonner son plexus.

— Tu es prête ?

— Je croyais, mais non.

Elle lui indiqua le coussin le plus proche :

— Assieds-toi cinq minutes. On ne t'a pas vu depuis longtemps, pas vrai la Perchée ?

— Mais où sont tes bagages ? Tes affaires ? Auguste nous attend avec la voiture !

— Parle moins fort, tu fais peur à tout le monde.

— Nous devons rentrer en vitesse à Paris, l'annonce du Gonc…

— Ah, c'est pour ça que tu es si pressé ?

— En effet. Figure-toi que ce dossier a une certaine importance dans ma vie. Es-tu prête, oui ou non ?

— Et toi, tu es prêt ?

— Comment ?

Jo se leva et appuya l'extrémité du rabot contre la poitrine de son fils.

— Est-ce que tu es prêt à entrer dans la combine, à patauger dans la soupe, à plonger dans le marigot ? Tu sais quand même ce que c'est que le prix Goncourt, hein ? C'est pas à un grrrrrrand auteur comme Charles Picassiette que je vais apprendre comment ça marche ?

Charly ne se souvenait plus du tout pourquoi il avait souhaité que sa mère vienne vivre à ses côtés, subitement. Cette décision lui apparaissait à la lumière crue du matin comme la plus stupide de sa vie.

— Le Goncourt, c'est la grande tambouille, expliqua doctement Jo en touillant un potage imaginaire avec son rabot. Et que ça s'influence, et que ça se renvoie l'ascenseur, je vote pour Untel si tu me donnes ceci, puis les gars font semblant de délibérer devant un suprême de truffe aux asperges, ils bâfrent comme pas possible, au final ils choisissent le gagnant qui les arrange et qui, une fois sur deux, n'a pas un pouième de talent. Même Marcel a failli le rater, c'est dire si le truc est pourri jusqu'au trognon.

Jo envoya un clin d'œil au manteau de la cheminée.

— Marcel ? Marcel Proust ? Mais qu'est-ce qu'il vient faire dans tout ça, lui ? Et qu'est-ce que c'est que cette histoire d'asperges ? Où sont tes cartons ? Que se passe-t-il ici, enfin ?

— Ton éditeur, il magouille tout un tas de trucs pour que tu aies le prix.

— Tu te trompes absolument, Auguste Saint-Morize est l'intégrité même.

Jo éclata de rire, ce qui était en soi assez inquiétant.

— Et faire passer ses deux drogués de fils pour des premiers de la classe, dans le *Paris-Match* en plus, c'est de l'intégrité ?

Touché. Charly avait détesté voir ces photos. Il en avait conçu un ennui maussade, comme devant une mauvaise pièce de théâtre, gêne et jalousie mêlées.

— Je suis son fils spirituel, il me l'a dit plusieurs fois.

— Tant que tu lui rapportes. Mais pense à Rimbaud, quand il crevait de soif dans son désert, c'est pas son éditeur qui lui aurait apporté un verre d'eau.

— Auguste croit sincèrement en moi. Il a réuni autour de ma candidature des intellectuels de haut niveau qui sont aussi convaincus de mon talent que lui-même.

— Tu parles, Charles !

Jo ouvrit le tiroir sous la table à manger et y fouilla fébrilement.

— Regarde. Tout est là. Clair comme de l'eau de roche.

La Bogue agitait une fiche cartonnée sur laquelle Mademoiselle Sophie avait figuré au stylo quatre couleurs les différents liens qui unissaient les éditeurs aux jurés des prix littéraires : bleu pour les contrats d'édition, vert pour les autres intérêts commerciaux et financiers, rose pour les liens sacrés du mariage et violet pour les relations extraconjugales. Ce n'était plus une carte mentale, c'était une pelote de laine gay-friendly.

— Tes journalistes soi-disant objectifs, ils sont cul et chemise avec les éditeurs. Tout ça c'est rien qu'une belle bande de vendus, des faux jetons caractérisés. Si ça se trouve ils ne l'ont même pas lue, ta *Révolte*.

— Tu es totalement paranoïaque, ma pauvre.

— Ah oui ? Ce ne sont pas des hypocrites ? Et l'animateur télé, là, le gars des livres, tu vois qui c'est, le blond avec la crinière ?

— Bien sûr.

— Eh bien ce ne sont pas ses vrais cheveux. Des implants. Oui monsieur. Comme je te le dis.

Un flot de tristesse submergea le jeune Picassiette. Sa mère avait manifestement atteint la rive de la folie furieuse et n'en reviendrait pas. Il s'allongea sur le canapé, replia lentement ses longues jambes. Dans le cœur de Jo, quelque chose craqua en silence. Elle rangea le rabot.

— Tu veux manger un petit morceau, mon bonhomme ?

Charly plongea sa tête sous le coussin. Son plexus solaire était en lambeaux.

— Je vais te réchauffer une assiette.

— Vite fait, consentit le fils dans un croassement lamentable.

En moins de temps qu'il n'en faut pour le dire apparut sous son nez un bol fumant de bouillon au centre duquel trônait, comme une île verdoyante, un bout de viande bien saisi surmonté d'un brin de persil. Un affreux pressentiment acheva le diaphragme de Charly.

— Comment vont Spleen et Idéal, au fait ?

Jo se tourna vers son évier dans un silence coupable.

— Mange tranquillement, je vais faire la vaisselle.

— Maman ? Les poules que je t'ai offertes ? Où sont-elles ?

— La Perchée ne les supportait pas, voilà ! Comme disait Geronimo, il faut savoir…

— Tais-toi.

— Charly, attends, rassieds-toi…

— Quelle mère ferait manger à son enfant ses propres cadeaux ? Laisse-moi passer.

— Mais il pleut des cordes !

Charly attrapa ses affaires et partit en courant, sans même prendre la peine de claquer la porte.

— Prends ton k-way, au moins !

Dehors, le déluge avait commencé. L'immense nuage gris avait viré au violet et ouvert les vannes. Jo sortit quand même. Une pluie torrentielle cognait les prés, couchait les arbres, ravinait la route et Charly avait disparu. Collé à ses cheveux, le foulard de la Bogue ressemblait à une serpillière détrempée. Elle s'apprêtait à battre en retraite quand elle vit descendre de la colline le massacreur des buis et du lac, le mauvais esprit qui avait enfumé son fils, l'abominable coyote germano-pratin par lequel tout le mal était arrivé.

— Ah, chère madame Picassiette, vous tombez bien, le toit de la Sauvagère s'est partiellement envolé et mon portable ne capt…

Jo le repoussa de toutes ses forces. Saint-Morize glissa dans la boue et s'aplatit mollement sur la route, comme une éponge trop imbibée.

— Non mais ça ne va pas, vieille folle ! Comment osez-vous ? Regardez ce que vous avez fait !

La Bogue regardait, oh que oui ! La pluie n'était pas une raison suffisante pour manquer un spectacle d'une telle qualité ! Avachi sur le sol, l'éditeur était écarlate, la fureur faisait gonfler les veines de son cou et il ruisselait de toutes parts, son pantalon finement rayé maculé de terre de la ceinture au revers. Jo se reput de le voir tenter une audacieuse manœuvre de rétablissement, glisser dans la gadoue, se rattraper tant bien que mal, jurer comme on n'aurait pas cru, et sa joie décupla quand elle se souvint que son bon vieux hachoir, son fidèle tomahawk, attendait de servir. Elle plongea avidement sa main au fond de la poche du tablier et, levant l'arme au-dessus de l'éponge furibonde, menaça de la débiter en fines lamelles si elle continuait à l'insulter de la sorte.

— Vous n'oseriez pas.

Jo abattit la lame sur sa cible, cependant Saint-Morize se translata par surprise et s'enfuit à une vitesse inhabituelle pour un porteur de mocassins à glands.

La poursuite fut désordonnée. D'abord l'éditeur prit de l'avance, slalomant avec une vélocité inattendue dans le verger, on crut qu'il allait semer son adversaire pour de bon. Mais Jo accéléra dans la ligne droite qui menait au poulailler alors Saint-Morize, abdiquant tout fair-play, lui jeta au visage le premier caillou venu. Le temps d'encaisser le coup, la mère Picassiette fut distancée et les poules assistèrent au franchissement du dernier obstacle, un faux-plat assez traître, par l'éditeur suant et ébouriffé. Un cri retentit, puis ce fut le silence des grandes plaines. Quand elle arriva sur les lieux, la Bogue constata que le hachoir ne servirait pas : l'ennemi semblait avoir rendu son dernier soupir sans l'aide d'aucun ustensile. Il gisait au pied de la meule de foin, observé par la Perchée et par le petit bonhomme, tous deux fort décontenancés. Sophie et Ari, accourus au bruit, n'en menaient pas large sous leur parapluie battu par l'averse : on croisait rarement de macchabée au Chandoiseau. Sans doute l'effort physique avait été fatal à l'éditeur, à moins que l'odeur âcre qui saturait l'atmosphère y fût pour quelque chose. Ari se boucha le nez :

— Ça sent l'œuf pourri.

— Faut te laver plus souvent, macaque.

— Qu'est-ce qu'il fait par terre, Saint-Morize ? s'étonna la bibliothécaire.

— Il cuve. Voilà ce qui arrive avec l'alcoolisme mondain. J'ai l'impression que la pluie se calme.

— Vous avez. Encore. De l'électricité. Jo ? demanda Saturnin Fabre qui apparut de l'autre côté du mur.

— On a entendu crier, ajouta le jeune Nelson.

Tout le monde fit cercle autour du corps.

— C'est peut-être un infarctus.

— Une crise d'hypoglycémie ?

— Ma femme fait de la tachycardie.

— Coma éthylique, je vous dis.

— Laissez. Moi. Passer.

Monsieur le maire se pencha doucement vers l'éditeur et, une fois à bonne distance, lui envoya une gigantesque paire de gifles.

— C'est pour redynamiser. Son système. Nerveux central.

La méthode fit l'unanimité.

— Allez. Morize ! Du nerf ! Respirez ! Respi. Rez ! haranguait l'édile en suivant consciencieusement son protocole de réveil cardio-vasculaire. Le pronostic. Vital. Semble engagé.

— Ça veut dire quoi ? chuchota Ben Hur qui avait rejoint la troupe.

— Le monsieur est subclaquant, expliqua Mademoiselle Sophie en repliant son parapluie.

— Va crever, traduit Jo.

— Oh, le pauvre !

— Jetez-lui de la flotte, cria Ari.

— Vous croyez pas qu'il en a eu assez ?

On alla tout de même chercher la bassine des poules et le tuyau d'arrosage. Au troisième seau, l'éditeur remua, souffla, puis plus rien.

— Ça sent vraiment très mauvais, geint la bibliothécaire.

— Rassurez-vous. J'entends encore. Son pouls.

— Non mais ça empeste réellement. C'est cette brume, là.

Des nappes de brouillard rampaient sur le sol terreux, sinuaient entre les troncs d'arbre, s'infiltraient dans le moindre interstice comme des serpents de coton. La bibliothécaire tendit le doigt vers le bassin du Préfleuri :

— Ça vient du la…

— C'est le dragon, glapit Nelson. Ne respirez pas, surtout ne respirez pas !

— Faudrait savoir, protesta Ben Hur.

— Dis donc, les jeunes, vous ne savez pas que quand les adultes parlent, les enfants se la bouclent ?

— C'est du gaz toxique, vociféra Nelson. Ça vient du lac !

— C'est exactement ce que j'étais en train d'expliquer quand…

— Y a eu ça à côté de chez moi et tout le monde est mort, faut se barrer je vous dis !

— Je. Crains. Que le mioche. Ait raison. Soulevons cette épave. Et prenons de la hauteur.

— Chacun attrape une poule, brailla Jo qui coinça la Perchée sous son bras gauche et le petit bonhomme sous le droit.

Ils détalèrent jusqu'au pigeonnier, où une voix familière les accueillit.

— Grimpez vite vous réchauffer, j'ai fait bouillir de l'eau pour le thé et il reste des petits sablés.

On calfeutra les fenêtres et le dessous des portes. Les humains se réfugièrent sur la mezzanine et appelèrent les secours tandis que les volatiles, restés au rez-de-chaussée, squattèrent les hautes feuilles des fleurs métalliques, souillant au passage l'œuvre de l'artiste qui, heureusement, était fort occupé à mettre en lieu sûr sa fillette handicapée et sa réserve de mirabelles.

— Qui a soif ? piailla la vieille Suzanne en coupant la flamme du réchaud à gaz. *Earl grey is coming !*

— Qu'est-ce que vous foutez là ? grommela Jo. Ça y est, votre maison est vendue, vous venez toucher le chèque ?

— Presque vendue. Ne me houspille pas comme ça, je te prie. Dis-moi, qui est cette personne par terre ?

Elle s'approcha et reconnut le châtelain.

— Il n'a pas l'air très en forme.

— Cocaïne frelatée, résuma Jo en poussant le corps de l'éditeur sous le bureau de Charly. Mais vous savez ce que c'est, le showbiz. D'ailleurs elle est finie, votre tournée mondiale ?

— Ma fille m'a virée. D'un coup, comme ça. *Va-t'en.* À Montpellier. On devait se produire au Rockstore.

Du coup je suis remontée en camping-car et je l'ai garé sous tes pommiers, Jo. Tends-moi ta tasse.

Les mains de Suzanne tremblaient. Sur son tee-shirt, une guitariste visiblement très énervée faisait des cornes avec ses doigts. Jo tenta de positionner sa tasse sous le bec mouvant de la bouilloire.

— Ce matin, la pluie a commencé à s'infiltrer par les fenêtres du camion. C'est un vieux machin mon camping-car, tu sais, il fait ce qu'il peut, il fait au mieux, faut pas lui en vouloir. Sucre ? Biscuits ?

Vu la couleur des sablés (anthracite), Jo s'abstint. L'averse avait repris, plus fort que jamais. Elle frappait les toits à les briser, remplissait des gouttières transformées en geysers et s'écrasait aux carreaux des fenêtres. Les nuages furieux jetaient sur le pays une lumière violacée et des trombes d'eau qui labouraient les champs, creusant dans la terre une multitude de sillons nouveaux. Le vent rugissait ; au creux des arbres penchés les oiseaux s'abritaient, fatalistes, en compagnie du zadiste barbichu dont la yourte s'était envolée à la première bourrasque.

— Qui veut un gâteau sec ?

Plusieurs doigts se levèrent, on avait vraiment faim.

Il n'y avait plus de biscuits depuis longtemps quand la Muse, sans bruit, sortit du lit qu'on lui avait imposé ; elle inonda les champs, les routes et l'hypermarché dont les miasmes – caddies, panneaux, pompes à essence – furent soulevés comme des bottes de paille et dégagés avec le courant. Comme refroidi par le déluge, le lac cessa de bouillir. Le brouillard nauséabond s'évapora. Les portes cédèrent sous les assauts de la pluie, et l'eau monta.

Au rez-de-chaussée du pigeonnier, boulons et vieux clous se mirent à danser autour des tiges de métal. D'aucuns commencèrent à comprendre que les secours auraient du mal à atteindre le Chandoiseau. L'eau monta encore. La tige de la pâquerette fut immergée au tiers et l'anxiété, elle aussi, grimpa d'un cran. Quand le niveau de la flotte s'éleva de dix centimètres d'un coup, on pensa aux absents.

— Où est maman ? demanda Ben Hur.

— En ville, avec tes frères, ne t'inquiète pas.

— Mon fauteuil ! Tu l'as laissé en bas, il va rouiller.

— On t'en rachètera un tout neuf avec l'argent de l'assurance, promis.

— Dire que j'ai abandonné mes chats pour elle ! *Je ne peux pas te supporter*, bam. Sur ce ton elle m'a parlé, ma fille. Sans prévenir, sans sommation, même pas les cheveux dressés, rien. Parce que la fois d'avant, il y avait eu les cheveux d'abord, et la cape toute tarte…

— Et les chaînes, et l'épingle à nourrice, on est au courant, Suzanne. Prenez un peu de repos, les pompiers vont finir par arriver.

— Qu'est-ce qui s'est passé avec l'épingle ? Papa, qu'est-ce qu'elle a fait avec l'épingle, la fille de Suzanne ?

— Yvonne. Zambard a. Une maison. De plain-pied, remarqua gravement monsieur le maire. Elle doit être. Totalement inondée.

— Bien fait pour sa trogne, maugréa la Bogue avant de disparaître derrière l'armoire.

Elle prit le petit bonhomme sur ses genoux et ferma les yeux. Il y avait dans ce pigeonnier beaucoup trop d'êtres humains à son goût.

— Ma fille m'a virée comme ça, vous savez, juste avant le Rockstore. C'était un couvent cordelier dans le temps, le Rockstore, je l'ai vu à la télé. Le père de Napoléon Ier y a été enterré. *Tu préfères encore tes chats*, elle m'a dit. Bam. *Tu finiras à l'hospice*. D'ailleurs ils sont où, mes chats ?

Les jambes de l'éditeur dépassaient du bureau. La vieille dame y posa son sac à main et sortit sa paire de jumelles.

— Tenez, Saturnin, regardez un peu là-dedans et dites-moi si vous voyez mes chats. Je ne suis plus toute jeune et mes yeux…

— Moi, c'est Nelson, madame.

Le jeune garçon passa les jumelles au maire et chuchota à l'oreille de Suzanne :

— Vous êtes complètement miro, pas vrai ?

— Et toi tu n'as pas 17 ans.

— Ça reste entre nous ?

— Ça reste entre nous.

— 15 ans.

— Métastases choroïdiennes oculo-orbitaires. Aucune chance de guérison.

— Mais pour conduire, vous faites comment ?

— À l'instinct, mon petit poulet. À l'instinct. On ne va pas s'arrêter de vivre plus tôt qu'il ne le faut, n'est-ce pas ?

— Je. Ne vois pas. Vos chats, Suzanne. D'ailleurs je ne vois. Rien du tout.

— Bonté divine, Jo, quand est-ce que tu couperas tes satanés bambous ?

— En revanche. Votre véhicule. Flotte très nettement. Au milieu du potager.

Le vent violent avait troué la haie. Saturnin braqua les jumelles sur la percée et continua à voix haute l'état des lieux. Le panneau d'informations municipales avait atterri sur le monument aux morts, qui ne l'avait pas supporté. La cheminée de la mairie s'était écroulée aussi. Son toit béait en plusieurs endroits. Une cascade jaillissait de la porte d'entrée. Toutes les fenêtres avaient explosé. Saturnin se tut. La route principale n'était plus qu'un violent torrent de boue où tourbillonnaient voitures et pots de fleurs. Les fresques, sans aucun doute, seraient noyées, quant aux habitants.... Le village était dévasté et l'eau continuait de monter.

— La secrétaire de mairie fait de. Grands signes. À la fenêtre du grenier. Il faut aller la chercher. Il faut. Aller chercher tout le monde.

— Mais qu'est-ce qu'elle a fait avec l'épingle, l'Isabelle, dites ?

— La dernière grosse inondation a tué douze personnes dont neuf dans leur lit, rappela la vieille Suzanne, je l'ai vu à la...

— C'est bon, on a compris ! aboya Ari. De toute façon personne n'est couché à c't'heure.

Une rafale terrible fit trembler le pigeonnier. En bas, la pâquerette géante avait maintenant les pétales dans l'eau. La nuit tombait.

— Je veux sortir d'ici, sanglota Ben Hur. Je veux rentrer à la maison tout de suite. Je veux voir maman.

— Dis voir ma mignonne, ça te plairait que je te raconte l'histoire de la bique et des sept biquets ? proposa Sophie. Allez hop, c'est l'heure du conte !

— Mes pauvres, pauvres petits chats, ils détestent tellement l'eau...

— Toute petite la bouche, Suzanne, et grandes les oreilles. Bon, il était une fois une bique qui avait sept…

La vieille chuchota tout de même :

— Il faudrait avoir ces barques en plastique orange, vous savez, ce genre de matelas pneumatiques mais avec des rames, on irait chercher les gens comme ça. Je l'ai vu dans un report…, enfin c'est comme ça que font les pompiers, habituellement.

— Ce n'est vraiment pas le moment de divaguer avec vos matelas et vos biquets, nom de Dieu ! Vous ne comprenez pas que des gens vont y rester ?

Le silence se fit, tout d'angoisse et d'ébahissement : le maire parlait normalement et on allait tous crever. Un grognement s'éleva alors des profondeurs du pigeonnier.

— Il y a bien le tracteur de Louis…

La Bogue serait volontiers restée au sec sur la mezzanine, mais le petit bonhomme lui avait fait son regard n° 8 (désapprobation et jugement moral), celui auquel les parents les plus endurcis ont tant de mal à résister.

Il ne fut pas aisé de redémarrer l'antique pique-bottes qui prenait la poussière dans la grange depuis le décès du patron. Jo mit le contact, accéléra gentiment ; la batterie siffla comme une phtisique qu'on aurait dérangée en plein sommeil, hoqueta un râle désespéré et se rendormit. Huit tentatives plus tard, le tracteur n'avait toujours pas avancé d'un centimètre, aussi Ari mit-il au service de la collectivité en détresse tout son savoir-faire d'agent polyvalent d'exploitation (coup de pied dans la jante, grande taloche sur le capot). Le moteur maté se mit enfin à ronronner.

— Merci.

— Pas de quoi.

Les deux vieux ennemis n'eurent pas besoin de se parler pour convenir qu'un tel épisode d'entente cordiale ne serait jamais éventé.

Le Massey Ferguson fendit bravement le mur d'eau, remonta le courant et atteint les maisons submergées. On trouva Bernard nageant la brasse dans sa cuisine, et la femme de Jean-Pierre à cheval sur sa commode. En vue d'Yvonne Zambard, qu'on découvrit sur son toit agrippée à l'antenne de télé, le corps de Jo s'opposa. Ses mains braquèrent violemment le volant et, tandis qu'elle faisait demi-tour, une flèche familière transperça son âme indienne : *En chaque être de l'univers, même le plus vil, vibrionne le Grand Esprit, et tous méritent notre compassion.* Oui, bon, d'accord, mais Geronimo était-il bien sûr de cela, *tous les êtres méritent notre compassion*, vraiment tous-tous ? Même les sages de référence pouvaient se tromper, Jo s'apprêtait donc à écraser l'accélérateur quand Ari compléta la parole du vénérable Apache : aux dernières nouvelles, la non-assistance à personne en danger allait chercher dans les quatre, cinq années de prison. La Bogue leva donc la fourche du tracteur afin que l'enseignante détrempée puisse s'y installer, ce qu'elle fit prestement. Ainsi furent sauvés les naufragés du Chandoiseau, un par un ramenés en tracteur jusqu'au premier étage du pigeonnier. Les derniers repêchés furent Baragouin et le zadiste barbichu, tirés in extremis d'un vieux pneu qui dérivait lentement dans la rue principale transformée en rivière.

— Et mes chats ?

— On les a exfiltrés aussi, Suzanne. Ils tiennent compagnie à ma vache.

— Il ne pleut plus, constata Nelson. C'est joli, dehors.

L'orage avait lavé le monde. Le village entier brillait sous la lune. Chaque pierre, chaque feuille semblait couverte d'un vernis précieux et le clocher gris reluisait comme après un bain d'argent. L'air frais piquait le nez et, en levant la tête, on voyait réunis tous les bleus du ciel. Tassés devant l'unique fenêtre, les réfugiés tombèrent d'accord : leur Chandoiseau était encore plus beau en vrai qu'en peinture.

— Votre ferme a tenu bon, madame Picassiette, il y a juste quelques tuiles déplacées.

— M'étonne pas.

— Notre Charly viendra réparer, hein Jo ?

— Arrêtez de rêver, Suzanne, il veut vendre.

— Non ? Si tu finis à l'hospice, je viendrai avec toi.

Les poules, installées en rang d'oignon sur la poutre maîtresse, caquetèrent furieusement leur désaccord.

— Mais c'est vrai ça, qu'est-ce qu'on fera de la volaille ? Et de mes chats ?

— Les animaux causent toujours des problèmes, bâilla Yvonne Zambard en cherchant son briquet. Comme les enfants, d'ailleurs.

Ben Hur et Nelson s'étaient assoupis, chacun contre une épaule de la bibliothécaire qui se libéra délicatement et étendit une couverture sur les quatre genoux.

— Ils sont tout de même adorables, quand ils pioncent… Oh, Saint-Morize a bougé !

En effet, l'éditeur souriait béatement, comme s'il était plongé dans le meilleur des rêves. Monsieur le maire somnolait également.

Jo enjamba les dormeurs, pêcha au rez-de-chaussée un panneau de sens interdit et jeta dessus la chaise de Charly brisée en huit morceaux, brasero assez convenable que madame Zambard s'empressa d'allumer.

— *Fiat lux !* s'extasia la latiniste sauvée des eaux. J'ai été scoute dans ma jeunesse.

Elle s'agenouilla pour une méditation de gratitude au terme de laquelle une surprenante évidence lui apparut :

la Bogue (cette même femme qui deux fois par le passé avait tenté de l'estourbir) était accourue pour la sauver, sans hésitation ni aucune arrière-pensée, dans un pur élan du cœur ! En chaque être humain un soleil de bonté irradiait et il avait fallu une catastrophe naturelle pour le prouver ; la Vie devait sacrément mettre le paquet pour nous donner ses plus belles leçons – la prochaine fois faudrait lui dire d'y aller mollo quand même. Yvonne alluma une menthol pour s'en remettre.

— Alors vous allez déménager à Paris, madame Picassiette ? Sans vous, notre village ne se ressemblera plus. C'est comme si on perdait… je ne sais pas… la cloche de l'église…

Ari déboucha une bouteille, songeur.

— Y aura plus personne pour me faire chier.

— Il y aura toujours votre femme, remarqua Sophie en tendant son verre.

Les autres avaient soif aussi. Jean-Pierre, Bernard et leurs épouses, Baragouin, le zadiste, Yvonne et Jo, tous se serrèrent autour du feu et trinquèrent tard dans la nuit, sans parler davantage qu'il ne fallait, sans plus avoir peur, sans plus avoir froid, sans penser à l'eau sombre ni aux rancœurs stagnant ici et là ni se rendre compte que, non loin d'eux, quelqu'un mourait.

L'éditeur flottait en toge immaculée au-dessus d'une table richement garnie, nappe de lin blanc, couverts étincelants, fleurs pastel, porte-couteaux en nacre, rond de serviette en argent ; une sérénité immense emplissait son cœur à mesure qu'il volait vers l'extrémité de l'immense table. Chemin faisant, Saint-Morize distinguait parfaitement chaque bouton de rose, chaque délicate nuance de nacre, les mille éclats du cristal taillé et la joie grandissait dans son cœur. Il était enivré, non par les parfums délicieux du bouquet et du vin, pas du tout, mais par la vue du chèque qui trônait en majesté sur le dernier fauteuil, sous un spot éblouissant. 10 euros. 10 euros ! Offerts par l'Académie Goncourt à son élu, 10 euros qui en valaient des millions et qu'Auguste Saint-Morize serrerait contre lui dès qu'il atteindrait le bout de cette interminable table – que c'était long de se déplacer en lévitant, Seigneur, il faudrait penser à inventer un moyen de transport un peu plus moderne, un peu plus rapide, enfin ! Mais le jeu, mon petit Auguste, le jeu en vaut la chandelle : le prix Goncourt, rien que ça, prends donc ton mal en patience, dans quelques instants tu palperas le plus doux des billets, tu couperas la chique à tous les ricaneurs, tu renverras cette ordure de Chazelle dans sa cabine à UV, tu feras honneur à ton père et au père de ton père, d'ailleurs ils sont là, à ma droite, faites coucou les gars, les vois-tu, Auguste, les vois-tu bien ? Parce qu'eux te voient, sois-en sûr, chaque jour à chaque minute ils te regardent, chez toi, dans la rue, dans ton lit, même aux WC Auguste, et au boulot, surtout au boulot, alors sois à la hauteur, petit, sois à la hauteur pour une fois, ne rate pas le prix. Ainsi rêvait l'éditeur de *La Révolte* à cet instant précis d'inconscience où lentement il traversait les limbes – empocher le chèque, embrasser le président de l'Académie Goncourt sur la bouche et monter au septième ciel dans la lumière blanche de la gloire.

Hélas le spot claqua d'un coup et c'est dans le noir complet qu'Auguste fit malgré lui marche arrière à toute vitesse, gigotant et aveugle, comme happé par un ventilateur infernal.

À six voix contre quatre, Charles Picassiette rata le prix Goncourt. Dans un joyeux brouhaha et sans l'aide de son auxiliaire de vie, le lauréat se hissa jusqu'à l'estrade pour recevoir cette récompense qu'il n'attendait plus, et pour cause : jugeant assez médiocre son dernier manuscrit (*Le Vieux Cheval*, autobiographie déguisée), il l'avait remisé au frais dans son tiroir et ne l'en aurait jamais sorti si son éditeur historique, Jean de Chazelle, ne l'en avait pas supplié soudainement.

Le plexus de Charles Picassiette fut dévasté par l'annonce. Saint-Morize, tout juste remis d'un terrible malaise vagal dont les causes lui échappaient, usa de tout son art pour le requinquer. Il rappela que la postérité se chargeait de rattraper les erreurs de la renommée – qui donc se souvenait aujourd'hui de Guy Mazeline, lauréat du Goncourt l'année où Céline candidatait avec son *Voyage au bout de la nuit* ? Bien d'autres écrivains immenses avaient été retoqués. Résultat d'une cécité bien connue des jurés (qui, après s'être usé les yeux sur tant de romans minables, se détournent du soleil pour ne pas brûler ce qu'il reste de leur rétine), la scandaleuse éviction de Charles Picassiette était bel et bien la preuve de son génie. Saint-Morize eut beau s'agiter, Charly tomba au fond du trou, et plus bas encore lorsque la vérité toute nue apparut dans les pages culture d'un journal bien informé : son génie n'était pour rien dans cette affaire. Le vrai responsable de l'échec du jeune talent était une vieille rancune.

L'ignoble Chazelle, voyant que Saint-Morize était sur le point de remporter le pompon, était sorti de sa retraite pour une ultime bataille dans laquelle il avait jeté toutes ses forces et un sacré paquet de fric. À force de soupers fins, de promesses jésuites, de gluantes compromissions et de vacances tous frais payés, il s'était attiré les faveurs de l'Académie qui avait sacré son *Vieux Cheval* les yeux fermés, sans doute après l'avoir lu de la même façon. Exit *La Révolte*. Morize était battu, Morize était foutu : plus aucun investisseur sensé ne miserait un kopeck sur sa maison d'édition et il serait contraint de publier les mémoires d'escort-girls repenties et de stars sur le déclin jusqu'à ce qu'il en crève. Chazelle dégustait sa vengeance bien glacée, les jurés Goncourt rotaient leur suprême de truffes aux asperges, et Picassiette dans tout ça ?

Picassiette vomissait son dépit, et son dégoût.

Alors il y avait bien marigot, il y avait bien tambouille, il y avait bien fricotages ! Plus étonnant encore : sa mère avait raison. Comme une simple aiguille magnétisée qui, à travers le plus épais brouillard, ne perd jamais le nord, Jo Picassiette, seulement outillée d'un bon sens paysan, avait percé à jour l'obscure arrière-cuisine de la littérature. Que ne l'avait-il crue lorsqu'elle touillait, pour l'en prémunir, la soupe immonde des prix ? Soupe qui peut-être, désormais le doute était permis, contenait également quelques cheveux factices tombés d'un postiche audiovisuel, pouah !

Charly avait presque envie de la voir, tiens, sa mère.

Elle lui apparaissait maintenant comme une vigie féroce mais lucide, un phare dans la tempête de sa vie. Il l'avait cru folle à lier ? Elle avait, en réalité, l'intuition fiable des simples, l'odieuse franchise des incorruptibles. À cette lumière plus douce, le fils Picassiette relut sa prime jeunesse. Qui l'avait inscrit à la médiathèque ? Qui l'avait réconforté après son tout premier salon du livre ? Qui lui postait d'ambitieux gâteaux lorsqu'il trimait sur son manuscrit ? Dire qu'il avait voulu mettre cette brave femme sous tutelle ! Machine arrière, toute ! Sa mère était aussi désintéressée, aussi peu courtisane qu'un grand pied aux fesses, mais elle valait mieux que les flatteurs hypocrites qui l'avaient entouré ces derniers temps. Dorénavant Charly voyait clair : sa vie à Paris lui semblait aussi creuse et factice que ces majestueuses façades anciennes derrière lesquelles des promoteurs véreux construisent leurs plus rentables cages à lapins. D'ailleurs le jeune homme se sentait oppressé, dans son deux-pièces. Depuis l'échec au Goncourt, il avait la nette impression que les murs s'étaient rapprochés. Il ne pouvait plus voir en peinture cet affreux composteur de balcon où les lombrics s'agitaient en vain, prisonniers de leur boîte en plastique. Et ces avocatiers rachitiques, quelle déprime !

Une nuit, le village lui apparut en songe.

Charly courait tout nu dans les champs infinis. Il palpait l'écorce d'arbres-jungles. Il enfouissait ses mains dans la terre, de la vraie terre, bordel ! Certes, elle était pleine de glyphosate, mais les particules fines infusées au diesel citadin étaient-elles vraiment meilleures pour la santé ? Au matin, il but son thé en lisant l'édition web des *Nouvelles du Préfleuri.*

Brouillard en novembre, hiver à pierre fendre.

Puis l'actualité : huit jours après la tempête du siècle, la Muse avait fini de décroître ; les champs s'étaient réveillés tout recouverts d'un limon fertile.

Charly prit une pastille de menthe au cannabis – cadeau de son gentil voisin afghan pour lui remonter le moral –, fit rapidement défiler les photos accompagnant l'article et sauta à la conclusion :

Cette vase, reliquat de la crue, agirait comme un engrais naturel. Les prochaines récoltes chandoisiennes en tireraient un bénéfice considérable.

Charly cessa sa lecture et prit un deuxième bonbon ; une lueur d'espoir venait de s'allumer dans les ténèbres.

Les prochaines récoltes en tireront un bénéfice considérable.

Dans l'adversité, bien sûr, la nature résiliente lui indiquait le chemin ! Comme sa terre natale suppliciée, comme elle secoué, meurtri, lessivé, Charly transformerait bientôt la boue en or ! L'épreuve que la vie envoyait au jeune prodige des lettres nourrirait son œuvre future – déjà des vers libres gigotaient dans son esprit :

Goncourt fatal,
Ton gouffre est effrayant
Et la chute brutale…

Oh oui, son prochain livre serait poétique ! L'inspiration flambait de nouveau ! Charly engloutit une dernière pastille de menthe, à présent son esprit bouillonnait (son corps aussi d'ailleurs, il faisait si chaud d'un coup) et c'est son village qui avait allumé la mèche – il s'y rendrait demain par le premier train, ou plutôt non, pas question d'attendre, il fallait qu'il le voie tout de suite, son cher hameau, son point d'ancrage, son vert paradis : c'est au Chandoiseau et nulle part ailleurs que Charles Picassiette puiserait la force de renaître, pensa le gosse en se postant à poil sur le balcon, les yeux tournés vers le nord-nord-ouest (les bonbons de l'Afghan étaient décidément assez costauds), et il lui sembla soudain humer un parfum d'herbe coupée et de bouse, l'air délicieusement familier du pays.

Pendant dix-neuf ans, les habitants du Chandoiseau envièrent à Jo son fils unique, la chair de sa chair, le délicieux Charly. Et puis plus du tout. Mais quand il revint habiter au village, après qu'on l'y eut haï, personne n'eut la force de lui voler dans les plumes.

Saturnin Fabre était mort et le chagrin causé par sa disparition avait douché la colère. La tempête, que le cœur tendre du maire n'avait pas supportée, avait également balayé les principaux dangers qui menaçaient ses administrés.

Le lac était désormais sous protection internationale puisqu'il y avait bien un dragon dedans, et même plusieurs : divers dioxydes datant de Mathusalem et susceptibles d'asphyxier tous les habitants à trente kilomètres à la ronde s'ils s'échappaient. Les fortes pluies avaient chatouillé les bestioles, une poche de gaz avait crevé, la fumée blanche était sortie de leurs naseaux. Des scientifiques du monde entier se penchaient maintenant sur ce phénomène naturel extraordinaire et létal qu'on ne croyait exister qu'au fin fond du Cameroun – à Nyos, près de chez Nelson, les vapeurs surgies des eaux avaient fait 1 700 morts. Plus aucune construction nouvelle n'était autorisée dans les parages du lac. La Maison de la littérature tombait aux oubliettes. Grâce à ses gaz toxiques, le Chandoiseau respirait mieux – ici on ne faisait décidément jamais rien comme ailleurs.

Les fresques, ensuite. Point trop endommagées par les inondations, mais tout de même assez pour inquiéter l'inspecteur des Monuments historiques. S'il continuait à menacer les Chandoisiens d'expropriation, on demanderait au macaque de les restaurer lui-même, les fresques, depuis le temps qu'il voulait s'essayer à la peinture…

L'hypermarché, enfin, avait beaucoup souffert. C'était pour la Bogue un plaisir chaque jour renouvelé de grimper sur la colline et de voir ce bâtiment immonde, cette turgescente verrue noyée sous les eaux de la Muse. La rivière avait décru, certes, mais aussi profité des événements pour reprendre son cours d'antan : elle se prélassait sur le parking avant de filer vers les grands champs. Le directeur de l'hyper souhaitait remettre au pas cette effrontée et reconstruire fissa. Les zadistes avaient appelé du renfort.

D'âpres négociations s'engageraient donc dans les mois à venir. Le village aurait besoin d'un maire qui ne soit ni muet ni mort, et suffisamment teigneux pour défendre vaille que vaille les paysages chandoisiens et leurs habitants. Jo Picassiette fut élue haut la main sans avoir rien demandé, perpétuant une bien belle tradition locale. Il faut dire que les trois quarts de la liste électorale habitaient désormais chez elle.

Pour récupérer sa maison presque vendue, donc presque achetée, Suzanne engagea un avocat. Tant qu'à y être, l'homme de loi fut prié de démêler le dossier de Nelson, sous le coup d'un arrêté de reconduite à la frontière. En attendant, les deux justiciables avaient trouvé refuge à la ferme, chez Jo. Ils commentaient ensemble l'actualité télévisuelle et se baladaient bras dessus bras dessous. La petite Ben Hur et ses frères les rejoignaient souvent après l'école – par prudence, ils apportaient eux-mêmes leur goûter.

— Suzanne est fatiguée, expliqua un matin Nelson à la blondinette. Elle est très âgée aussi, et bien malade. Elle va bientôt partir… Tu comprends ?

Ben Hur comprenait très bien, merci : les gens qui partaient, elle avait déjà donné. Son père d'abord avait quitté la maison, voilà des mois qu'il n'était plus là pour la border dans son lit le soir, et puis sa maîtresse avait disparu en congé maternité. Ses deux copines préférées avaient déménagé coup sur coup, ça suffisait comme ça. Pour être sûre que sa nouvelle meilleure amie Suzanne n'ait pas l'idée saugrenue de plier bagage, Ben Hur s'inspira des méthodes de madame le maire et creva les quatre pneus du camping-car avec le tournevis de son papa.

Ari, pour sa part, rêvait de réintégrer le domicile conjugal. Hélas sa femme lui interdisait toujours de l'approcher à moins de trente mètres, et le juge avait fait de même avec le docteur Delanoy. Ses collages photographiques, en revanche, n'avaient pas été durement sanctionnés, le tribunal dans sa mansuétude les ayant considérés comme une manifestation d'art brut. Gonflé d'orgueil et d'espoir, le plasticien polyvalent s'était lancé dans une œuvre ambitieuse : deux pivoines de trois mètres de haut. Dès que les fleurs seraient achevées, il irait planter le bouquet complet dans le jardin de son épouse, pour renouer.

— Vous ne voulez pas lui offrir un livre, plutôt ? Je peux vous conseiller, si vous le souhaitez.

La direction de la médiathèque du Chandoiseau-Préfleuri n'avait pas apprécié à sa juste valeur l'ambitieuse politique de désherbage menée par son unique employée. Mademoiselle Sophie avait donc désormais beaucoup de temps pour lire, et plus un sou pour le loyer. Sous la tente plantée dans le verger de Jo, elle rédigeait son *Encyclopédie bibliothérapeutique* et, deux fois par mois, faisait le tour des villages voisins à vélo, munie d'un ordonnancier et d'un gros sac à dos bourré à craquer de ses bouquins préférés. C'est Suzanne qui lui avait refilé l'idée de la consultation bibliothérapeutique cyclomobile, d'ailleurs elle l'accompagnait de temps en temps – ces jours-là on prenait la voiture. À ceux qui s'étonnaient de voir sur la place de l'église deux jeunes filles d'âges très différents, chats sur les genoux, proposer gratuitement dans une valise en cuir très fatigué des livres, des biscuits secs et de la liqueur de mirabelle, Sophie répondait sans détours :

— T'as jamais vu une bibliothèque, péquenaud ?

C'était de rudes journées pour la vieille Suzanne. Le soir, elle avait mal partout, alors elle prenait quelques bonbons à la menthe avant d'aller au lit. Léa, la petite copine de Charly, les confectionnait elle-même, ils étaient délicieux et assez relaxants, une recette de Kaboul, paraît-il, il faudrait la lui demander à l'occasion.

Émail Diamant, donc, avait su pardonner à son amant, si bien que le jeune couple attendait un heureux événement. À leur âge c'était plutôt rare, de nos jours les femmes tardaient à fonder une famille, ça posait tout un tas de problèmes, Suzanne l'avait entendu à la télé.

Les tourtereaux s'installeraient officiellement au pigeonnier dès qu'Ari aurait débarrassé le plancher. Pour l'instant, ils occupaient le camping-car qui, semble-t-il, avait un peu de mal à supporter leur rythme nocturne : quatre pneus à plat. À l'aube, le futur père sortait chercher des œufs frais pour le petit déjeuner ; il avait les yeux rougis, l'air exalté. Il ne marchait plus, il gambadait. De la poche de son pyjama sortait un carnet bizarre, aux feuillets disjoints, même pas tous de la même couleur ni de la même taille, le genre fait à la main. Charly paraissait perpétuellement habité par quelque hilarante plaisanterie qu'il se raconterait à lui seul, ou par un torturant souci. Les poules en auraient mis leur tête à couper : le mioche couvait quelque chose.

Suzanne, elle, dormait comme un plomb chez Jo, dans l'ancienne chambre du fils. Nelson occupait le canapé avec la Perchée et le perroquet ; quant aux chats de la vieille, ils tenaient compagnie à la vache Marguerite dans l'étable. Jo avait accepté presque sans râler d'accueillir sur ses terres cette tribu disparate. Le soir, en revenant des poules, elle s'arrêtait parfois en chemin pour regarder la lumière filtrer des volets de la ferme, des rideaux du camping-car, de la lucarne du pigeonnier, danser sous la toile de tente comme un feu bienveillant, et elle n'avait plus froid. Chaque membre de la communauté le constatait avec surprise : il y avait dans cette Bogue-là une sérénité naissante, une sauvagerie apaisée – quelque chose de cette sagesse indienne dont parlait tant Geronimo, à moins que ce fût Marcel Proust.

1 500 pages, en cinq mois. À ce rythme-là, Charles Picassiette aurait écrit l'équivalent de *La Recherche du temps perdu* avant l'année prochaine, d'ailleurs c'était son but inavoué : bâtir à son tour une cathédrale de mots contenant la destinée des choses et celles des hommes, une réflexion sur le temps qui passe et celui qu'il fait, peut-être même la recette des pancakes et le mode d'emploi d'une éolienne domestique, bref, il construirait le chef-d'œuvre complet du XXIe siècle. Mais en vers libre, hein. Sans point ni virgule, moderne quoi, ringardisant au passage ce vieux Proust dont sa mère s'était ridiculement entichée. 1 500 pages déjà ! Tremble, Marcel ! Depuis que Charly était revenu au village, les mots coulaient de source, ils giclaient sur ses carnets comme une miraculeuse fontaine – il avait parfois du mal à fermer le robinet, même la nuit. Léa s'était plainte. Le fils Picassiette envisageait de s'exiler seul au pigeonnier jusqu'à la naissance du bébé, peut-être même bien après, il avait besoin de calme pour créer. En tout cas, tant que l'inspiration jaillirait, tant que son plexus garderait cette formidable élasticité, Charly resterait à la ferme, quoi qu'en pense sa moitié. Chandoiseau un jour, Chandoiseau toujours ! C'est de ce verdoyant pinacle

qu'il observerait le monde entier, oui, le Chandoiseau serait son roc, son pic, son cap, la péninsule d'où explorer l'univers. Après tout, le Douanier Rousseau avait bien peint toutes ses jungles sans jamais quitter le XVe arrondissement.

— De la poésie, tu en es sûre, Jo ?

— J'ai regardé par-dessus son épaule. Il allait à la ligne toutes les trois secondes.

— Et ça racontait quoi ?

— Pas eu le temps de voir.

Ari descendit coup sur coup deux verres de mirabelle et s'avachit sur le seuil :

— Ça va pas recommencer, bordel de dieu ! S'il nous chie encore une fois sur la tête, je lui fais bouffer mon fer à souder.

— De toute façon personne ne le lira, tempéra Mademoiselle Sophie, assise sur la balançoire. La poésie ne se vend plus du tout. Sauf dans certains pays d'Orient. Au Liban par exemple, ça cartonne, c'est l'effet *Mille et Une Nuits*.

— Manquerait plus que notre Charly aille vivre au Liban avec le bébé, se lamenta Suzanne.

— M'étonnerait, il supporte pas de manger épicé, à cause du citron qu'il a.

Un ventre énorme et bringuebalant apparut au bout du chemin, suivi de sa propriétaire, Léa.

— Bonjour tout le monde ! Je peux me joindre à la conversation ?

— Justement on avait fini.

Jo fila chercher sa bêche dans la grange. Près du pressoir, des dizaines de bouteilles de jus de pomme étaient alignées. Cette année, la main-d'œuvre n'avait pas manqué.

— Qu'est-ce vous faites, belle-maman ?

— Ne m'appelez pas comme ça. Je plante.

— Et vous ne creusez pas un peu trop près de la maison, là ?

— Au contraire. Sur le pignon, c'est la bonne place.

— Ah. Bon. Et ce sera quoi, comme arbuste ?

— Une vigne vierge.

— Ça attire les guêpes, non ?

— Si, et ça éloigne les conneries. Comme ça y en aura une de moins page 32, Charly pourra dormir tranquille.

L'index d'Émail Diamant vint cogner sa tempe à plusieurs reprises, et elle repartit en tanguant vers le camping-car. Jo sourit. Cette jeune gourde ne savait rien encore, rien du tout. Mais un jour prochain, quand elle aurait à son tour accueilli et nourri, langé, veillé, élevé, soigné, grondé, souffert, instruit, inspiré, appris et échoué, elle comprendrait que le lien entre la mère et l'enfant n'est pas fait que de lait et d'amour, mais également de titane véritable. Bientôt elle n'ignorerait plus qu'en matière de jardinage comme dans tous les autres domaines de la vie, un fils pouvait toujours, toujours compter sur sa maman, même quand il ne le souhaitait pas le moins du monde

— Tu vois ce que je veux dire, toi, hein la Perchée ?

La poule approuva.

Jo tassa la terre meuble autour du pied de vigne, glissa la volaille dans la poche de son tablier et partit ranger sa bêche dans la grange. Elle était belle, la grange, de nouveau d'aplomb avec ses lambourdes neuves et son toit retapé. Charly avait terminé le boulot d'Ari. Il n'était plus question de vendre. La ferme pouvait de nouveau compter sur son fils et resplendissait sous le soleil du printemps. Ses pierres blanches baignaient dans une lumière d'or ; les pommiers d'un vert vif, pleins de bourgeons prêts à éclater, formaient autour d'elle une bienveillante couronne. Des vaches marron et pleines paissaient sur les collines. On n'était pas au Liban, ici ; avec un peu de chance, le second livre de Charles Picassiette ferait un bide retentissant. Finis les emmerdements, les fans dans tout le village, les tournées au Québec – on vivrait tranquilles pour longtemps. Avant de rentrer, Jo salua le vieux saule, s'adossa contre son tronc, ferma les yeux. Elle resta longtemps ainsi, immobile sous les feuilles, dans l'air tiède et l'or du soir, dans la douceur du ciel et celle de l'arbre, longtemps jusqu'à rêver, longtemps jusqu'à s'y fondre, comme si elle et la terre enfin ne faisaient plus qu'un.

Merci à Gustave, Marcel, François-René, Michel, François, John, Jean-Paul, Victor et Édouard, dont le lecteur aura peut-être reconnu les mots et mésaventures ici ou là, et bravo à mesdames Flaubert, Proust, de Chateaubriand, Ceccaldi, Mauriac, Fante, Sartre, Hugo et Bellegueule, vaillantes mères de ces enfants imprévisibles…

Spéciale dédicace à Françoise-Alix de Lamartine, qui planta un lierre devant sa maison afin que nul ne puisse dire que son petit Alphonse s'était trompé, ou pire, racontait des fadaises, parce qu'il l'avait écrit, ce gros bêta, juste là, à la ligne 75 de son poème *Milly ou la terre natale*, noir sur blanc pour l'éternité : *Et le lierre, flottant comme un manteau de deuil, Couvre à demi la porte et rampe sur le seuil*, alors que non, pas du tout en vérité, chez les Lamartine il n'y avait pas la moindre feuille de lierre, enfin… jusqu'à ce satané poème… voilà, voilà, un petit trou un peu d'engrais, deux coups de pelle et on n'en parle plus…

Clin d'œil en passant à Françoise de Beauvoir, qui emballa ses bocaux de framboises dans l'un des manuscrits de sa fille Simone…

Mes hommages à Ambroisine Segalen, stupéfaite que son poète de Victor préfère explorer les lointains asiatiques et les écrire, plutot que de devenir prêtre ou pharmacien tout à côté de maman, le Finistère c'est si joli...

Salutations distinguées à madame Tournier, qui n'a jamais compris comment, avec des résultats scolaires aussi médiocres, son fils Michel était parvenu à décrocher le Goncourt à l'unanimité, ni pourquoi le président de la République lui faisait l'honneur de déjeuner chez lui...

Respect à madame Donnadieu, mère de Marguerite Duras, persuadée jusqu'au bout que sa cadette était faite pour le commerce, elle le lui a souvent répété pourtant, mais vous savez ce que c'est, les enfants...

Alors et enfin, ce livre est dédié aux mères qui se trompent, à celles qui y mettent du cœur et tapent à côté de la plaque, à celles qui comprennent mais trop tard, à celles qui ne comprennent jamais rien, à celles qui doutent de leur enfant et plus encore d'elles-mêmes, à toutes les fatiguées qui rangent leur portefeuille dans le frigo, à celles qui crient, à celles qui pleurent, à celles qui pensent avoir toujours raison, à celles qui croient toujours avoir tort, à celles qui jugent et à celles qui sont jugées, aux mauvaises et aux indignes, à celles qui font ce qu'elles peuvent et ce n'est déjà pas mal vu la difficulté de la tâche, à toutes les mères, donc, et à la mienne en particulier.

Cet ouvrage a été mis en pages par

<pixellence>

CET OUVRAGE
A ÉTÉ ACHEVÉ D'IMPRIMER
SUR ROTO-PAGE
PAR L'IMPRIMERIE FLOCH
À MAYENNE EN JANVIER 2021

N° d'édition : L.01ELJN000943.N001. N° d'impression : 97525
Dépôt légal : février 2021
Imprimé en France